U0141535

汝忘了余之容顏嗎？

日本武俠隨筆

日本時代ものエッセイ

高苦茶 著

目次

第3章 劍豪武藝帳

【推薦序】

日本時代武俠之虛構與認真

工頭堅

曾經有那麼一個時代，沒有網路、沒有手機、沒有串流影音，你甚至看不到太多外國資訊；電視節目只有所謂的「老三臺」，唱的是淨化歌曲，電影稍微精彩一些，然而除了准許進口的好萊塢洋片以外，亦多是古裝武俠與愛國主題。打著這些文字的時候，我一度錯覺彷彿在敘述某個失落的古代文明史，但隨即回神：那不就是我們的少年時期嗎？

所謂的「我們」，指的是苦茶兄與我這個世代；當時的精神食糧，很重要的來源是藏身於街頭巷尾的租書店。特別記得士林華榮市場通向文林路的某條小巷旁的破舊小租書店，開啟了我的漫畫與武俠小說的閱讀視野。

苦茶兄年紀與我相仿，成為臉書朋友多年，常在各自的發文中，分享彼此的喜好，某次他赴歐洲旅遊，買了一件仿美軍軍裝外套，我笑曰，沒想到大叔連穿著品味都近似！還有一點可能是非同齡人、或非有共同閱讀經驗的人無法體會的，便是苦茶在本書的寫作風格，似乎頗受到早期《日本史話》作者汪公紀，以及司馬遼太郎先生的影響，年輕人讀起來或許覺得老氣橫秋，吾輩卻深感有種見到老朋友的喜悅。我自己讀得很過癮，但隨即又不免擔心，苦茶這書是要寫給誰看啊？因我著實不確定新時代的讀者，究竟有多少人對這些典故著迷，儘管苦茶在自序中也已提到，但我不禁雞婆起來，試著從我寫影片腳本的角度，試著為讀者或觀眾，敘述那個曾經有的時代。

正如不久前在臉書見到某粉專介紹了《昭和 40年男》這本雜誌，說是在數位閱讀與影音的時代中逆勢成長，並滿足了許多同年紀大叔們的少年夢想。昭和四十年，是一九六五年，正是我出生前一年，如果對應於民國年號，勉強可說是「五年級男」，但彼時吾輩仍在戒嚴體制下的填鴨教育，看的聽的都是愛國電影與歌曲，日本翻譯小說無疑提供了一種幻想的可能，而到了有錄影機的時代，「強巴拉」時代劇更成為娛樂的出口。印象中，由於我家長輩洋化較深，並未那般熱衷於日本時代劇，錄影機反而都是以我看動畫影集為主，但無論如何，《暴坊將軍》、《水戶黃門》畢竟還是看過的戲碼。

我同樣有個癖好，若是在舊書店看到小時候的日本武俠書，便如獲至寶，必然收集。例如某次出外景，在宜蘭的舊書店發現《里見八犬傳》，後又在牯嶺街偶遇《宮本武藏》，都是意外驚喜。其實以前的書字很小，少年時期也未必看得進去，但主要是被精美插畫所吸引，且書中往往有些情色描寫，在「禁斷的年代」都是少男慾望想像的出口，例如余阿勳翻譯的《眠狂四郎》、《柳生英雄傳》系列，又或我從動畫中認識的《浮浪雲》等等。相較之下，幾乎是同時的金庸小說，往往強調「俠之大者」，精忠報國民族大義之下，便少了活色生香的描寫，或許也是兩者之間最大的差別吧。

近年日本無論時代電影或大河劇，開始走寫實風格，我個人認為是以《龍馬傳》、《神劍闖江湖》導演大友啟史，以及實際參與過好萊塢電影《末代武士》的導演原田真人為主，動作也明顯受到香港武打風格影響，拳拳到肉，刀刀見骨，華麗而繁複，儘管我個人喜愛這類風格，但也不免懷念起那質樸的年代，拔刀互砍之前，還要來句經典口號，幸好日本漫畫作品創意無限，總有類似《銀魂》之類的作品，戲仿當年的風格而創造出天馬行空的設定，日本作品，永遠不令吾輩失望啊。

苦茶本書考證嚴謹、資訊豐富，但若真要簡單做個導讀，本書可說是以《暴坊將軍》這部相對廣為人知的時代劇作品為引子，帶領讀者深入「日本時代武俠」獨特且豐富的文化領域；這類型作品根植於歷史的土壤，其角色、情節、甚至服裝道具，都必須符合特定的時代背景，也造就了與天馬行空的華文武俠小說截然不同之風貌。

歷史，是日本時代武俠的基石。從古代神話中素戔嗚尊斬殺八岐大蛇、到江戶時代武士階級的興起，武的文化貫穿了整個日本歷史，也深刻影響了日本人的民族心靈；這種深厚的歷史積澱，自然而然地孕育出豐富的武俠題材。而「軍記物語」之類以戰爭為背景的小說，例如《平家物語》和《太平記》等，描繪了武士的英勇事蹟，歌頌了武藝和忠義精神，為後世的武俠小說奠定了基礎；及至江戶時代興盛的「草雙紙」和「讀本」等通俗文學形式，更為時代武俠的發展提供了肥沃的土壤。

到了現代，報紙連載小說成為日本時代武俠的濫觴。中里介山的《大菩薩嶺》、林不忘的《丹下左膳》以及吉川英治的《宮本武藏》，或許也包括我自己較熟悉的司馬遼太郎《龍馬行》等作品，標誌著日本時代武俠小說的正式誕生；這些小說不僅刻畫了劍豪們的武藝和精神，也反映了當時的社會風貌和時代思潮。「立川文庫」是日本時代武俠的重要推手，這些以忍者、武士、劍豪為主角的通俗讀物，雖然情節荒誕，但因其通俗易懂、價格低廉，深受當時學生與社會人士的喜愛，也為時代武俠的普及做出了貢獻。

虛構與認真並存，是日本時代武俠的特色。苦茶以山田風太郎的忍法小說為例，指出即使是天馬行空的忍法情節，也必須建立在嚴謹的時代背景之上；而為了避免出現史實錯誤，日本甚至出版了許多「時代小說寫作指南」等工具書，供作家參考。這種對歷史考據的嚴謹態度，正是日本時代武俠小說的魅力所在。「歷史小說」與「時代小說」的界線有時並不明確，界定一部作品究竟屬於歷史小說還是時代小說，往往取決於作者和讀者的理解。

本書還探討了江戶時代武士社會的階級結構，特別是「旗本」和「御家人」的處境和社會形象，作者以《御家人斬九郎》和《旗本退屈男》等作品為例，說明了這些下級武士在承平時代的無奈和掙扎；通過對這些作品的分析，本書不僅展現了日本時代武俠的獨特魅力，也讓我們看到了日本武士文化和社會制度的演變。

苦茶兄以其深厚的學養和獨特的視角，為吾輩與年輕讀者打開了一扇通往日本武俠世界的窗口，期望未來有志之士再接再厲，寫出大河劇乃至諸多漫畫作品的時代背景，滿足更多年齡層觀眾讀者對知識的渴望，是我等「昭和男」之幸也。

推薦人／工頭堅

旅行長，日本歷史旅遊Youtuber，《工頭堅的龍馬之旅》、《工頭堅的京都時光》作者。

割烹花熊
ポウ

【自序】汝等忘了余之顏，怒向刀叢覓小詩

昭翡總編告訴我，楊牧先生生前自曝最愛收看《暴坊將軍》。吾友曉文女士，胡蘭成滯臺期間倚靠的姪孫女，也說天天要看。寫作本書過程中，不經意向師友們提起主題是日本武俠，開頭就談《暴坊將軍》，他們瞬間睜大雙眼，提高聲調：「我小時候看過！」或「我阿公、老家的誰誰誰都在看！」這些回饋鼓舞我寫下去，同時加深疑惑：既然不分階層身分大家都喜歡日本武俠，怎沒人寫出普及介紹或研究賞析的專書？

我有個夢想：讀到以日本時代武俠小說及影劇為主題的隨筆。

用華文或寫、或譯日本歷史文化隨筆者眾，不乏大家名筆，惜無專攻劍豪武俠者。介紹日本武士的普及讀物，大都關注戰國軍人武士而非劍客；寫劍客者只關注宮本武藏或新選組。研究日本電影的專著不少，卻罕涉娛樂類型片，更無專論武俠片者。論電影巨匠，只推舉小津、黑澤、溝口、成瀨，卻罕提**「一二三五八」**：**工藤榮一**、**深作欣二**、**三隅研次**、**五社英雄**、**岡本喜八**。

唯有二者：茂呂美耶女士的《物語日本：劍客、忍者、幽怪談》體例接近我的理想，可嘆

劍客、忍者篇幅不到二分之一；中國羅麗婭《日本武士電影研究》（中國社會科學出版社，二零二二年）為武士電影編史，架構分明，資料豐富，惟學術論文較適合當工具書。

多年來遍尋臺、港、中三地華文出版品，無愜意者。既然等不到，索性自己寫一本。即是本書。

吾生也晚，沒趕上日本片堂皇登臺的年代。須俟錄影機普及後，始於電視小螢幕見識日本武俠劇。此外有賴八零年代有線電視「第四臺」、九零年代曇花一現的博視東映臺。電影則要等政府解禁日片，方在戲院大銀幕目睹《魔界轉生》柳生十兵衛／千葉真一英姿及搭配英語主題歌的《新里見八犬傳》。DVD風行時期，打開被禁錮的視野，盡我所能蒐羅三區、二區、「全區」看得到買得到的光碟。

至於日本武俠小說，從武陵出版社《丹下左膳》、《柳生一族的陰謀》（一九七八年初版）入門。時值上世紀七零年代後期，可能為了租書店龐大需求，出版界有一小股翻譯日本武俠的風潮，不乏中里介山《大菩薩嶺》、吉川英治《宮本武藏》、

五味康祐《柳生英雄傳》、柴錬《眠狂四郎》等經典。惜哉這股風潮先盛後衰，因當時臺灣本土武俠如日中天，八零年代則由金庸統帥武林。人棄我取，從舊書店書櫃最高層、最角落或壓在書堆最底下，挖掘塵封朽舊的日本武俠，一本一本救回家。

搜之讀之觀之，忍不住動筆評之論之讚之。人人都有部落格的最盛期，我寫下多篇時代武俠書話及觀影報告，歸為一輯，借用柳生新陰流劍招，命名〈一刀兩斷〉。然而筆不精審，行文輕佻，頗不雅馴，大抵抄錄資料，堆砌成篇，充其量只是一個狂粉熱情喊話。

多年後，「書物研究」輯成《人間書話》（聯經，二零一七）與《雖然是藏書病但沒關係》（允晨，二零二四），「宅物研究」輯成《禁斷惑星》（木馬，二零二二）。惟獨當年談武俠舊文不知如何處理。馬奎斯說他每寫一本書之前，必須先學會如何寫它。我也花了二十年時間研究學習書寫策略。

出版《人》、《雖》、《禁》三書後，恍然大悟，寫「日本武俠研究」必須一刀兩斷，砍開舊文框架，剔除贅肢，留其骨幹，加入新材料，模鑄為梁柱版牆。讓「書話、影話、史話、八卦、隨想」凝和一團。書成檢閱一過，自我讚嘆，即使日本同型著作，亦無如此章法？

二零二二年底東京，二三、二四年初京阪，於踏雪尋櫻拜寺詣社之際，尋訪各新舊書店古本屋，蒐羅採購，再加上歷年弆藏珍本逸本文庫本，建構最值得信賴的靠山。紙本與網路雙管齊下，互相勘對。例如暴坊將軍並非如電視劇人設那般扁平，他周遭環繞許多祕辛。子母澤寬身世，維基不夠詳盡，也不完全正確。歷來臺港美日有多少影劇模仿座頭市？中里介山抱獨身主義？林不忘慧星殞落？均予耙梳闡明。惟本書仍是雜文，引用出處無法一一索引作注，如果有錯，必是抄錯，尚請見諒。

本書架構簡單。序章〈醉夢譚〉概述「時代物」定義，簡敘日本「武」及武俠流變，為初心者建立概念，便於入門。之後進入主體。前兩章談臺灣觀眾最熟悉的《暴坊將軍》及《盲劍客》。有主文及衍生子題，各篇可以分開讀，其實是環環相扣的一體。第三章〈劍豪武藝帳〉係作品分論，談小說、論電影、說作者。

初稿文字約十五六萬，撿擇十四萬供出版社審閱，總編囑咐壓縮至十二萬為宜，遂忍痛移除數篇。寫得頗得意的市川雷藏《忍者》、拜一刀《帶子狼》、柳生十兵衛、《浪人街》、《椿三十郎》、《一代劍王》等未能收入，只好寄望未來編入第二集了。

沉迷於武俠，本已令人不齒，若沉迷於日本武俠，似乎更落入下下品？只因它總能令我：

藉影劇看歷史，藉小說看社會。

於刀劍看義理，於市井看人情。

本書寫作宗旨亦如是。

好看的武俠，能呈現精彩絕妙的殺鬥及細膩動人的詩意。一句概括就是「怒向刀叢覓小詩」

（魯迅詩），是我衡量武俠作品的標準。而「刀叢裡的詩」（溫瑞安句）更常見於日本武俠。怎不令人沉迷？

沉迷者不只我。一九六七年梅爾維爾執導、亞蘭德倫主演的《午後七點零七分》原片名取為《Le Samouraï》，武士。一九九八年勞勃狄尼諾主演《冷血悍將》原文片名取為《Ronin》，浪人。為何？此又一樁公案，本書或可解惑。

謹以本書與老粉絲團聚取暖，助新粉絲登堂入門。一同見證劍豪們於世情中流轉，游走生死。一起緬懷大眾文化的煌煌盛世，令傳奇昇華，重建「劍豪大時代」。

序章

醉夢譚

日本時代ものエッセイ

醉夢譚：隨筆日本時代武俠

日本時代武俠小說的起源

《史記》〈游俠列傳〉引用韓子曰「儒以文亂法，而俠以武犯禁」標舉俠與武二字。該傳引介朱家、田仲、劇孟、郭解等俠客，個個好武喜劍，行事海派，有情有義，但此「俠」並非我們所理解的現代「武俠」，而是類似地方角頭，遊走制度、法律邊緣，甚至越過界線「以武犯禁」，挑戰公權力。

日本雖然無太史公為游俠、刺客作傳，但他們自古即是尚武國家，遠古神話就有許多耍刀弄槍的場面。例如素戔鳴尊運用十拳劍斬殺八岐大蛇，從其體內取得天叢雲劍，是日本天皇正統象徵三神器之一。還有一位不是天皇卻是天皇之父的日本武尊，武功深厚，徒手殺掉親兄，西征南九州，東征蝦夷。

《日本書記》記載神武天皇之子「綏靖」當皇子時擅長弓箭。第十代崇神天皇之子「豐城入彥命」於夢中「八廻弄槍、八廻擊刀」。雖是夢占，亦可推估必嫺熟武術。

「武士」一詞出現在奈良時代養老五（七二一）年元正天皇詔書。平安時代中期以後武士登場。知名武士有坂上田村麻呂、文室棉麻呂、藤原利仁等，接下來是源、平武士互爭。

從鎌倉到室町到江戶，天皇被供奉起來，實際政務委託征夷大將軍，成立幕府，實施武人專政。除了皇室及少數王公貴族占據「形式上的尊位」，武士才是社會頂層有力的支配者，此即「武家社會」。武家社會成型後，武藝擴大發展。《甲陽軍鑑》有「武藝四門」及「六藝（弓、鐵砲、劍、槍、馬、柔術）」的說法。

宗教教團也發展武力。常陸國鹿島神宮的神官研發出最古老劍術「鹿島太刀」，由七個家族代代相傳稱為「關東七流」，在室町時代中期創出「天真正傳香取神道流」，又衍出「鹿島神流」、「新當流」。騎射武藝「流鏑馬」溶入神社祭典。佛教僧團不只唸經誦佛參禪，為了維護豐富寺產發展出僧兵戰隊，足以與武士抗衡，戰國時代曾經讓織田、德川疲於奔命。一六三七年切支丹基督教徒領導的農民武裝革命「島原天草之亂」，攻守方合計有十六萬多人會戰，是江戶時代前期最大內戰。

幕末動盪，階級動搖，庶民也可學習武技，武士沒搞頭或認分的則下放為庶民，最後廢藩廢刀，不再有武士，大家都是天皇的子民。殺人武術轉變成各種運動項目供國民修習。劍術變劍道，柔術變柔道，弓術變弓道，還有流傳世界的空手道。武的文化貫串整個日本歷史與民族心靈。基於此根柢培養出來的武俠小說與戲劇非常強盛。

與中國類似，相對於小說，日本有物語。相對於說書，日本有講談。講談錄成文字即講談本。日本古典文學有「軍記物語」一門，可理解為戰爭小說，名著有《平家物語》、《太平記》、《義經記》、《曾我物語》等。以戰史為背景，描述名將、武士英勇建功或慘烈戰敗的事蹟。生動的人物、精彩的橋段，夾敘戰技及武術，並闡發勇武忠義的精神，成為孕育未來武俠小說的土壤。

江戶時代市井流行具娛樂性質、圖文並茂的繪本「草雙紙」及文字為主的小說「讀本」。出版業（含製書、製畫）、書店、租書店（貸本屋，有店面或無店面的遊走小販）等書籍產業興旺。小說家輩出，可以曲亭馬琴為代表，傳世名作《南總里見八犬傳》乃一部超長篇歷史奇幻武俠。作家將黑社會械鬥改編為小說《天保水滸傳》，模仿水滸傳刻畫黑幫群雄之豪勇任俠，風靡大江戶。

日本近代意義的武俠小說從報紙連載小說（新聞小說）開始。可以中里介山的《大菩薩嶺》（一九一三年）代表，林不忘的《丹下左膳》、吉川英治的《宮本武藏》為後起之秀。「大眾小說」的概念剛萌芽時，狹義的「大眾小說」就是時代小說，狹義的「時代小說」就是武俠小說。

此外，自明治四十四（一九一一）年起至大正末

年，大阪的立川文明堂邀請講談師依據歷史、戰史、歌舞伎劇目、講談故事及民間傳說，改寫成忍者、武士、劍豪、武將（例如猿飛佐助、真田幸村、塚原卜傳、水戶黃門等）的傳奇，雖荒唐不稽（例如忍者「兒雷也」可以忍術隱身並變化成大蛤蟆），但熱鬧精彩，開本小易攜，售價便宜，小學生愛不釋手，是當時轟動流行的課外讀物。這套讀物出版約兩百種，合稱「立川文庫」，也是時代武俠的前身。

日本時代武俠影劇的起源

中國武俠劇的起源，當是藝人或劇團改編或原創武俠故事，以各種戲劇形式公演。不論是戲偶或武生，只要上演打架武戲，看他翻滾打鬥就是有趣。文明開化之後，拿起攝影機拍攝，就出現武俠電影，無聲臻有聲，黑白化彩色。二十世紀後半，電視機發明、普及、進入家庭，就出現武俠電視劇。日本也差不多這個模式。

日本傳統藝術歌舞伎表演就有打鬥、劍鬥橋段，稱為「立廻り」。如同劍道修行者演練劍道形，歌舞伎的「立廻り」也是由演員打出「相山」、「天」、「地」、「柳」、「胴回」等等劍招「形」，出刀、格擋、扣手、閃躲、迴旋及走位，組合各種「形」來套招，動作不激烈，刀劍也不會互碰。以寫意手法處理寫實的劍鬥，主要是呈現力與美。打「立廻り」，須有專人編排「形」的組合，指導演員如何套招，具備此專業的師傅稱為「立師」，應是後世影視界「武術指導」的祖師爺吧？

武俠劍劇則是發源自舞臺劇。澤田正二郎於一九一七年創立「新國劇」劇團，有別於傳統戲曲，以現代化舞臺劇娛樂大眾。一九一九年於京都明治座公演《月形半平太》，舞臺上演出「真實化」武打劍鬥（殺陣），立刻造成轟動。這是未來武俠電影的雛型。

一八九五年十二月盧米埃兄弟在巴黎首次公開放映電影《火車進站》嚇壞觀眾。次年就有商人高橋信治在神戶某俱樂部放映電影。一八九八年攝影師淺野四郎開始拍攝活動寫真（電影）。電影引進日本才沒多久，開設劇場的牧野省三就動腦筋想自己拍片。與橫田商會合作，由牧野擔任攝影暨日本第一位電影導演，製作日本第一部時代劇電影《本能寺合戰》。次年啟用歌舞伎藝者尾上松之助，成為日本第一位電影偶像明星。尾上演的都是時代劇，差不多把立川文庫眾多英雄忍者劍豪們都演遍，生涯大約拍了一千部片。招牌動作是努力睜眼似雞蛋大，粉絲封他外號「目玉の松ちゃん」。可惜他主演的影片只少許存世。

發源自舞臺的劍劇引入無聲黑白電影，可以玩打架劍鬥，還可以利用電影科技玩隱形、魔術、扮裝怪獸、飛天遁地的特效，武俠電影頓成大眾娛樂新寵兒。在太平洋戰爭之前，武俠電影的質與量已達高峰。戰敗後，為防範軍國主義死灰復燃，禁止宣揚武士道，駐日盟軍總司令部（GHQ）壓制武俠電影，不許製作上映。電影界只好改拍時裝劇及不動刀劍的古裝劇。盟軍撤走也隨之解禁，封鎖的刀劍再度出鞘揮舞，武俠電影又竄上高峰。

時代前進，硬體技術上，有聲取代無聲，彩色取代黑白，快速犀利的殺陣取代遲緩呆滯的套招。再過來七零年代電視機搶走電影院的觀眾。不只武俠片，整個電影產業逐漸下坡。電視武俠劇興盛，臺灣觀眾最熟悉的電視劍客是暴坊將軍。九零、零零年代，優良的武俠電影始終都有，但總體片量已經不行。進入串流平臺時代，電影業慘兮兮，電視劇也沒好到哪裡。武俠劇幾乎滅亡。科技與傳播日新月異，娛樂花樣多變，人心總是喜新厭舊，沒辦法，這就是時代的眼淚。

牧野省三畢生培育諸多映畫人才。如內田吐夢、衣笠貞之助、牧野雅弘、松田定次等映画監督，及尾上松之助、阪東妻三郎、片岡千恵蔵、嵐寛壽郎、月形龍之介、市川右太衛門等明星。後人尊為日本電影之父。他的徒子徒孫打造強大的時代武俠片帝國，等同電影產業命脈。那個年頭，差不多講到日本電影，就是時代劇。講到時代劇，就是刀劍武俠。講到電影巨星，就是目玉阿松、阪妻、片岡、嵐寛、月形、市川這些武俠大明星。

現代人接觸的武俠文本不外乎小說及戲劇，戲劇又以電影及電視劇為主（傳統戲劇暫且不論）。小說是一個圓集合，影劇是另一個圓集合，這兩個圓交疊出很大一塊交集（小說改編成影劇或影劇寫成小說）。要談日本武俠，無法兼顧兩圓及其交集，姑且先從一切的源頭：「小說」談起。首先談談「時代小說」。

「時代小說」是什麼

日本大眾文學有「時代小說」一門。大致類比我們華文世界理解的「歷史小說」。不過，日本文學又另有「歷史小說」一門，雖然時代小說、歷史小說都以歷史為題材，但並不相等。

歷史小說首先其主人翁是真實歷史人物，他的生涯及行動大致遵循史籍上真實有據的時、事、地、物。只在史籍、史料未及記載的字裡行間空白處，作者可以發揮演繹，適度填空。作的是「填補」的工作。時代小說則寬鬆許多，不論主角是真實或虛構人物（虛構為多），只要在設定的歷史時代背景內活動，事件發生的時間、地點並不那麼講究。輕微偏離史實亦無傷。作者在歷史時代大框架下盡情塗抹色彩，加上額外裝飾或點綴，作的是「發明」的工作。

「歷史小說」的歷史多、虛構少。「時代小說」的歷史少、虛構多。但兩者都必須遵從「歷史背景」。臺灣讀者熟悉的日本歷史小說有井上靖的《風林火山》、《戰國紅顏》；司馬遼太郎的《龍馬行》、《坂上之雲》；海音寺潮五郎的《天與地》、《蒙古襲來》；山岡莊八的《德川家康》、《武田信玄》等。

而《水戶黃門》講黃門公周遊巡迴日本各地打擊貪官汙吏，德川光圀確有其人，遊歷的山川風土都是確實的，但周遊巡迴是虛構，隨從格桑、助桑也是虛構，所以歸為「時代小說」。用中文作品比喻，高陽的清宮慈禧全傳是紮紮實實的「歷史小說」。《嘉慶君遊臺灣》，背景是清代，地點是臺灣，主角嘉慶君、太子太保王得祿確有其人。惟「遊臺灣」這件事全然虛構，應歸為「時代小說」。

「歷史」乎？「時代」乎？原則如上，但日本人自己也沒能分清楚。分界線存於作者及讀者的心中。

時代小說是指什麼時代

最近臺灣影劇界也開始使用「時代劇」這個名詞。敘述一八六七年羅妹號事件及南岬之盟的《斯卡羅》是時代劇；以五零年代為背景，述說新竹北埔客家茶業家族興衰的故事《茶金》也是時代劇。似乎只要故事背景是某「特定」時代，即使近如上世紀七零年代、八零年代，也可以稱為「時代劇」。

但是日本時代劇、時代小說所謂的「時代」並非如此寬泛。

電影《ALWAYS幸福的三丁目》時空背景是一九五八年東京都下町，劇組必須重建整個五六零年代，複刻服裝、髮型、布景、道具、街景，但他們不會稱呼這部片是時代劇。

日本時代小說、時代劇的「時代」，簡單地說，泛指角色人物還穿著「古裝」的年代。穿古裝的年代，下限可以拉到西鄉隆盛發起「西南戰爭」結束次年的明治十一（一八七八）年。一八七一年廢藩，七六年廢刀，若再往下，文明開化，時代巨輪滾進現代摩登，人人西裝革履，已沒有古裝角色擅場餘地。

至於上限，無明確定義。常見作家用寫實筆法處理傳說及神話中的「神明」、「半人半神」的英雄或王者，讓他們以有血有肉的人類之姿活在古老日本。例如邪馬臺國女王卑彌呼就常成為時代小說主角。也可參考安彥良和漫畫《大國主》、《神武》、《蚤の王》的表現方式。

上述所謂時代上、下限，只是邊緣極區，並非主流。面對「常態分布曲線」，我們暫時切開左右兩端，關注中央四個標準差範圍那一大塊。時代小說的時代，以設定於德川幕府江戶時代最常見。其次是戰國時代（安土桃山），再其次是室町時代前中期。

有人細分如下，合理且實用：

【戰國時代・安土桃山】從應仁之亂到關原合戰：應仁元年（一四六七）～慶長七年（一六零二）

【江戶時代前期】江戸開府到赤穗浪士討伐：慶長八年（一六零三）～正德五年（一七一五）

【江戶時代中期】享保改革到江戶文化成熟期：享保元年（一七一六，吉宗於此年就任將軍）～文政十二年（一八二九）。

【江戶時代後期・明治初期】幕末天保到明治西南戰爭：天保元年（一八三零）～明治十一年（一八七八）

為了讓讀者抓到歷史感，姑且作一橫向比對：

江戶開府的慶長八（一六零三）年，德川家康受封征夷大將軍，為明萬曆三十一年。當年建州女真努爾哈赤威震遼東，築都城於赫圖阿拉。約四十年後，一六四四年甲申三月，崇禎皇帝自縊身殉。

時代小說的下限，西南戰爭結束次年的明治十一（一八七八）年，那年「維新三傑」之一的大久保利通遇刺身亡，為清光緒四年，正值清國「同光之治」盛期。十七年後，一八九五年簽署馬關條約割讓遼東、臺灣、澎湖給日本。

時代小說寫什麼？武俠題材才是最大宗

時代小說都寫些什麼？什麼都可以寫。

《天地明察》講天文、地理、測量、曆法、數學。《東海道四谷怪談》講怨靈、咒殺、鬼報仇。《陰陽師》講安倍晴明降妖伏魔。《五瓣之椿》講江戶一樁連續殺人命案。《半七捕物帳》講江戶「基層警察」（岡引）街頭辦案。《紅鬍子診療譚》講濟世救民的古怪名醫。《三郎》講工匠榮二、三郎兩位好友情誼。《一路》講參勤交代制度。《橋物語》（藤澤周平著）講江戶男女愛恨別離。《花戰》講池坊流花道對抗秀吉。《名人碁所》（江崎誠致著）講爭奪名人頭銜的圍棋戰。可謂百工百業百事皆可入。

甚至連中國都可以寫。夢枕獏的《沙門空海之唐國鬼宴》寫大唐盛世的奇幻妖怪錄。田中芳樹《奔流》背景是西元五零七年南梁與北魏的「鍾離之戰」。

在時代小說之內，有一塊以劍客、武鬥為主題核心者，即為「時代武俠小說」。「時代武俠小說」是我特意創造的中文詞，日文裡沒有。為了敘述方便，區分清楚，我把時代小說中具有武俠成分者，稱為「時代武俠」。雖然日本人看這名詞可能覺得不倫不類。

日本人稱呼「時代小說」，本就不強調內容是否含「武俠」。如果要強調武俠，他們會以「劍戟小說」、「劍豪小說」、「強巴拉（チャンバラ）小說」稱之。但微妙的是，雖然時代小說題材包山包海，日本人說出「時代小說」一詞，語感八、九成是指「武俠小說」。以出版數量、出版現象論，「武俠題材」才是時代小說最大宗。每次票選年度最佳時代小說，或名家推薦史上最佳時代小說，名單十之八九是「時代武俠小說」。

日本人發明「武俠」

《史記》引韓子：「儒以文亂法，俠以武犯禁」句，點出俠、武二字，此後近兩千年中國文學史，有「游俠」、「義俠」、「劍俠」，但就是沒有人合併武、俠二字為「武俠」一詞來使用。

直到清末民初大眾小說發達，誕生我們所認知的現代武俠小說，「武俠」才成為華文小說專有名詞。當時用「武俠」一詞係外來語，引自日本，乃小說家押川春浪（おしかわしゅんろう，一八七六至一九一四年）創制。

押川的代表作《海底軍艦》系列，其第二、四、六部分別命名為《武俠的日本》（一九零二）、《武俠艦隊》（零四年）、《東洋武俠團》（零七年）。他於一九一二年擔任《武俠世界》雜誌主筆，該誌由武俠世界社出版，興文社發行。經由小說及雜誌推波助瀾，「武俠」一詞在明治大正年間引領風騷，深入大眾文學領域，吸引不少作家及讀者。這些同好紛紛撰寫押

川風格的「武俠冒險」小說或者書評文評，投稿《武俠世界》。成就「武俠」一派。

押川筆下所謂「武俠」，是指「秉持剛勇義烈的精神，對抗壓迫自由、獨立、人權的惡勢力」。有趣的是，《海底軍艦》系列是科幻軍事小說。在這套小說裡，「武」是可以飛天或潛海，擁有大砲大槍的未來科幻超兵器，「俠」是乘坐超兵器飛機、潛艇縱橫四大洋五大洲的超級英雄。反派敵方則是俄羅斯帝國。「武俠」在他的書中，反而是劃時代的嶄新思想。如同科幻小說初誕生的宿命，《海底軍艦》暨武俠系列，通俗易懂，訴求直接不深奧，屬性更接近迎合少年口味的熱血讀物、冒險小說。

押川作品於一九零零年代經翻譯流傳至大清國，「武俠」一詞及其精神也被帶進來，經清國文化界吸收，發揚光大。陳平原《二十世紀中國小說史》統計一八九六至一九一六年引介的外國小說家，中譯本出版最多前五名，是柯南・道爾、哈葛德（Sir Henry Rider Haggard）、凡爾納、大仲馬及押川春浪。

押川所謂的「武俠」是新潮時髦的，是文明開化的，是人種進化強壯的表現，是科學技術進步的成果，甚至帶科幻色彩。當時想除舊布新的清國有識之士（維新派或革命派）正好需要這個。不過，正打歪著，「武俠」一詞傳到中國之後，沒有掀起「科幻」風潮以健身強國，反而用在江湖鬥狠、行俠仗義的小說。而押川發明「武俠」一詞之後，雖然徒子徒孫、仿寫者及粉絲眾多，但他的押川體「武俠小說」在日本文壇並沒有成氣候。日本大眾小說也沒有把「武俠」一詞用在武俠小說類型上，這也是怪事。我推測可能與押川英年早逝有關。他去世於一九一四年，僅三十八歲。若再給他二十年歲月，或許日本大眾文學發展會有不同面貌。

至於說到「俠客」，きょうかく，日文辭典裡有的，意指在黑社會走跳的徂徂人。從事非法的勾當，遵奉仁義（義氣），集結組織化就是幫派、暴力團。相似詞為「義俠」、「任俠」、「博徒」、「渡世人」、雅酷殺ヤクザ。概念等同司馬遷《史記》所說的游俠了。高倉健主演的《日本俠客傳》及《昭和殘俠傳》系列，講的不是古代武俠俠客，而是明治大正、昭和前期的黑幫雅酷殺。這個類型統稱為「任俠」電影。日文漢字「俠」已脫離中文涵義，窄化為「黑道」。

日本武俠的虛構與認真

除了金庸、梁羽生作品依附歷史時代（但也不見得寫實），絕大多數華文武俠小說架構於虛幻的江湖武林。枯冷的地方叫做「關外」，鳥語花香的地方叫做「江南」。大俠、女俠沒工作沒收入，卻有錢吃吃喝喝通行大江南北。不須考據，全然虛構，只要浸泡在「江湖」即可。寫作華文武俠的門檻很低。

但是日本的武俠小說，如果沒有歷史背景，角色都不知該怎麼穿衣走路吃飯了。這是中國與日本武俠最大不同點。日本武俠的時代設定完成後（所以它屬於時代小說一種），山川環境、地理形勢、民俗風情、社會結構及政治制度必須跟著走。

只要舞臺沒搭錯，情節要如何瞎掰鬼扯都可以。例如山田風太郎的忍法小說，即使他描述的忍法已經到達魔法、巫術程度（例如裸女肚皮撐爆，從裡面鑽出一個復活的宮本武藏之類，你可能還看不懂我在寫什麼），飛天鑽地，極盡荒唐無稽之能事，但是背景仍須講清楚是哪個時代，例如《魔界轉生》是島原天草之亂及由比正雪之亂，《甲賀忍法帖》講德川家光與忠長的繼位之爭。

日本武俠緊扣歷史，常常可以精確到年月日。導致寫作日本武俠具有相當高的門檻。書市常有《時代小說寫作指南》、《如何寫時代小說》、時代小說《事典》、《圖鑑》之類工具書供新進作家查閱，以免寫出來的東西與史實牛頭不對馬嘴鬧笑話。也有歷史學家專門揪出時代劇服裝、道具、劇情、演員動作口音等錯誤或考據不實之處，久而久之也能出書。對於大眾消閒娛樂文化之古裝武俠劇，如此正經嚴謹以對，還進行考證除錯，在臺、港、中三地華文圈難以想像。

從小說到電影，從電影到漫畫

有時代小說，當然也有「時代劇」。依附不同載體，就有：時代舞臺劇、時代電影、時代電視劇。當然也不能漏掉時代劇漫畫及動畫。以上從小說到戲劇、電視、電影、動漫畫，統稱為「時代物（時代もの）」。

文本常依附幾個不同載體。例如《座頭市》本只是一篇歷史隨筆，大映電影公司加以改編，以人物設定搭配虛構劇情拍成電影。配合宣傳活動繪製成漫畫出版單行本。電影告一段落之後，勝新太郎的「勝製作」依據這套模式拍攝電視劇，也製作舞臺劇。

《暴坊將軍》本是長壽電視劇，有作家井川香四郎依據人物及劇情設定寫出小說三冊。讀者讚譽明明只有文字，讀來彷彿看了一部兩小時電視特別篇。二零二四年松平健舉辦藝能生活五十週年感謝祭，在明治座演出舞臺劇重現吉宗風采。

地酒

時代武俠的主角：從軍人到劍客

日本武俠的主角，當然就是「日本武士」。但其實不只有武士，還有捕快、浪人、武術家、博徒、無宿者、忍者，甚至醫生、工匠、按摩師、藝人等等。

我國讀者對於「武士」並沒有正確觀念。以為像華文武俠所述，日本人人均可練武習劍，憑一身武功行走江湖，腰插一把武士刀，趾高氣昂，永遠對小老百姓生氣的，就是武士。

所謂日本武士，尤其江戶時代幕藩體制下的武士，必須有家族姓氏（家名、苗字）、有俸祿（知行石高），有效忠的主君（幕府或諸藩），通常有派遣職務（奉公），如果沒職務，至少要在編制內。剃月代並依規定配大小二刀。不能沒事腰插大刀遊走亂竄。無故擅離藩境就是脫藩，須法辦。

我將武士區分為軍人武士與劍客武士。各位熟知的謙信、信玄、織田、豐臣、德川等武將，都是戰國時代的軍人武士；而柳生十兵衛、拜一刀、早乙女主水之介、長谷川平藏、黃昏清兵衛乃至幕末的龍馬、新選組都是江戶時代的劍客武士。本書關注的是後者。

軍人與劍客都是武士，但他們已是兩種不同生物。其流變分野，大致等同戰國與江戶的歷史分野。

「武士」有許多層次。如果只會武術，頂多稱為「藝者」、「武者」。正宗的古代日本武士，除了嫻熟武術，尚須出身武藝世家（所謂「弓馬之家」）。他們的任務在中央，是國家編制的軍人或護衛皇城的警衛及警察武官（近衛、兵衛、衛門及檢非違使），也有派駐各令制國的部隊。在地方，則起先是莊園主僱用的武裝護院，之後進化為封建主轄下的世襲武裝軍人，平時在農村務農，戰時應徵召並就地組織小部隊出戰，繼而繁衍成軍事世家或地方豪族（擁有土地與武力）。天皇勢弱，幕府將軍失權，中央失能，戰國軍閥割據，大吃小，小刺大，無忠無孝，忽順忽叛，唯利是圖，戰伐不休。豐臣滅，德川興，進入江戶時代，總算歸於一統，天下太平。失去戰場，「軍事型武士」必須轉型。大方向是轉為行政官僚。一般的頭路是服務於幕府或各藩當公務員，無藩可歸者或因罪被開除者就變成浪人。

現代公共行政事務，在江戶日本乃由武士執行。武士是「文官」，很妙。武士行政職含括財政金融、農林漁牧、礦業、商業、土木工程乃至警察、消防等。興建土木工程有負責發包施工、監造的武士，伺候藩主打獵有負責養馬養鷹的武士，會計作帳有打算盤的武士，管理楊楊米有採購維護的武士。

日本並未移植中國科考制度，如果不是武士家族出身，很難出頭，只能朝農漁工商發展，代代相傳，導致階級身分定著牢固。如此則武士萬不能喪失身分與階級，亦即不能喪失俸祿及工作，不能讓家名斷絕。小自一個家庭大至整個藩，斷了就萬劫不復，必要時不擇手段維護之。於是此中發生許多專屬於武士及其家族的哀樂悲喜劇，也是時代小說戲劇主題。

擔任行政官僚，必須接觸文書，須識字，通文句，學問之道不能偏廢。同時，戰國下剋上的風氣應禁絕，武士內在精神與道德不能不建設。教育經典來自中國，哲學以儒學為主，飽讀詩書，熟悉儒家經典，學習儒教德目「仁、義、禮、智、忠、信、孝、悌」（這就是八犬傳八顆寶珠上的文字），強化武士道。而部分接受儒家「尊王攘夷」思想的武士們，忠君報國，把「君」字從將軍轉為天皇，遂在幕末扭轉歷史走向。

江戶時代武士，雖說轉型行政職，仍須鍛鍊武技，但以劍術為主流，稱為「兵法」。此「兵」乃刀劍槍箭等「兵器」之意。而我們習知屬於《兵法》、《武經七書》的戰場行軍布陣、用間、軍事戰略戰術乃至戰爭哲學的學問，稱為「軍學」。

日本劍術有「三大源流」之說：念流、天真正傳香取神道流、陰流。三個流派成立於室町時代中後期，宗師有念阿彌慈恩（創立念流）、飯篠長威齋（創立天真正傳香取神道流）、愛洲移香齋（創立陰流）、中条兵庫助（承自念流另創中条流）、塚原卜傳（承自神道流另創新當流）、上泉伊勢守信綱（承自陰流另創新陰流）等。上泉及塚原常被寫入武俠小說。能靜謐深沉又能聒噪搞笑的堺雅人就曾在電視劇飾演塚原卜傳，他也能舞刀弄劍演出殺陣，意想不到吧？

室町幕府第十三代將軍足利義輝，是信玄、謙信、信長、家康同時代人。早年曾接受劍聖上泉伊勢守信綱指導，又蒙塚原卜傳授予「一之太刀」奧義，號稱日本史上武術最精湛的幕府將軍，人稱「劍豪將軍」。好幾本時代小說以他為主角。

劍法研修成為專業技術，遂產生許多大師及流派。居合道四段的作家牧秀彥在著作《劍豪流派與名刀》中，介紹日本劍術流派，從室町到昭和，有來歷、有傳承、最知名者達五十家之多。未列入書中之雜家、小流派或不出名者恐怕達數百家。

學劍須上道館拜師。對照當時社會環境，大抵四海昇平、農工商繁榮、人口財物聚集，促成城市鄉鎮興起，有助於發展公私立練武道館。於是軍人減少，劍客增多。劍法流派的地位逐步升高。

世間公認幕末江戶有三大道館：千葉周作的玄武館（北辰一刀流）、齋藤彌九郎的練兵館（神道無念流）、桃井春藏的士學館（鏡新明智流）。江湖人稱「技的千葉、力的齋藤、位的桃井」。可再加上心形刀流的伊庭道場為第四大。千葉周作畢生收過門人六千名，道館敷地於全盛期達三千六百坪，學劍風氣之盛可見一斑。這幾家道館出過好多歷史人物，例如坂本龍馬就是千葉道館高徒，桂小五郎、高杉晉作出自練兵館。

道館絕對是武俠小說、電影重要場景。《宮本武藏》無名小卒武藏挑戰的吉岡拳法一家，就是京都最大、最有名的道館。《大菩薩嶺》機龍之助他家就是開道館的。《丹下左膳》相

馬藩主覬覦的乾雲坤龍刀是江戶鐵齋道館鎮館之寶。山中貞雄版左膳（大河內傳次郎飾）為了籌錢去各家道場踢館。《黑之雨》浪人三澤伊兵衛（寺尾聰飾）也幹過一樣的事。座頭市電影第三部《新・座頭市物語》阿市在溫泉區偶遇曾蒙收留並師事居合術的恩師，開道館的伴野彌十郎。坂東妻三郎、月形龍之介主演《劍風練兵館》就是敘述桂小五郎與齋藤彌九郎的故事。

江戶時代劍客、浪士多，於是時代武俠小說大多數設定在江戶時代。戰國時代是集團軍事戰爭，作家以歷史小說處理為多，武俠較少，惟這段時期頗適合寫忍者小說，尤其是上杉、武田、織田、豐臣、德川輪流稱霸這一段，穿梭其中立下奇功的忍者們，如百地三太夫、真田幸村、猿飛佐助、霧隱才藏、服部半藏是家喻戶曉的風雲兒。至於更往前的朝代，武俠更少了。或許年代太早，劍豪及有系統的劍術流派尚未誕生？這段時期適合寫出結合武俠與魔法的奇幻小說。例如曠世巨作《南總里見八犬傳》，時代背景就在室町幕府中後期。

最後想潑給讀者們一盆冷水。雖然武俠小說影劇裡劍豪輩出，手起刀落，動不動屍橫遍野，但是現實的江戶近世社會，統治者為了維穩，刻意壓制上自諸藩、下至個別武士的武力，以嚴酷法度束縛之。不准任意拔刀，即使「斬捨御免」或正當防禦而殺人，事後仍須接受調查、繳交證物及報告，程序繁瑣。若審查判定為不正的凶殺犯行，嚴重者死刑。武士拔刀對殺，依據「喧嘩兩成敗」原則，不管誰有理，一律處罰雙方。就連天經地義的「復仇」亦須循SOP程序申請殺仇許可。這是歷史真實。

華文武俠「以武犯禁」挑戰公權力，視之如無物，日本武俠則常見法規、名譽、江湖道義的禁制，公權力併潛規則挑戰人性。這是雙方武俠作品的大不同處。

小說影劇中的御家人與旗本

暴坊將軍吉宗混跡江戶街頭時，自稱是貧窮旗本家三男。子母澤寬的祖父梅谷十次郎曾經是幕府直參武士御家人。時代物常見武士階級「御家人」與「旗本」，為了便於欣賞小說影劇，有深入理解此二專有名詞之必要。

御家人的定義隨時代滾進而演變，重要性卻逐漸貶值。「御」是將軍御用的「御」，「家人」則是將軍家近側之人，說好聽是家臣，說難聽是佣人。起源大概可以追溯到「天下第一武勇之士」「八幡太郎」源義家（一零三九至　一零六）。

賴山陽《日本外史》記載：「義家承父祖業，善撫將士，其征陸奧，前者九年，後者三年，東國士民皆服其恩信，相與共請留其子弟擁戴之，而自呼其家人。」「家人」這個名詞用以彰顯第一武士源義家麾下，軍事小集團親密的牽絆。

義家的次子義親是源賴朝的曾祖父。也就是說，賴朝是義家的孫子的孫子。來到源賴朝的時代，具體落實源家武士「御家人」的概念，變成家臣集團。鎌倉殿身邊最親近的武士們，與鎌倉殿建立緊密的主從關係，才可冊封為御家人。御家人忠誠服務鎌倉幕府將軍，是為「奉公」；幕府將軍賞賜御家人高俸、封地、重要職務，是為「御恩」。獲得高俸、封地的御家人，相當於後世所謂的「譜代大名」了。

源賴朝以戰俘罪人之身，被嚴密監控、朝不保夕之時，好幾位坂東武者毅然擁護他起義，反抗當權跋扈的平家，建立不朽功業。鎌倉幕府成立後，這些武者御家人地位尊崇，甚至成為決策高層。其中的北條氏以「外戚」之身，幾乎掌控鎌倉政局及鎌倉殿本人，甚至槓上京都朝廷及天皇、上皇。「承久之亂」後，將軍御家人北條氏處罰元凶，流放天皇、上皇到邊疆，不是「下剋上」而已，他是「下下剋上」，史上前所未聞。歷任鎌倉殿與御家人集團共存共榮，或扶或廢，相愛相殺。鎌倉幕府的興衰存亡，離不開御家人。可以參考ＮＨＫ大河劇《鎌倉殿的１３人》。

鎌倉、室町、戰國、織豐，歷四百多年後進入德川幕府時代，御家人仍然是直屬幕府將軍的家臣武士團通稱，所謂的「直參」。因時代演變，「御家人」一詞使用對象太寬泛，涵蓋大將及小兵，失去辨識度。於是把俸祿一萬石以上的「譜代大名」區隔另論，再將一萬石以下的直參武士區分為兩類：有「御目見」資格（可以謁見將軍本人）的「旗本」及無「御目見」資格的「御家人」。至此，御家人成為將軍家直參武士團最低階者。

至於「御目見（お-めみえ）」，並非與將軍面對面聊天說地，而是當舉辦「總登城」或「年始年末」等大型典禮活動時，獲准參加，跪伏於大廳內眾大名、旗本之中。或許可以遠遠地瞧見將軍長相。光是這樣就已經不得了啦。《暴坊將軍》第一期某集，新桑／吉宗親眼見到下級御家人，號稱直參，效忠將軍卻不准覲見（那是在效什麼忠？），幾與町人無異，心生不平而頹唐喪志乃至喧嘩鬧事。找大岡忠相商討廢除規定讓御家人也能御目見。大岡惶恐勸諫：「固然現行許多規定看似不合理，但當初制定都有其原因。護持我德川家基業百年不墜的，正是這些規定啊。」吉宗遂作罷。

「旗本」本義是護持我軍本陣戰旗，也就是護衛主將（在主將身邊圍一圈成銅牆鐵壁）的最親信武士團。旗本與御家人在戰國時代集團戰爭至為重要。家康發跡時就建立了一支旗本先鋒隊，最有名的旗本先鋒就是井伊直政。

大坂決戰，直政次男直孝與藤堂高虎同為全軍先鋒，苦戰長曾我部大軍而獲勝。從此德川三百年軍制規定，先鋒軍就是井伊家與藤堂家。井伊彥根藩等於一個擴大版旗本，始終是護衛德川家最得力的「首席譜代大名」（石高曾達三十萬石），直到幕末。

德川開府之後，天下承平安定，江戶中期之後，所謂「旗本八萬騎」已無用武之地，而且「八萬騎」只是誇飾，實算根本不到。享保七（一七二二）年調查，旗本有五千二百零五人，御家人一萬七千三百九十九人。

只有少數武士可獲得高俸祿官職。大部分俸祿不高，甚至沒有像樣職務。例如梅谷十次郎身為「小普請組」組員，根本沒官職。沒官職就不會有額外收入、禮金及紅包。封建制度下，什麼都是世襲。很難得有官位釋出，即使有了，也是各方搶破頭，要比後臺關係，比金錢財力（須送紅包運作）。所以御家人的「窮」也是世襲。江戶時代後期，幕府甚至允許御家人從事造傘、園藝、養魚等副業謀生，要不然活不下去。至此，「御家人」貶值到武士階級最低點。

柴田錬三郎寫過一部小說《御家人斬九郎》，主角松平殘九郎就是幕末時期，一位最下級的御家人，俸祿僅三十俵三人扶持。與老母相依為命，窮到被鬼抓，必須努力找副業賺錢。幸好他劍術高強，可以賣功夫，承接諸侯大名執行死刑「斬首」任務，也就是劊子手，一般正當武士不願幹的低賤工作，所以本名殘九郎，人稱「斬九郎」。酬勞不錯，老母鼓勵他多接。有一回他把老母最愛的小鼓偷偷當掉換錢，老母知悉後打罵不停，他惱羞成怒，跑去街上掛張告示要把自己用五兩賣掉，令人好氣又好笑。這套小說曾改編電視連續劇，全五十集，由渡邊謙、岸田今日子、若村麻由美主演。書籍達人陳建銘兄曾經打趣，說我和劇中猶年輕鮮嫩的渡邊謙長得很像，還從衛星電視小耳朵側錄了幾片光碟送我，作為證明，害我暈陶陶三天三夜。

旗本與御家人有義務住在江戶。宅邸聚集在本所、深川一帶，其子弟上進者不多，打架滋事者倒是不少。大多囂張跋扈，橫行霸道。因為他們是武家一分子，直屬德川家，歸幕府大目付、目付等監察官管轄，而專責管理町民的町奉行，基於職權劃分及嚴格身分制度，還真管不太到他們。《暴坊將軍》有一集南町奉行大岡忠相抓了旗本家的武士來問案，五花大綁的武士不服，認為町奉行資格不配，堅持大岡把他移送專門審問武士的評定所，就是這個原因。犯罪武士打的算盤是，到了評定所，由老中率領町奉行、寺社奉行、勘定奉行一同合議會審，基於平時打好的關係官官相護，總比被剛正的大岡審判好。

附帶一提，「旗本」子弟在時代劇及小說裡，常擔任「惡役」。也就是壞人擔當。

「鍵屋十字路口仇討事件」，殺人者河合又五郎逃到江戶，旗本安藤正珍收容庇護他。死者的主公，岡山藩主池田忠雄要求安藤交出罪犯，安藤拒絕。忠雄暴怒。安藤這邊也不是省油的燈，揚言要串聯旗本八萬騎。個人仇殺事件竟演變成旗本軍團與外樣大名兩大勢力對抗，非同小可。幕府插手處罰雙方。將殺人者又五郎趕出江戶。復仇者渡邊數馬與協力助刀者荒木又右衛門，得到外樣大名提供的情報，埋伏於伊賀國上野的「鍵屋十字路口／鍵屋の辻」仇討又五郎。這一段是日本家喻戶曉，小兒皆知的歷史故事。事件中的旗本們敢向大名嗆聲，多麼刁鑽。

《鬼平犯科帳》主角長谷川平藏（宣以），出身旗本武士家，但年輕時是不折不扣的官二代、敗家子。天天吃喝嫖賭，穿著不三不四的衣服，不修邊幅出沒本所及花街柳巷，打起架來特凶殘，人稱「本所之銕（鐵）」。幸好繼承家業後走上正途成為「火付盜賊改方」長官。

《浪人街》裡壞到透的那群惡武士就是旗本。《丹下左膳》與左膳串謀搶刀的無賴鈴川源十郎就是旗本子弟。

六零年上映的《旗本愚連隊》，改編自村上元三小說《大久保彥左衛門》，松竹映畫製作，田村高廣、津川雅彥主演，講述三代將軍家光時代，旗本家的次男、三男們對現實環境不滿不平（無法繼承家業），遂結成類似不良少年幫派組織「愚連隊」，飲酒作樂玩女人，為非作歹，橫行江戶八百八町。這些愚連隊們有各自的名號，本片主角田村高廣、津川雅彥就屬於「山犬組」。附帶一提，劇中有個小配角由田村正和飾演。高中生正和去片場參觀哥哥高廣拍電影，順便軋一角，成了他演出電影的正式出道作。

深作欣二導演《必殺第四集 血恨，恨みはらします》（一九八七）劇中有一群穿得奇形怪狀、五顏六色的凶漢惡黨，騎馬闖進貧民區搗亂，踢死一個老者。那批壞人就是旗本愚連隊。

正因為旗本都是壞蛋，偶爾出現一個好蛋就格外引人疼愛。佐佐木味津三的武俠代表作《旗本退屈男》，主人翁早乙女主水之介就是個好旗本。活躍於元祿時代，單身，俸祿一千二百石（很不錯啊），住本所割下水一處豪宅，有管家有幾名佣人，無職（領年薪但不必上班），無所事事，整天躺在家裡喊著好無聊啊。喜著華麗衣裳配戴上等寶刀，戴深編笠、踩著木屐在街頭閒逛。生性愛管閒事，行俠仗義，斬奸除惡。偶爾發生幕府不方便公開出手的尷尬事，幕府老中就拜託他代為處理。德川將軍特許頒發通行證「天下御免」，如同領到殺人執照。走南闖北，有時候衝到仙臺，有時候晃到博多。招牌劍招是「諸羽流正眼崩」（也有人寫成諸刃流青眼崩）。就像暴坊將軍有「余之容顏」、水戶黃門有三葉葵印籠，旗本退屈男也有獨家特徵老是要人看明白、認清楚：額頭一道三日月傷痕。傷之所至，連頭髮也分開岔出兩邊生長。

很多人演過這位名劍豪，但成就最高的是市川右太衛門。他與片岡千惠藏並稱東映的「兩御大」（兩位御大將，片岡是山之御大，市川是北之御大）。他從三零年起就飾演主水之介，拍攝電影版《旗本退屈男》。此後續集拍不停，歷經五家電影公司，撐過二戰，美軍占領，戰後復甦，與時代武俠電影一起到達頂峰，最後一部是第三十部《旗本退屈男 謎之龍神岬》，六三年上映。飾演主水之介已達三十一年。十年後，他又演出NET電視臺電視劇版二十五集，於七三年十月至七四年三月播放。那時他都快要七十歲了。之後由兒子北大路欣也克紹箕裘，繼續演到二十一世紀。

血風錄：選列經典時代武俠小說

本書無法詳述自《大菩薩嶺》以降時代武俠小說演進史，姑且偷懶，以表列清單窺豹一斑，於浩瀚大海撈取一滴，但求讀者有初步印象即可。我主觀區分出幾個系列，各系列選列幾部，簡列書名及作者。篩選條件是：劍鬥為主（暫不列入刑偵類的捕物控）、名家、經典，並參酌曾在臺灣出版過譯本者。絕大部分也改編成電影、電視劇。

宮本武藏系列：

《宮本武藏》，吉川英治

《巖流島後的宮本武藏》，小山勝清

《決鬥者宮本武藏》，柴田錬三郎

《真說宮本武藏》，司馬遼太郎

《二人的武藏》，五味康祐

《敵人的名字是宮本武藏》，木下昌輝

《素浪人宮本武藏》，峰隆一郎

《佐佐木小次郎》，村上元三

柳生一族系列：

《柳生宗矩》，山岡莊八

《柳生一族的陰謀》，松永義弘

《柳生武藝帳（柳生英雄傳）》，五味康祐

《祕劍・柳生連也齋》，五味康祐

《柳生非情劍》，隆慶一郎

《十兵衛七番勝負》，津本陽

「十兵衛三部曲」：《柳生忍法帖》、《魔界轉生》、《十兵衛之死》，山田風太郎

劍豪系列：

《大菩薩嶺》，中里介山

《丹下左膳》，林不忘

《旗本退屈男》，佐佐木味津三

《荒木又右衛門》，長谷川伸
《桃太郎侍》，山手樹一郎
《新吾十番勝負》，川口松太郎
《赤穗浪士》，大佛次郎
《鞍馬天狗》，大佛次郎
《切腹（異聞浪人記）》暨《拜領妻始末》，瀧口康彥
《侍ニッポン》，群司次郎正
《會津士魂》，早乙女貢
《劍豪生死鬥》，南條範夫
《劍豪將軍義輝》，宮本昌孝
《居眠り磐音》系列，佐伯泰英

股旅、博徒、渡世人系列：
《沓掛時次郎》，長谷川伸
《木枯紋次郎》，笹澤左保
《國定忠治》，子母澤寬

幕末系列：

《新選組三部曲》、《父子鷹》，子母澤寬

《幕末》、《新選組血風錄》、《燃燒的劍》，司馬遼太郎

《壬生義士傳》、《一刀齋夢錄》、《輪違屋糸里》，淺田次郎

《富士立影》，白井喬二

《南國太平記》，直木三十五

《春風無刀流》，津本陽

忍者系列：

《忍者》，村山知義

《梟之城》、《忍者影法師》、《風神之門》，司馬遼太郎

《忍法帖系列》，山田風太郎

《猿飛佐助》、《真田十勇士》，柴田鍊三郎

《真田十勇士》，笹澤左保

《傀儡忍法帖》，早乙女貢

《忍者之國》，和田龍

八犬傳系列：
《南總里見八犬傳》，曲亭馬琴
《新編八犬傳》，山手樹一郎
《新・里見八犬傳》，鎌田敏夫
《忍法八犬傳》，山田風太郎

吉川英治系列：
《龍虎八天狗》、《水戶黃門（梅里先生行狀記）》、《鳴門祕帖》、《劍難女難》

藤澤周平系列：
《三清屋左衛門殘日錄》、《祕太刀馬骨》、《用心棒日月抄》、《蟬時雨》
《黃昏清兵衛》、《隱劍孤影抄》、《隱劍秋風抄》

池波正太郎系列：
《劍客商賣》、《鬼平犯科帳》、《仕掛人藤枝梅安》、《劍聖上泉伊勢守》
《編笠十兵衛》

柴田鍊三郎系列：

《眠狂四郎》、《御家人斬九郎》、《孤劍不折》、《祕劍血宴》、《劍客風雲會》

《孤劍奇異門》、《遊太郎傳奇》、《美男城（荒城浪人）》、《德川浪人傳》

《命運嶺》、《浪人美女劍》、《劍鬼》

第1章

在江戶街頭辦公的暴坊將軍

日本時代ものエッセイ

在江戶街頭辦公的暴坊將軍

《暴坊將軍》的編劇全世界最輕鬆

目前臺灣有線、無線電視兩三百個頻道，再加上各大大小小串流平臺，能見到的日本時代武俠連續劇，只有Z頻道的《暴坊將軍，暴れん坊将軍》及《水戶黃門》。Z頻道專業是日本摔角，可能怕觀眾看膩，遂在嘶吼飛撲摔打中，安插《釣魚趣》及《暴》、《水》兩劇。兩劇排在每天下午及晚間八點檔黃金時段輪流播出，聽說收視率頗高。

這兩部戲，凡是經歷過「錄影機年代」的朋友必不陌生，從小看到老。陪伴我輩「民國五十年男」成長的「家庭娛樂神器」錄影機，在二十世紀末逐步退出家庭客廳，而日本時代武俠劇逐步衰亡，但二十一世紀的二零年代，臺灣觀眾仍可在有線電視頻道觀賞《暴坊》及《水戶》兩部掉牙老劇，彷彿歷經百劫之後，於狂沙掩沒的末日廢墟中，欣賞兩朵向日葵，浸浴於夕燒柔光，其影朦朧，其色鮮黃，是奇景，也是奇蹟。

乍看《暴坊將軍》片名，不懂意義，暴在哪裡？坊是什麼？多年後讀過幾頁書，方知「暴

れん坊」，乃「粗暴的、好吵架的人」。但是這部劇裡的將軍德川吉宗（とくがわよしむね），不論在朝在野，態度始終溫和客氣，頂多端正威嚴，一點都不像粗暴好鬥的人。

電視劇裡，吉宗向彥根藩鶴姬傾訴身世，他幼時野放成長於鄉間，溜進嚴禁捕獵的池塘偷摸魚，和鄉野頑童打架，是個令人頭痛的暴れん坊。所以「暴坊」乃吉宗幼時的性情脾氣。幸得良好教養，逐漸褪去暴坊之氣，修練成一堂堂武士。不過，雖貴為將軍、天下一人，為江戶百姓懲奸除惡，免不了爆發老脾氣，怒從中來，親自痛打一頓，予以「制裁（成敗）」。是為「暴坊將軍」。

稱呼吉宗為「暴れん坊」也不是從此劇始。一九五六及六二年，松竹及東映就一前一後拍攝名為《紀州の暴れん坊》的電影，以暴坊稱呼少年吉宗。電影敘述吉宗從幼年到青年，成為將軍之前，在故鄉紀州藩成長的故事。片中他與幕府的伊勢山田町奉行大岡忠相初識並彼此欣賞，還經歷了一場藩位繼承鬥爭騷亂。

《暴坊將軍》的編劇應該是全世界最輕鬆的編劇吧？可以按照一套公式量產劇本。觀眾不只猜得到結局，還猜得到過程。奇的是觀眾連看三十年都不會抱怨，一看再看，有播就看。

故事情節單純得不得了，不過，先分析第一期《吉宗評判記》第一集：

將軍去世了，幕府推舉紀州藩主繼任新將軍。紀州老臣加納慌張通報，而吉宗悠閒地在藩邸江戶屋敷戶外練習箭術。聽到消息後，吉宗興致缺缺，說不想上任，不願攪和政治鬥爭，只想服務紀州百姓。加納勸說，紀州百姓是民，天下百姓也是民，應該以天下蒼生為念。況且不能放任幕府權力中心真空，何不趁此機會推行理想新政？吉宗勉為其難同意。「好吧，就來做看看。」劇這樣編，難免有些矯情，不過倒是很精準地定位青年吉宗的性情。

威嚴的大名行列行進於江戶街頭，還沒踏入將軍府邸千代田城，就有油商伊豆屋的小姑娘企圖衝撞行列攔轎申冤，陳情父親冤獄，被護衛武士擋起來，眼看當場處斬，幸好木工匠鳶屋的辰五郎及時壓制庇護，他坐在地上罵武士：「只是個小女孩嘛，好啊，連我一起殺吧，就讓世人看看新將軍還沒上任，第一天就在街頭殺掉一個小女孩，多麼威風。」

吉宗一眼認出是紀州時期的舊識辰五郎，於轎中下令：「我不希望今天大好日子就見血。放掉這兩人吧。」

為何十二歲小女生甘願冒生命危險，上訴申冤父親無罪？伊豆屋真是縱火犯？吉宗從御庭番忍者處得到少許資訊，覺得事情不單純，但承辦縱火案的南町奉行官在幕閣會議上呈報天下太平，江戶百姓一片和樂。而御普請奉行大岡忠相當面吐槽，絕非如此，江戶社會檯面下隱藏許多汙垢。吉宗年輕氣盛，且熟知町民農民生活之苦，認為不能偏聽眾官員一面之詞。遂微服潛入江戶街頭，由男女兩位御庭番忍者助八、阿園保駕，自行探查民用油盜竊盜賣案及伊豆屋涉嫌縱火的冤案。

藉由老朋友鳶屋的辰五郎及眾人幫忙，破了案，還伊豆屋清白。幕後黑手竟然就是南町奉行官（而他背後靠山是御三家之首，尾張德川宗春）。吉宗親自打倒一幫惡徒，助八、阿園制裁奸商及壞官。南町奉行官知事跡敗露，掙扎反抗失敗，在吉宗面前切腹自盡。

吉宗順勢提拔英明幹練的大岡忠相接任南町奉行。請大岡協助他推行改革。於是吉宗、加納、大岡形成幕府決策中心。為了加強市區消防，大岡成立町火消四十七組，由辰五郎擔任め組組長。

之後的劇情就依據第一集模式走。

起初「上街頭辦公」是為了不被底下官員蒙蔽，時日久後竟上癮成了常態。況且，吉宗也覺政務繁多、生活枯燥（日常娛樂只剩騎白馬在山巔、海邊奔馳，有片頭為證），不耐煩親近老臣叮嚀囉嗦，常藉由井中密道及護城河水路，溜出千代田城（即現今東京皇居），微服潛入大江戶八百八町，窩在救火隊（町火消組）め組當「居侯」（吃閒飯的食客）。

逢人自稱出身貧窮旗本武士家，不成材的三男，化名「德田新之助」（「新之助」即是他幼時小名。只有內行人才知道旗本裡根本沒有姓德田的）。無法繼承家業，也沒錢給人家當養子（花錢去當別家的養子以便繼承那個武家的家名，是當時的風俗）。他的服裝看似平凡，實則低調奢華，顏色雅，材質佳，每套都是新的，光亮亮無補丁，不知為何町火消組諸人從不起疑。

吉宗擁有全日本最高的權勢，沒有家累，基本上輕鬆愉快。幕府成立已一百一十三年，海內昇平。城內及大奧事務，由側用人「爺」打點。國內一般行政交給老中、若年寄等相當於行政院長、部長級的高級官僚。名臣「南町奉行」大岡忠相管理江戶城的行政、司法、警政業務，並且常常就諸藩動向、社會異常、官商疑似勾結等現象，向吉宗打小報告。在江戶市區有「め組」町火消（滅火組）當他的民間辦公室，辰五郎率打火兄弟及女幫傭當他的耳目。浪人劍客山田朝右衛門（斬首之朝）偶爾出來分擔「格鬥武打」的活兒。還有御庭番（將軍御用地下情報組織），一男一女兩位忍者隱身暗處二十四小時護駕，幫他深入街坊、敵營查探情報（偶爾須跑長途奔去外縣市，運氣差的時候會被壞人抓住嚴刑拷問）。

壞人要使壞，常派出一批惡徒企圖殺害或綁架受害者，吉宗往往能不分晝夜、神出鬼沒、分秒不差地出手拯救。簡單過招兩三下，惡徒知道踢到鐵板，討不了便宜，識相地撤退。然後這一票人會乖乖地、迅速地、整隊逃回根據地某宅邸。尾隨跟蹤的御庭番看大門門牌就知道幕後主謀是哪個大官。

陰謀政客、汙吏貪官、無良奸商、黑幫惡人都會集合一起，自動地把自己的陰謀罪行，來龍去脈、有條有理、連名帶姓、鉅細靡遺、人聲地說一遍，好讓天花板上、地板下、花叢裡的御庭番聽個夠，回去轉報吉宗及大岡。

因此吉宗辦案輕鬆至極。官方民間、明的暗的、軟的硬的，各種協力管道可說非常齊備。他只要平常在街頭亂逛，吃串糰子，烤魚乾，喝個小酒，為低階武士及弱勢小民打抱不平，適時從惡人、殺手刀下解救善良百姓（劇情中段總是安排一場小型衝突，以免文戲太久，觀眾不耐煩），指揮大岡、御庭番、町火消組去查這、查那。最後，在劇終前十分鐘，帶男女御庭番闖進惡人府邸興師問罪，以「一敵數十」的劍鬥制裁收尾。打完收工。

以上就是沿用三十年的劇情結構。

暴坊總共八百三十二集，而打頭陣第一期《吉宗評判記》自一九七八年一月七日開播，放送至八二年五月一日止，歷四年多，兩百零七集，了不起的成就。八百多集的風格、結構、哏，在《吉宗評判記》前幾集即已發展成熟，之後各期各集差不多只是重複再重複。這是長壽劇的宿命。製作單位也心知肚明劇情公式化了，毋寧說他們是刻意如此。公式化可以節省很多成本，花最少的力氣得到最大的效果。如果觀眾看膩了，再想辦法變化一下即可。寫到沒什麼題材可寫，就下一點猛藥，豁出一集「彗星撞江戶」天文災難劇（第九期第十九集），也夠嗆的。

超強運！小老婆之子變成天下大將軍

吉宗並非一出生就等著當將軍，甚至並非一出生就等著當藩主。他只是紀伊藩主德川光貞的庶子，母親「由利」（阿紋之方，落飾後取院號「浄円院」）是側室。她的身世眾說紛紜。

有人說她是貧窮農家女，有人說是西國遍路不幸路倒的朝聖者的女兒。也有人說是浪人後代某町醫師之女，也有說是紀州下級武士岡野之養女。甚至有文獻說是京都名門橘氏分支「巨勢氏」八左衛門利清的女兒（《寬政重修諸家譜》卷第千三百六十八），最後這樁聽起來比較有分量。堂堂八代將軍生母，其出身暨生平事蹟能夠如此混亂多樣，任由民間傳說，而官方記載如《德川紀實》（正本完成於一八四四年，距離吉宗出生已一百六十年）卻極簡略，搞成這樣也很離奇。即使明確記載的，也可能是吉宗發達之後，幕府幫忙偽托。

第一期《吉宗評判記》裡提到（同時也是民間哄傳八卦），由利本是藩城大奧「湯殿番」（藩主專用浴場）內提水打掃的女孩，偶然受光貞寵幸。依規定，做這工作的女孩身分低下，不准直接對藩主說話也不准亂答話。但是個性活潑的由利卻常頂嘴，給光貞留下深刻印象，遂收起來當側室。總之，小麻雀一朝飛上枝頭變成鳳凰，貴則貴矣，但畢竟仍是麻雀的體型。由利夫人沒有家世背景，在家庭、藩廷均不具影響力。

日後的吉宗，幼名源六、新之助，實名「賴方」，生於一六八四年底，在兄弟中排第四，因二兄早逝，一般人都當他是「三爺（所以戲裡，他自稱是旗本的三男）」。封建世襲家業只傳長子，排到老四或老三已不可能繼承。母親出身不好，排行又遠，光貞對他沒有特別期望，託付給家臣加納政直帶到鄉下撫養。養得活就帶回來，養不活就算了。因為如此寬鬆，源六得以接觸農村社會，見識百姓生活。於田野翻滾、廝混，偶爾與村童喧嘩打架，體格愈發強健。

發育良好，順利長成一個體型高大的壯漢（藤澤周平的小說描述吉宗將軍「六尺有餘」，大約一八幾公分）。健康就是他成為人生勝利組的關鍵。加納政直養育他到五歲。

暴坊電視劇裡，養育吉宗的老臣加納五郎左衛門，還跟著進江戶城輔佐將軍，像老父般囉嗦，規正吉宗言行，是重要的配角。但是真實的加納（五郎左衛門）直桓逝於一六八四年，也就是吉宗出生那年，不可能撫養吉宗。養育者應該是他兒子加納政直。但是政直去世於一七一六年初，沒能見到吉宗當上將軍，更別說進江戶城輔佐將軍。電視劇老臣加納應是以歷史上的加納父子為原型再演繹。

光貞對於么兒新之助有差別待遇。元祿十（一六九七）年四月，將軍綱吉拜訪位於江戶赤坂的紀州藩邸上屋敷。光貞率二子綱教、賴職謁見，卻讓最小的新之助（當時十四歲）躲在隔壁房間角落待命。隨侍的幕府老中大久保忠朝察覺這個狀況，稟報將軍：「光貞侯有子孫福，除了眼前兩位，還有一個男孩兒也在這裡呢。」綱吉了解忠朝用意，請光貞把新之助叫來謁見。綱吉很滿意新之助的談吐應對，事後賜給他與三哥賴職一樣多的領地三萬石。兩兄弟拜領的都是越前國丹生郡的地。賴職的那一塊成立高森藩，新之助這塊成立葛野藩。幸好有忠朝一句話，新之助意外得到與三哥同等級的福利，翻身成為一個「小大名」。當上小藩主遂趁機改名「松平賴方」。

不過，新之助領到這塊地，大約位於金澤與京都連線之中點，臨若狹灣，氣候寒冷，土地貧瘠，石高號稱三萬石，年貢實收只有五千石。領了小藩之後，他離開和歌山隨同父親參勤待在江戶，葛野藩交給紀伊藩派出的官員管理。

那次謁見，將軍綱吉有沒有賞賜什麼給長子綱教，我不知道。惟綱吉早在之前就送給綱教一個大禮，他讓綱教娶他心愛的長女鶴姬為妻，二人於一六八五年成婚。有人說這就表示，綱吉有意栽培女婿綱教為將軍繼承人。綱吉只有一位寶貝兒子德松，可惜於八三年夭折，為了布署接班人，兩年後促成綱教娶鶴姬。這個說法頗可信。可以理解綱吉為何以將軍之尊拜訪紀州藩江戶屋敷，而且還兩次。可惜綱教夫妻命薄，早逝亦無子嗣，綱吉只好另覓繼承人。

一六九八那年，光貞年事已高，將藩位傳給綱教後隱退。一七零五年五月，綱教竟以四十一歲壯齡病逝。綱教無子，由三弟賴職以哥哥的「養子」身分（稱為「順養子」）遞補藩主。誇張的是，賴職上任沒多久，先是父親光貞老死（八十歲），隨後賴職也病逝，任期才三個月，僅二十六歲。一七零五是紀伊藩的大凶之年，幾個月之內死去三任藩主。父與兩位兄長陸續亡逝，把第三繼承順位的賴方推上藩主人位。十二月敘任從三位・左中將。將軍綱吉賜下「吉」字，賴方遂改名「吉宗」。

吉宗的生涯本應是吃冷飯、睡飽飽，安分地承領父兄恩蔽，過完衣食無缺大名庶子的一生。意外獲得將軍賞賜，拜領三萬石葛野藩，本應好好經營北陸小藩，過完衣食無缺小大名的一生。不料，這個出自卑微側室，排行第四的庶子，竟還能再往上爬，統治御三家的五十五萬石德川紀州藩。天下武士夢想難到的人生至此已夠美好，沒想到，他的人生還要繼續急轉彎直上。江

戶的德川宗家出大事了。

德川幕府大將軍從家康起算為第一代，傳位給三男秀忠（二代），秀忠傳子家光（三代）。四代家綱、五代綱吉都是家光的兒子。六代家宣是家光的孫子。七代家繼是家宣的長子。二代至七代都是秀忠及其後人。似乎將會一脈相傳下去。

可憐，家宣就任將軍只三年多就去世（五十一歲）。父老子幼，長子家繼一個虛歲五歲兒童被推上去接任將軍，八歲就病逝（一七一六年四月三十日），宗家後繼已無人。當時大奧由家宣的御臺所「天英院」（正室）與家繼生母「月光院」（母以子貴的側室）掌管，她們的身分地位可類比大清國的慈安、慈禧兩位「太后」。當家繼病重彌留時，她們召集德川宗族及幕府重臣們，考量從「御三家」選擇繼仕將軍人選。

眾所皆知「御三家」尾張、紀伊及水戶，乃德川宗家之外最重要的親藩大名，是候補將軍的基因庫。至於三家子孫是否能遞補為將軍，須看時也、命也、運也，沒人敢想像。事實上，自江戶幕府成立一百年內未發生過。

當時熱門人選有尾張的德川繼友及紀州的德川吉宗。尾張藩似乎贏面大，他乃御三家之首，始祖是家康九子義直，排行勝過紀伊藩始祖、家康十子賴宣。尾張石高有六十二萬石，勝過紀伊的五十五萬石。

繼友的祖母是三代將軍家光的長女千代姬。論血緣，繼友更接近宗家家光一脈。他生於一六九二年，名字的「繼」字，是就任藩主時，將軍家繼賜下。但是尾張老百姓對他的評價只是普普，不以「尾張大納言」稱呼，而是戲稱為「尾張大根（蘿蔔）」。

同時，紀伊藩主吉宗徹底推行藩政改革，令家臣集團上交薪水的二十分之一，解雇冗員，增加農民及工商業者稅收，開發新田，自己本身力求質素簡約，財政終於由赤字轉黑。設置投訴箱鼓勵百姓下情上達，加強警衛編制取締城下町之賭、色，淨化社會風氣。民間讚譽有加。名聲傳遍四方，據說連尾張某些家臣都傾向擁護吉宗。

那麼，候補人選沒有水戶藩主？論初代藩主排行，賴房在義直、賴宣之後。論領地，水戶只有尾張和紀伊的一半。論石高，水戶只有三十五萬石。論藩主領受官位，水戶只到中納言，比不上尾、紀都是大納言。初代藩主賴房亦曾謙虛地說過「御三家是指德川將軍家、尾張家和紀伊家。」

賴房是家康生的第十一個男孩，也是最後一個。出生於一六零三年，關原之戰剛結束，家康開設幕府。雖然七歲就當上水戶藩主，但家康寵愛，讓他陪在駿府，隨後一同移居江戶，也不必進駐水戶。之後變成慣例，將軍特准水戶藩主常住江戶，免除參勤交代，稱為「定府」。家康有意讓水戶藩主陪侍將軍，就近善盡政治輔佐之責，所以人稱水戶藩主為「副將軍」（以上引自河合敦著《德川幕府與御三家》）。電視劇水戶黃門公（賴房之子）微服巡迴諸國，格桑、助桑拿出三葉葵印籠威震眾人之時，要大聲嚷嚷：「肅靜肅靜！眼前這位，是天下的前副將軍哪！」緣由在此。不過，正因為是「定府」，退休的黃門公是否可以隨意行動遊走天下是個大問題。既然是這樣特殊的設計，水戶恐怕拿不到將軍候選門票。

此外，實事求是就人的條件來評比，水戶藩主德川綱條，光圀的養子，當時已是六十一歲老人。時不我予。一七一八年六十三歲去世，距離八代將軍選舉只再兩年。重點是，他於一七零六至零九年間推行的藩政改革「寶永新法」大大失敗。推專賣、增年貢、開運河，動員農工一百三十萬人次，農村身受其害。憤怒的農民集結三千名湧向江戶要請願告狀，震撼水戶藩，驚動幕府。綱條被迫撤換主辦人松波勘十郎並承認失敗。因為他年紀老且施政能力低落，一開始就被排除在外。

經過一番暗潮洶湧的磨合（或者說是鬥爭？），天英院強力主導，拍板定案，家繼病逝後，迎接紀伊藩主吉宗擔任「將軍後見役」（輔佐人）進駐江戶城二之丸監理國政，舊曆八月十三日繼位八代將軍。這也是德川幕府史上頭一次從御三家遞補將軍。吉宗就任那年三十二歲，正值壯年。論輩分，他還是七代將軍家繼的叔公呢。

順便整理一下德川十五代，從本家之外遴選繼承者：

八代吉宗來自紀州（御三家）

十一代將軍家齊來自一橋（御三卿）

十四代家茂來自紀州（御三家，但他本是家齊的孫子）

十五代慶喜來自一橋（御三卿，但他本是水戶齊昭的七男，奉命過繼給一橋）

歸納可知，吉宗登上將軍位之後，The Winner Takes It All，創設「御三卿」壟斷繼承者來源，往後能遞補將軍者只有出自紀州及御三卿（從結果看，恰巧都是吉宗為三男宗尹創置的一橋家）。御三家之中，水戶算是有沾上邊，但是也須先過繼給一橋，形式上「過水」。尾張根本沒指望。況且尾張義直的血脈只到第九代宗睦（宗春是他堂叔）為止。

尾張第十代齊朝來自一橋家。十一、十二代都是將軍家齊的兒子，等於來自一橋。十三代來自田安家。十四代血源來自水戶。從十代起，血緣洗成一橋、田安、水戶，近因是將軍家齊一片私心（想把他的血脈散布到天下各藩）、一意孤行（強逼各藩接受他兒子），遠因恐怕是尾張與吉宗之間實在鬧得太不愉快。

尾張 vs. 吉宗：御三家的野望

關於遴選八代將軍的明爭暗鬥，給小說、劇作家極大想像空間，適合編排奇思妙想大幹一場。可以參考八六年東京電視臺播放十三集連續劇《德川風雲錄　御三家的野望》，北大路欣也飾演吉宗。或者是零八年重拍版。劇本改編自柴田錬三郎的小說《德川太平記》、南原幹雄《御三家の犬たち》。除了幕府、大奧、御三家、朝廷公卿，還牽涉到水戶黃門公、吉良上野介、柳澤吉保、柳生一門、雲霧仁左衛門、天一坊等歷史人物。零八年版特別有意思，這部寫青年吉宗登位將軍過程的戲，邀請松平健參演，他的角色不是吉宗，而是吉宗的友人、恩人，劍豪「土屋主水之助」。然後電視臺又以松平健飾演的土屋為主角拍攝一部《主水之助七番勝負～德川風雲録外傳》。當劇中兩個「吉宗」同框之時，劍豪主水之助還是比較像吉宗。

至於天英院與月光院都不是省油的燈。天英院是家宣的正室，出自五攝家之一的近衛家，她母親是後水尾上皇的皇女，身分顯赫。家繼生母月光院卻只是町家出身一介旗本養女，但母以子貴，又拉攏政壇大紅人間部詮房及新井白石。不滿間部及新井施政的老中們就靠向天英院。兩院互別苗頭。

一七一四年大奧爆發醜聞「繪島生島事件」，引發兩方勢力激烈爭鬥。本來大奧是以月光院、間部及新井這個組合較強勢，天英院人單勢孤。但月光院得力手下御年寄「繪島」與歌舞伎藝人「生島新五郎」發生涉及賄賂、私通、怠忽職守的醜聞，震驚社會，天英院抓住大好機會嚴懲相關人等及大奧女官數十名，斬斷月光院羽翼，從此天英院轉強勢。相信繪島生島事件間接影響八代將軍的遴選。天英院獲擁立吉宗扶龍之功，地位更是不得了。吉宗上位後，馬上踢走間部詮房等人，我推測必定是天英院的主意。

不管是天英院獨斷，或決策小組共商決定，總之，姿態很高的御三家首席落選，從此尾張家與吉宗存著心結。落選的繼友，其人生終局是罹患江戶流行的痲疹，正值壯年卻短短幾日內病亡。有謠言說是吉宗派忍者下毒剷除後患。但繼友死於一七三一年，將軍之爭在一六年，時隔十五年，拖這麼久才想到下毒手，實在不合理。據說繼友爭奪將軍位失敗，打擊太大精神失常，常常對藩臣施暴，叫他們喝混濁洗腳水或把火筷子貼到臉上。得知當初甄選時竟連自家家臣也不支持他，更是恨到極點，變本加厲地殘暴，同時花天酒地徹底墮落。鬧得君臣之間如同寇讎。學者河合敦說，如果真有人下毒，恐怕就是他尾張家裡，不爽他橫暴言行、又善於明哲保身的家臣們所為（趕快停損）。從另一角度看，吉宗更沒必要大費周章去暗殺一個自暴自棄的廢人。

繼友過世，弟弟宗春繼承之後，似乎不想演了，對將軍的態度不很恭順。宗春本名通春，繼承藩位之時，將軍吉宗賜下「宗」字，拜領而改名「宗春」。沒想到這個宗春是來搗蛋的。

宗春對於吉宗享保改革，持批判態度。他認為以己之好惡強加於人，甚為偏狹，人君不可為之。只是一味節儉，反而使百姓痛苦，徒勞無益。急行改革，人心浮動，難以服眾。

吉宗推動節約素簡，緊縮財務；宗春裝扮時髦，高調奢華，與民同享世間樂，鼓勵消費，大量舉債。推崇人的個性解放與性解放（「人之好色，猶如飲食，實出於本心也」），人生得意須盡歡，施政方向與幕府格格不入。尾張首邑名古屋城內不是商店街就是妓院、劇院，人民盡情吃喝玩樂跳舞，瀰漫奢侈、淫逸風氣，搞成足以和京、阪抗衡的商業大都市。聽說不到一年時間，花街內來自日本各地妓女達七百多名。江戶三井、京都大丸、近江松前屋等豪商名鋪（有如現代之高級百貨公司）都來開分店。世人稱讚是神武天皇執政以來，名古屋前未曾有之繁華盛景。而吉宗強力改革之下的日本各大城市則是一片死沉。

奢華縱慾、不知有明天的尾張有如一個獨立王國，甚至有人稱宗春為「尾州將軍」。加上天子朝廷那邊出現「支持尾張派」公卿攪局，唯恐天下不亂（德川內鬥，朝廷才可以漁翁得利），吉宗深感不能不處理宗春了。也有文獻顯示，宗春浪費虧空，尾張財務瀕臨破產，赤字高達十一萬兩。有識的藩臣們（前面提過，尾張有一群明哲保身的家臣，把藩看得比藩主重要，若藩被沒收，他們就完了）認為這樣胡搞下去，藩遲早完蛋，想把藩主拉下馬。可能有人與幕府那邊達成某種默契，用宗春的位子換取尾張的未來。

一七三九年二月，吉宗下令宗春閉門隱居思過，這一「隱」下去沒有期限，直到一七六四年宗春去世才解除禁令。這是一招既強勢又軟性，無兵無血的鎮壓。尾張很平靜，並沒有起兵造反。宗春人生最後的二十五年就沉寂地蹲在豪宅裡。即使如此，宗春下葬於建中寺的墳墓墓碑，仍纏滿金屬絲網。河合敦說這是罪人的待遇。金屬網直到一八三九年才撤掉。那年的將軍家慶是家齊之子，尾張藩主也是家齊之子，都不屬於義直延續到宗春這一系血脈了，所以幕府才放下一百年前的忌憚吧？

勒令宗春隱居，總算尾張藩於公於私、之前之後，沒有出亂子。因為有這段「尾張 vs.幕府」的鬥爭史，不論在《暴坊》或其他時代武俠小說、戲劇，作者總會安排尾張宗春擔任幕後大頭目、大反派，陰謀顛覆吉宗政權。《暴坊》於第一期就常安排宗春及其代理人（通常是幕府大臣）施展陰謀詭計的橋段。只是，第一集吉宗剛上任，宗春就躲在幕後搗亂，時間序不合理。當時尾張侯不是宗春而是繼友，甚至宗春的名字還不是宗春。

電視劇第一期裡，吉宗眉清目秀，身材瘦乾分明是剛入社會的小鮮肉，宗春則是一臉橫肉、皮笑肉不笑的中年大叔，一看就是壞人。事實是，吉宗生於一六八四年，宗春生於一六九六年，吉宗比宗春年長十二歲之多。吉宗才是大叔，宗春才是小鮮肉。

歷史上的吉宗是明君。擔任紀州藩主時，改革藩政已有績效。就任將軍後，宣稱遵照權現大人（德川家康）的規定，大刀闊斧進行國政改革，總的來說，重點在財政，不外乎開源及節流。節約從自身做起，一天只吃兩餐（早上八點及下午四點），每餐只三菜一湯。喝酒，不過量。只穿棉製衣。禁用奢侈品。簡化節省各種禮儀排場。節約推行到各大名、百官及民間。

裁員大奧女官，廢除「側用人制度」讓老中可以直接與將軍對話，於是罷退前朝權臣間部詮房、新井白石及側眾、小姓、小納戶等一批在將軍側近工作的人。拔擢人才則不論血統、身分、職位、家格之大小，破格晉用。其中最優秀的是大岡忠相這般的幹才。大岡又幫他創設大江戶消防隊（「町火消」伊呂波四十七組，電視劇的め組只是其中一組）。依據町醫生小川笙船建議設置小石川養生所（就是黑澤明《紅鬍子》那家醫院）。

改革措施於制度面，訂定「足高制」、「上米制」、「定免制」、統一貨幣、開發新田、穩定米價（得到「米將軍」美稱），利益民生。史稱「享保改革」，號稱「幕府中興」。

吉宗將軍任期從享保元（一七一六）年到延享二（一七四五）年，長約三十年。此外，退隱的吉宗仍以「大御所」身分掌握實權六年。查德川將軍十五代，任期平均才十七點七年。可見吉宗穩抓政權能力之強。逝於一七五一年七月，實歲六十七也夠長壽了。

解析暴坊大殺陣套路公式：汝忘了余之容顏？

若說起這部戲的殺陣，可以盛大華麗來形容。與《暴坊將軍》同類型高級官員微服辦案的時代劇，尚有《遠山金先生，遠山の金さん》、《水戶黃門》等，結尾也有大群鬥戲，但若從「劍鬥戲」角度看，爽度還是以《暴坊將軍》為高。

大殺陣的套路通常是這樣：總是夜晚，惡人、奸商、貪官們聚集於某宅邸，洋洋得意其陰謀、走私或盜賣勾當即將成功，接著只要把牽涉案情的愚夫蠢婦就地滅口。眾人奸笑之際，一把打開開、寫著「正義」二大字的摺扇飛來（有時會大老遠飛過整個庭院，或突破物理限制轉九十度彎飛行），打掉惡人的刀（通常是即將砍到無辜受害者之瞬間）或者手槍，伴隨畫外音：

「這等惡事，余絕不允許！」，吉宗從黑暗中現身（伴隨著徐緩低迴的小喇叭樂曲，預告惡人下場的輓歌），自稱是「天下的風來坊（來路不明的流浪漢）」並訓斥歹徒。

細數罪狀後，歹徒們不甘還狡辯「德田新之助，你只是個窮武士囉嗦什麼？」或者「你到底是誰？報上名來！」，吉宗遂怒斥：「**愚蠢之人，汝忘了余之容顏？（余の顔を見忘れたか！）**」高級官員這時才想起，眼前這個窮武士，就是獲准登城時，瞻仰過一面的將軍本人！只是衣服穿搭與排場不一樣。

眾人立刻下跪，叩頭如搗蒜，但猛地想起，若就此屈服，難逃死罪啊。橫豎是死，乾脆心一橫：「將軍怎麼會來這裡？大膽歹徒冒充將軍！來人呀，殺了他！殺了他！」瞬間，從後堂、兩側湧出十幾、二十多名持刀武士。吉宗也拔刀，舉刀，刀顎略與下巴齊高（劍術起手架勢的一種：八雙之構），反轉刀身以刀背面敵，順便秀出刀「鎺（はばき）」上銘刻的德川家徽「三葉葵」紋，表示他是吉宗本人無誤。

此時，猶如進行曲一般，輕快偉烈的殺陣主題曲響起！武士們衝向吉宗，被快如閃電游龍的刀背一一擊倒。幾個首謀惡人偷偷向後撤，吉宗也邊砍邊跟上。兩位御庭番男女忍者適時加入殺陣護主，砍殺不留情。一個個雜魚武士們撲上來，吉宗之刀如切瓜、打草般揮砍，將之料理完畢。惡人中武功最強的浪人或用心棒留在最後單挑吉宗，當然是一招兩式解決。差不多了，吉宗喊一句：「制裁！」兩位忍者欺近首謀惡人們身旁，刷地兩三刀，全部斬殺。吉宗納刀入鞘，沒有沾到一滴骯髒的血。先前累積的怨氣、怒氣、暴氣，於此全部宣洩出來。

殺陣犀利、痛快。時間、節奏抓得剛剛好。同時，顧慮電視大眾尺度，非常克制，觀眾看不到斷頭、斷手、血漿噴飛。為了營造劍鬥武打視覺效果，雜魚武士群故意演得好像被吉宗斬殺慘死，翻滾、折腰、左摔、右倒、破門穿牆，但只是刀背擊昏而已。觀眾不妨試著在雜魚中尋找「被斬役」大師「福本清三」的身影，也是一大樂趣。

早期的暴坊，首謀常被打昏，等南町奉行所來逮捕，事後依情節輕重判刑或賜切腹。或者逃離現場，等登城晉見將軍時，將軍才拿出物證人證揭發罪行，惡官覺大勢已去，發狂拔出脇差刺殺將軍，當場被將軍摺倒。隨時間演化，程序也不那麼囉嗦了，都是大劍鬥之後，叫御庭番直接斬殺掉，是為「制裁」。此制裁之原文為「成敗」。「成敗」係專有名詞，指人犯罪後處以斬首之刑，適用於各種身分階級（山本博文《武士道圖解》）。本劇大劍鬥乃檯面下的械鬥與行刑，上等者猶可以秉持武士尊嚴自行切腹，等而下者，吉宗不屑賜他有尊嚴的切腹，囑御庭番逕行斬殺之，對武士來說，可謂丟臉去到家的不名譽死亡。

難得也有不制裁的。《吉宗評判記》有一集講深川辰巳藝妓千代菊，人美藝高，為花街第一紅牌。不料引來兩位大名覬覦，想搶回去當小妾。各自派出武士群搶奪，雙方互相競爭打鬧，還說為了「武門的意氣」不能妥協。町民們絕不容許破壞日常娛樂文化的行為，辰五郎火消組更不同意強搶民女，南町奉行大岡苦於身分地位所限無權管制大名。千代菊不屑飛上枝頭的機

う
祇をん
名物 う桶
只今満席

會，就算當小妾，寧願當新桑的小妾，誰願意理那兩個塗白臉、小丑似的大名。兩個大名忍不住色心，親率武士群來花街搶人，町民與火消組眾人奮力抵擋，四方人馬打成一團。新桑介入，把眾武士及兩大名修理一頓。這一集沒有仟何傷亡，只有多位丑角插科打諢。劇尾所有重要演員齊聚江戶街頭做麻糬，和樂融融，國泰民安。這集應該是為了新年應景而製作的特集吧。

江湖劍客vs.幕府將軍，人情義理vs.國家法治

《暴坊》每一集都有貪官汙吏，甚至還有親藩、能臣、大奧女官等上層階級意圖顛覆幕府。辦了三十年下來，整個幕府大概只剩吉宗及大岡忠相沒有貪贓枉法。啊，那也不一定，有一集他兩位竟然把定讞死刑犯調包救下來。知法犯法，算是非常大膽。

小民遇到強梁，如富商、惡霸、匪徒，循正常法制及司法程序，尚不易討到公道，更何況若政府官員也勾結涉案？要懲治一整串共犯結構，談何容易。難怪民間只好異想天開，發想傳奇，跳過所有階層及制度，直接由最有權勢的幕府將軍親自辦案、偵查、起訴、審判、執刑。一人包辦，簡直是江戶古裝版「超時空戰警，Judge Dredd」。這個爽度讓觀眾願意支持數十年。

吉宗投出去打壞人的扇子上，寫著大大的「正義」兩字。Z頻道也把播出此劇的時段命名為「正義時代」。以德田新之助挺身打抱不平，那是追求「正義」，若以吉宗將軍身分出場，

那是執行公權力，保他德川天下安穩無憂。「情、理、法」三字，江湖俠客先看「情」，公務員先看「法」。我一直希望看到這樣的劇情：町奉行及幕府依法執行公權力，不得不壓迫百姓生存空間，新之助挺身為百姓請命，對抗町奉行及幕府的施政。火消組、山田朝右衛門及御庭番阿園站在百姓這邊，加納、大岡及御庭番助八站在公儀這邊。護衛將軍的旗本武士德田新之助 vs. 將軍本人德川吉宗，最銳之茅對上最堅之盾，看他怎麼分身奔波兩頭忙，一盤棋兩頭下，應該會是最精采的一集。

補述：

本書校稿期間，忽聞多家媒體報導，暴坊將軍回來了！朝日電視臺宣布將在二零二五年一月四日播放全新製作《新·暴坊將軍》，敘述執政二十多年的老將軍吉宗與三個兒子（突然冒出來？呵呵）於公於私的親情互動，牽扯下一任繼承人問題，同時江戶城與城下町發生了懸疑事件，似乎有人策動重大陰謀。

當然是松平健飾演吉宗，大導演三池崇史和擅長文藝感情戲的名編劇大森美香合作，編寫新故事搭配華麗幕前幕後陣容，令老戲骨披上新外衣。觀眾既可懷舊，又能品味新時代新風格。

看看已發布的角色演員表，《新暴坊》仍然有南町奉行大岡忠相、御側人「爺」加納五郎、町火消組長辰五郎夫婦、男女隱密御庭番等原劇定番要角。甚至還有尾張的德川宗春。

不知《新暴坊》背景設定在哪一年？大岡忠相在一七三六年榮昇寺社奉行，宗春於一七三九年隱居，吉宗於一七四五年退位，所以此劇時間點不能晚於一七三六年啊。真不能太晚，否則老將軍吉宗也打不動劇尾大殺陣了。

松平健表示，二零二五年正值出道五十週年，七十一歲的他（比吉宗長壽）很享受拍攝過程，更高興時隔十七年後再度接演今生最重要角色。為了服務舊雨新知，朝日電視臺挑選原劇經典集數上架串流平臺，讓觀眾們能夠回想起久違的「將軍的容顏」。

吉宗與柳生新陰流

維基百科說，經統計，《暴坊將軍》戲裡的吉宗於全部八三二話共擊倒敵人二萬九千人次。平均一集擊倒三十五人次。如果合計中段小衝突與末尾大劍鬥，確實能達到這個數字。他是這部戲裡的天下第一劍無誤。

吉宗的劍術應當是師承「江戶柳生新陰流」。

柳生石舟齋的柳生新陰流，傳承一分為二。一脈傳給孫子柳生兵庫助利嚴（如雲齋），服務尾張藩，是為「尾張柳生」。另一脈，令五男柳生宗矩以高超劍術及政治謀略服務德川家康，榮任「將軍家劍術指南役」教導秀忠、家光，是為「江戶柳生」。紀州藩初代當主德川賴宣（吉宗的祖父）也是他的門人。

宗矩有位得意門生木村（助九郎）友重，人稱「柳生四天王」之首，長年跟著宗矩，擔任助教，等於是家光的師兄，頗受家光信任，曾奉派去家光之弟忠長的領地駿河府當官。不得不懷疑，他是家光派去監視忠長。宮廷奪嫡演成兄弟惡鬥，忠長失勢切腹。之後駿河廢除解散，友重移住賴宣的紀州藩和歌山，領受厚祿。這明顯是家光恩賜的酬庸，更是柳生新陰流深入御三家的布局。說不定也有監視紀州的用意。河合敦著作《德川幕府與御三家》提到，家光、家綱兩位將軍與尾、紀兩位大藩主義直、賴宣處得不是很融洽。

寬永十六（一六三九）年，友重五十四歲那年，與柳生十兵衛三嚴、柳生又十郎宗冬一起在家光面前演武（此三人都是江戶柳生，可見該派於武林地位之崇高）。四八年友重陪光貞（吉宗之父）移住江戶，期間與家光有密切往來。五四年去世，光貞厚贈奠儀白銀五枚，並由他兒子友安繼承，從此木村子孫代代擔任紀州藩劍術指南役。由此推論，吉宗所學，應當是木村氏傳授的江戶柳生新陰流。

劍術之外，吉宗也勤練「新心流」柔術。德川賴宣看中關口柔心創設的「新心流」柔術，邀請關口擔任紀州藩柔術指南役，從此「新心流」柔術成為紀州藩代代傳承武藝。柔心亦是居合拔刀術高手，推測吉宗也學了新心流居合。吉宗紀州時期師從「岡村彌平直時」學習弓馬拳法。直時的父親「彌五八直行」是關口柔心的高足。

吉宗任將軍後，命令新心流當主氏一，指派最好的徒弟前往江戶擔任柔術指南役。此外，依據中里介山的《日本武術神妙記》，吉宗愛好武藝，於是網羅許多武林高手：

槍術：小南市郎兵衛達寬

大筒（砲之一種）：齋藤十郎太夫

兵學：松井勝右衛門

射藝：安富

馬術：岩波沖右衛門、依田佐助、熊谷平內

《暴坊》劇中常出現吉宗練習箭術、馬術及御用圍場放獵鷹打獵等橋段，都符合史實。綱吉頒布生類憐憫令禁止殺生，導致幕府停止飼養獵鷹獵犬，武士不騎馬，荒廢弓術騎術及所有武術。吉宗推行打獵，一掃頹喪武風，親率旗本武士們騎射於獵場，指揮調度，行駐進退，前後衝殺，相當於「漢光」實兵演習。

《暴坊》第一期有一集，吉宗發現他往昔的劍術老師日向一心齋來到江戶，他趕忙親至日向道場拜訪。原來吉宗好武，在紀州時期，聽人說有劍術修行的劍客路過，即邀請進城討教劍術，因此結識體捨流劍客一心齋，算是有師生之誼。體捨流，原文是「タイ捨流」，「タイ」故意用假名表示，可以對應漢字「體、待、對、太」等，代入不同漢字即產生不同劍術意旨。タイ捨流始祖丸目長恵（藏人佐）是肥後（今之熊本縣）南部相良氏的家臣。上京都拜新陰流劍聖上泉伊勢守信綱為師。為信綱門下四天王之一。永祿十（一五六七）年，獲信綱傳授「殺人刀太刀」、「活人劍太刀」印可狀（免許皆傳）。信綱去世後，丸目開創タイ捨流。此派與柳生新陰流系出同門。新陰流的修練觀想接近禪宗，而タイ捨流於演武前要唱誦《摩利支天經》則是受密教影響。

飾演吉宗的松平健，在殺陣中是不是使出柳生新陰流及新心流柔術？我不懂無法評論。不過，真正的武士刀，江戶武士慣用的「打刀」，重量可不輕，一把約八百多公克到一公斤多，很難像松平健那樣，可以單手持刀（左手偶爾輔助）快閃揮灑扭轉，流動自如，一口氣砍打一、二十人。時代劇用的道具刀，為了拍攝起來好看易操作，都輕量化。刀身材質大抵是紙片或竹片。松平健不愧是勝新太郎的徒弟，殺陣乾脆俐落，大開大闔，力道足、姿態美。納刀帥。

至於柔術，松平健常常空手對抗拿小刀人刀的敵人，格架閃躲，迴身轉體，甚至單手退敵，十分瀟灑，不知是否即柔術。

僅有少數身分特殊的惡徒、首謀有天大榮幸被吉宗親自制裁斬殺，除此之外，一般是用刀背打倒。刀背不會割傷人，但如果力道夠重，也能打斷手骨、腳骨，打到腹部，內臟出血。頭敲下去必定腦震盪，甚至頭殼破裂或腦出血死亡。但是刀的設計是以刃砍人，並非用刀背打人或敲擊硬物。從物理力學觀點看，刀刃砍物與刀背砍物，其「刀背」受力是相反的（壓力與張力）。以刀背砍物，違背正確用法，久而久之，是否會把刀打壞？打斷？我這是典型「吃地溝油的命，操千代田的心」。

「單身漢吉宗」只是戲劇效果：吉宗與女人們

電視劇裡，將軍親近的老臣，暱稱「爺」的加納五郎與後繼的田之倉孫兵衛，總是黏著吉宗，碎碎唸吉宗的婚事，吉宗虛應敷衍，漫不經心，閃躲話題，樂當單身自了漢。某集結尾，看到下級武士退休釣魚之樂，吉宗頗欣羨。田之倉一反常態說：「我也贊成將軍隱退。」但是加了一句，「前提是，將軍要趕快生一個嫡子接班！」

歷來劇裡也不乏各式各樣、不同階級身分美女愛上新之助／吉宗，吉宗偶爾會動心，卻又瞬間推開不顧，叫人家另外尋找幸福。症狀嚴重的，例如第三期某一集《惡魔城的新娘》，新桑與書店闆娘阿甲談了一場純純的戀愛，進展到雪中共持一傘散步。但阿甲真實身分是擅長幻術的佐久間一族，該族企圖讓阿甲懷孕產下將軍之子再殺害將軍，奪取天下。交心相處後，阿甲發現吉宗不是族長口中的惡人，最後關頭犧牲性命救了吉宗。

直到第八期，才出現一位彥根藩井伊家千金「鶴姬」，隱瞞尊貴身分，進入民辦女子私塾擔任教師，與新之助／吉宗譜出一段相知相惜相愛的戀曲。歷經波折與磨難（吉宗還被壞人吊起來打，好慘），眼看兩人要成就喜事了，下一期卻取消鶴姬角色，姻緣化為烏有，一切歸零。

武俠劇裡的大俠客不應該有老婆嗎？吉宗是所謂的「硬漢」。硬漢的心思必須純真，專一，是情愛的絕緣體，因此必須「禁慾」。這樣才能減少干擾及雜務。郭靖未婚時威震武林，結婚後平凡無趣，則是婚姻拖累大俠之例。更極端的，習武者必須端正內心，修劍類比於宗教修行，兒女情愛是修行的障礙，須棄絕，吉川英治筆下的宮本武藏又是一例。

以編劇立場看，得到將軍之愛的女人，發展下去就是帶回城裡當妻妾，會破壞整部戲的平衡。為了劇情好看，吸引女性觀眾，新桑可以談小情、說小愛，但只能點到為止，決不允許開花結果。於是阿甲殉命，鶴姬忙了一整季，又是被綁架又是生命受威脅，差點沒命，兩人得到的，只是一場夢、一場空。

以上都是戲劇效果。其實吉宗當上將軍之前，已經擁有妻、妾、兒子。

歷史上的吉宗，就任紀伊藩主那年迎娶「伏見宮」貞致親王的女兒，真宮理子為正室。可惜理子早產，於寶永七（一七一零）年去世，才十八歲。有一位側室須磨（大久保氏，深德院），乃紀州藩士之女，為他生下長男家重（幼名長福），未來的九代將軍。之後生第二胎難產，不幸母子雙亡，時為一七一三年。發生這些憾事時，他還沒當上將軍。

還有另一位側室梅，為他生了一個兒子，夭折，第二胎生下三男宗尹，是未來一橋家的初代當主，日後一橋家也出了兩位將軍：家齊與慶喜（慶喜出生於水戶家，過繼給一橋家，乃幕末最後的將軍）。梅生下宗尹不多久，於同年一七二一年去世，只二十二歲。側室古牟（竹本氏）在一七一六年初生下次男宗武，是未來田安家初代當主，於一七二三年去世，才二十七歲。

吉宗有位側室久免，在一七二二年生下女兒芳姬。可憐兩個月後夭折。久免活了八十一歲，是吉宗妻妾中最長壽者。

思念陸續夭折的兒子女兒及無法終生廝守的年輕妻妾們，面對襁褓即失去生母的孩子們，吉宗早年家庭生活及親情天倫缺憾，必定十分苦悶。

現實世界飾演吉宗的演員松平健，家庭運也不順暢。先是與寶塚明星大地真央結婚，婚禮浩大風光，世人眼中的神仙眷侶卻於十三年後離異。二零零五年與曾同臺演出的女星松本友里結婚，零六年兒子出生。很不幸，一零年十一月，友里於自宅輕生，上吊身亡。與吉宗相似，松平健必須撫養亡妻留下的幼子。有關友里為何輕生，坊間充斥許多八卦及流言蜚語，此處就不研究了。

吉宗精力絕倫。在紀州時期就與多位女性有牽扯。發生「源氏坊改行事件」私生子疑雲時，他也沒全然否認，可見一斑。他挑選女人，不在乎美醜或有無出身、教養之類。講好聽，他不拘泥於世俗成見，講難聽，胃口很好。這點很像他曾祖父家康。他還有個好處就是不會沉溺、專寵某位特定女性，沒發生「狐媚偏能惑主」之事。

正室去世，接著側室須磨生下長男「長福丸」，可憐生第二胎難產去世。藩大奧沒有女主人。家臣勸吉宗趕快再迎娶一位側室以撫育長福丸。吉宗說，為了撫養長福成長，希望下一位側室與須磨有親戚關係。吉宗從候選名單中挑選須磨的遠房堂姊妹古牟（竹本氏）。家臣登門拜訪古牟，見到她本人後，心中叫苦：「不妙，是位醜女啊。可以侍藩主枕席嗎？」這個資訊一定要先報告，真心誠意地找吉宗商量。吉宗說：「女人以貞節操守為第一，長相如何無所謂。」遂迎娶之。真大丈夫也。

吉宗入主江戶城後，還傳出一個關乎女人美醜的故事。吉宗剛上任，馬上命家臣就大奧內年輕女官挑選貌美者。大家都推測，不得了，將軍一上任就選妃、選側室？女官們都想飛上枝頭當鳳凰，爭奇鬥艷，遂引發一場大騷動。最後，主辦者提出精心嚴選美女五十人名單給將軍。將軍宣布，這五十位美女即刻遣散離開大奧，准許回娘家並自由嫁人。理由是，因為這些佳麗人美，出宮後不愁生活。而醜女嫁人比較困難，可以留在大奧繼續工作。原來「美女造冊」只是吉宗裁員的花招。因為前朝發生過「繪島生島事件」，大奧女官生活過於虛華浪漫，艷麗者招蜂引蝶，所以吉宗下重手整頓。但是手法也太誇張。不知故事真假，但符合人設，姑且當作八卦談資吧。

吉宗入主江戶城時，大奧裡面住著一位悲傷可憐的少女。此女名竹姬。生於一七零五年，是京都公卿清閑寺熙定的女兒。她父親的妹妹，姑姑「北之丸樣」大典侍是將軍綱吉晚年的愛妾，沒能生下一子半女，生活寂寞，把四歲的竹姬找來陪伴，就順勢成了綱吉的養女，變成大公主（等於將軍的女兒），這是至上高貴的身分。古代政治人物很早就訂婚約，幕府幫五歲的竹姬結親會津藩主松平正容嫡子久千代，預訂過年後春天行婚禮之儀，不幸年底久千代竟然驟逝。

幕府再為七歲的竹姬訂了有栖川宮正仁親王之婚，一零年十一月行結納之儀，不料一六年十月正仁親王去世。那年竹姬才十三歲，在江戶城已親眼見證綱吉、家宣、家繼、吉宗四位將軍升降。大奧的女人們都說竹姬好可憐好命苦，但是連續剋死兩個老公也很不祥。她心情一直無法愉快，據說她的居室即使是大白天也黯淡得彷彿憂鬱的黃昏。

吉宗常拜訪竹姬，平素勵行節儉的他每次都捨得贈送上等佳好禮物，希望能稍稍安慰她。但或許拜訪次數稍微頻繁，一片好意卻引得大奧女人們流傳閒言緋語。

大約在一七二三年之後，吉宗的幾位側室先後亡逝，只剩一位久免。而竹姬也十八九歲了，愈發成熟，吉宗動了心思，打算乾脆納為側室。自家大奧就有現成人選，況且不是不認識，不必再花心思、勞師動眾去外面找，這也是一種節儉的觀念？他與大奧實際掌權者天英院商量。天英院很訝異吉宗有這想法，她一句話就讓吉宗打消念頭：「竹姬是綱吉將軍養女，依繼承輩分算下來，她是你的姑婆了。雖然沒有血緣關係，娶姑婆為妾，人倫不容啊！」

也有人很八卦地評論，天英院是出於妒忌（她對於吉宗有一種特殊的仰慕之情），所以故意不讓吉宗娶竹姬。當時她都五十六歲了。

雖然如此，人家的幸福也不能再拖下去，經過一番交涉，將竹姬嫁給外樣大名薩摩藩主島津繼豐。竹姬嫁入薩摩，奠定日後德川與島津家聯姻的緊密聯繫。細節不論，最著名的一例就是出身今和泉家的篤姬，以島津齊彬養女身分嫁給十三代將軍家定。所以，江戶無血開城一事，除了要感念天璋院之外，是否也應感念一百五十年前的天英院呢？一笑。不過，姻緣歸姻緣，後來倒幕最力的，薩摩竟是主要成員。

力霸王、假面騎士、渥美格之進、變態色情狂：松平健及參演的演員們

松平健從《暴坊》第一期第一集（七八年一月七日）主演到最後一部特別篇（零八年十二月二十九日），計八三二集，浸淫同　角色歷三十一年，比吉宗將軍任期二十九年還久。剛開始生澀枯瘦的形象，還真像鄉下來的楞小子，演到後來，臉又大又方又有肉，其說話口氣、動作、儀態，可說比吉宗更像吉宗。

他剛出道時，曾參加特攝劇《超人力霸王太郎》男主角試鏡，該劇正宗男主角篠田三郎多年後，在一場記者會上揭露這個軼聞．惜哉松平健落選，否則我們可以看到他變身力霸王的英姿。但是說不定就不會演吉宗了。

失去超人力霸王，多年後卻參與假面騎士。東映製作，二零一一年八月公開上映《劇場版仮面ライダーオーズWONDERFUL將軍と21のコアメダル》，歐洲煉金術師復活，攪亂時空，怪人們入侵大江戶，假面騎士○○○與八代將軍吉宗一起退敵，「制裁」！暴坊將軍拍了三十年，八百多集，從來沒拍過電影版，松平健吉宗唯一一次登上大銀幕，就是這部耍盡噱頭、譁

眾取寵、科幻武俠大雜燴、古今大亂鬥的《假面騎士》電影。

松平健本名鈴木 末七。一九五三年十一月生。七二年，松平健約十九歲，於電視劇《マドモアゼル通り》出道。在那個時期，藝名從「松本二郎」改為「松平健」。這一改，改得好！松本二郎聽起來就很俗氣，很路人。而「松平」正好是德川家本姓，家康本名「松平元康」。德川取得天下後，家族分枝散葉，嫡系及御三家藩主姓德川，旁系姓松平。而吉宗當上葛野藩主、尚未繼承紀州藩位之前，名為「松平賴方」。松平健改藝名時必定沒想到，幾年後就靠「松平／吉宗將軍」這個角色雄霸時代劇舞臺三十年。

除了松平健，參與本劇的演員還有飾演町火消め組組頭辰五郎的演歌手北島三郎。從七八演到零二年，是重要的配角，甚至說與吉宗、大岡忠相形成鐵三角亦不為過。め組成員來來去去，只有他這個組頭屹立不搖，簡直是江戶好男兒的代表。演歌是他的當行本色，免不了包辦每集片尾曲。暴坊第一期《吉宗評判記》片尾曲《炎之男》不但他主唱，寫詞曲的「原 讓二」就是他的筆名。他有個徒弟山本 讓二，不知是否與他取筆名有關連？

有島一郎（一九一六至八七），飾演初代 御側御用御取次・加納五郎左衛門，自七八演至八七年，即劇集的一、二期。八七年七月因心臟衰竭去世。接班人船越英二（一九二三至零七），角色是田之倉孫兵衛，職位也是御側人。接手從第三期演到第七期（八八至九七年）。有島一郎的臉比較狹長、瘦，船越英二的臉比較豐圓、略胖。加納給人的感覺較精明、嚴厲。

田之倉的感覺是憨厚、老實，常被吉宗耍得團團轉。

有島一郎的加納造型有個問題，就是他上唇留著濃厚的軍閥型鬍子。日本戰國武將幾乎都留鬍子，是男性勇猛象徵。但是進入江戶時代，審美觀逐漸改變。男子傾向臉上乾乾淨淨。一六七零年，幕府第四代將軍家綱下令，武士不准再留大鬍子。大概只有浪人、醫生或退休隱居的老武士會留，影劇裡的例子是三船敏郎演的紅鬍子醫生、歷代水戶黃門老爺爺。所以在將軍旁工作，位於權力核心的加納老爺高級大武士留著一嘴鬍子，蠻突兀的。

有一集德田新之助、御庭番半藏、阿園陪著大病初癒的加納，作隱居商人老爺子打扮，去箱根拜神且泡溫泉療癒。坐路邊小茶店休息。店主八十多歲老婆婆囉唆又愛唸，看著比她年輕二十歲的加納被眾人擁護的樣子就不爽：「你還年輕嘛，還做得動，為何早早退休？才過六十歲而已為何留著一部大鬍子？擺什麼架子，一付享清福的樣子。唉，你那鬍子真像用舊的菜瓜布。」

田之倉／船越英二在《暴坊》裡是拳腳已打不起來的老武士，但他年輕時可是一號角色，是電影裡的顏值擔當，演技更不差，常常出演增村保造、市川崑、吉村公三郎等大導演的戲。數量還不少。實在無法聯繫起來，田之倉老爺就是《盲獸》裡綁架女模特兒，又摸又舔的變態盲人按摩師。

除了辰五郎、加納，最重要配角是南町奉行大岡越前守忠相。第一代大岡是橫內正。他一九四一年出生於滿洲國大連。戰後隨家人引揚回到祖父的故鄉四國愛媛。在九州鹿兒島讀完高校，上京考進俳優座養成所，受完訓進入劇團，開始演藝生涯。作品以電視劇為主。

他在六九年開播的《水戶黃門》飾演兩大護衛之一的渥美格之進（格桑），長達八年二百四十九集。每集劇末大亂鬥，他格桑從懷中掏出三葉葵家紋印籠，並且大喊「肅靜，肅靜，不認得這個東西嗎？」喊聲必須鎮壓喧鬧打鬥的現場。橫內正的嗓門比「助桑」杉良太郎還大，所以由他負責拿印籠吶喊。導致日本民間認定「格桑＝秀出印籠」。他說本來也不是每集都拿出印籠，久而久之，成為節目的定番。如果哪一集沒有拿出印籠，觀眾就會抗議。

格桑的印象太強，怕被定型，演了八期後辭退，接演《暴坊》大岡忠相。但是這一演也演了七期，長達十九年。他至今仍活躍於電視劇及舞臺上。

第二代大岡是田村亮，眾所周知他和哥哥們田村高廣、田村正和「田村三兄弟」活躍於日本藝能界。他演了第八至十二期及幾集特別篇，時間從九七年至二零零四年。造型也頗幹練。

至於女性角色，觀眾最難忘的是夏樹陽子飾演第一代御庭番阿園吧？阿園（おその）在城中作大奧女中打扮。在大殺陣時會著黑色忍者服或男裝武者服。平常在街頭執行勤務時，則偽裝為驅鳥女（鳥追い）。特色是攜帶大大的、可以對折成半圓形遮住耳朵及頭臉的編織斗笠，及一把三味線。阿園的三味線長柄裡藏了一把刀。常見的阿波舞者就是作驅鳥女打扮。「驅鳥女」來自農村的風俗儀式，為祈求農作物別被鳥吃掉，農人彈琴唱歌趕鳥，並且遊走於村中。

隨時代演變，趕鳥人變成遊走於城市街巷，登門踏戶，彈三味線、唱小曲博取賞賜的街頭藝人，甚至成為女性的職業。以這個身分可以自由來去，從事諜報工作非常方便。阿園性格冷靜沉著，沒有廢話，不會在工作中放個人感情，但又懂適時會心一笑。充分信任上司及同事。任何艱苦跟監及偽裝臥底任務都能達成。每集結尾的大殺陣衝出來幫忙殺敵不缺席。由於她是用真刀真刃不是刀背，所以與她對陣的敵人算是倒楣，非死即重傷。

夏樹陽子，本名藤井眞紀，一九五二年生，至二零二二已年滿七十。出生於三重縣，在愛知縣讀女子短大。短大在學中被星探相中，擔任時裝模特兒。她身高有一六八公分，臉蛋輪廓深，冷毅艷美，運動神經發達，天生就是要走演藝。七七年以動作電影《空手バカ一代》出道，一出道就是女主角，男主角是千葉真一。進入東映後接演不少電視及電影。七八年借給松竹拍攝《カラテ大戦争》，也是空手道題材，也是梶原一騎劇畫改編，白冰冰在片中飾演香港的中國功夫高手暨夜總會歌手，又打又唱。東映多角化經營，藝人有機會修習多種才藝，經過鍛鍊，陽子也出過專輯唱片。能演舞臺劇，能上綜藝節目，能開廣播節目，能寫書（四本），還有，寫真集兩冊：《XX BIZARRE》（九五年）、《ANOTHER XX EXOTICA》（九六年），ぶんか社。這兩冊，顧名思義，「非常精彩」。現在年紀大了，演出較少，但仍在 YOUTUBE 開設頻道，活力驚人。

第一代男性御庭番「藪田助八」，宮內洋飾演。他豎立本劇御庭番之隱密、幹練、可靠、忠誠的形象與典範。後面繼任者都只能依據這個路數來詮釋。可憐在第八十七話「八百万石を狙う凶弾」為保護吉宗，以肉身擋槍彈殉職。要等到九零年二月播出暴坊將軍五百回紀念特別篇，才與夏樹陽子的阿園一起回歸。

說起宮內洋，非常不得了，御宅族要肅然起敬。他早期最大成就是七三年飾演特攝英雄劇《假面騎士V3》主人翁風見志郎。就好像零零七龐德電影由草創而茁壯有其過程，假面騎士1號及2號如同《第七號情報員》及其續集開宗明義打天下，假面騎士V3就等於《金手指》，場面更加盛大，情節更加圓熟，娛樂性更強，給後繼者指出一條明路，是東映假面系列重要作品。雖然宮內洋不只演特攝英雄，還演出古裝、現代、武俠、警匪、文藝各類電影、電視劇不計其數，但他始終屬於「特攝」掛。他唯一一本著作《ヒーロー神髄》，九八年出版，作為藝能生活三十週年紀念，就以他平生飾演過假面V3、祕密戰隊青連者、快傑ズバット、ビックワン四位變身英雄為例，剖析特攝英雄的愛、淚、志氣與熱情。

除了宮內洋，還有一位特攝英雄。暴坊第二期飾演御庭番「木葉才藏」的演員「荒木しげる」，就是七五年《假面騎士ストロンガー Stronger，強人》的主角城茂。另有幾位御庭番也演過特攝劇，不再贅敘。附帶一提，暴坊系列吉宗使喚過的隨身御庭番，歷代合計共男女二十二名（群戲及雜魚不算）。

歷來知名大咖演員、歌手跨刀客串暴坊也不少，我看過的就有：天知茂、中村玉緒、朝丘雪路、美空雲雀、池玲子、岸部四郎、丹波哲郎、長門勇等人。長門勇飾演獲吉宗賞識而從民間提拔的新宿代官酒田善右衛門，這個角色就演了三集，之後又客串，飾演擅長使槍的浪人武士笠井杢兵衛。他演出的那幾集《暴坊》，氣氛特別活絡，劇情特別好看，果真薑還是老的辣。美空雲雀飾演吉宗在紀州時代的女性友人奈津（疑似曾有一段戀情的老相好？），也演了四集。中村玉緒是松平健師母，起先客串，之後固定飾演吉宗生母由利。

二零二四年以電視影集《幕府將軍》爆紅的國際大俳優真田廣之也曾客串一集：一九七九年三月三十日播出的《江戶一番！櫻おどり，江戶最棒櫻花舞》。劇情敘述吉宗規劃廣植櫻花美化飛鳥山，任務交給愛櫻成痴的岩井藩主。真田廣之飾演年輕武士諸木，值勤時不慎折斷櫻枝，差點死於切腹，被逐出岩井藩。七九年的廣之才十九歲，高中畢、入大學，生澀的模樣尚未脫稚氣。可惜本集派給他的角色很窩囊，尋仇砍人傷不到對方一根毫毛，反而重傷讓御庭番助八救走。要到下一年一九八零年電影出道作《忍者武藝帖 百地三太夫》，赤裸上身施展空中二刀流、人體電風扇、高空跳樓、飛踢、騎馬、潛水、格鬥、殺陣等，方能展現他紮實華麗的武術訓練成果。

差點成為幕府將軍的尾張德川吉通

池田晃淵著《早稻田大學日本史》第十卷第二章第一節，說家繼病入膏肓時，天英院召吉宗來江戶，請他監理國政。吉宗跪伏在地一言不發，天英院解釋說：「這是文昭院（故將軍家宣）留給我們的遺囑。」遺囑是「萬一家繼夭折，就讓德川吉宗繼任征夷大將軍。」

池田並未注釋此節出自何處。亦不知家宣遺囑是否落於書面？有的話，應該當面攤開給吉宗看吧？尾張也不會不服氣。就算家宣真有此意，大概也只是隨口說說。從以下這個故事可以了解，家宣心目中的繼承人並非吉宗。

故事發生在遴選八代將軍的歷史轉捩點之四年前，尾張的第四代藩主德川吉通（とくがわよしみち），繼友及宗春的兄長，極有可能成為第七代或第八代幕府將軍。

吉通的父親綱誠打造一個龐大的家庭，有一位正室，外加十三位側室，生下二十二個男兒、十八個女兒。吉通在兄弟裡排行第十，照說也不可能繼承藩位。不知道尾張家是什麼風水，一家兄弟都早夭，元祿十二（一六九九）年綱誠以四十八歲壯年猝死，當時繼承排行榜前十名男孩，只有吉通尚在人世。

十一歲的吉通繼承藩位。叔父輔佐政事。吉通年紀小卻知上進，勤修儒學、國學、神道，論武術是尾張柳生新陰流第九代傳人。於內政，著手改革領內林業政策，頗受好評。名聲傳到六代將軍家宣耳中。

一七一二年，家宣病重之際，自知不久人世，找來親信的文學侍從之臣、講師新井白石，諮詢有關繼承人的事。他了解兒子鍋松太年幼，若繼立恐怕引起天下騷動。他沒有私心，想把將軍大位傳給御三家首席、有政績的青年才俊、尾張侯吉通。或者鍋松繼承將軍，請吉通進駐江戶城西之丸直接輔佐鍋松，如何？

白石答道：「主上的顧慮難免，但這兩方案都不甚佳。傳賢不傳子固然是佳話，但歷史有前例，繼承人選若同時有兩、三個並存，一定引起大亂。而迎尾張侯入駐江戶城，直接攝政輔佐幼主，恐怕有心人會下注尾張侯這邊鼓動作亂，造成分裂。其實，只要御三家及譜代大名們同心協力，承擔責任共同輔佐並全力保護，就不必擔心小幼主即位。」

家宣說：「我只是怕鍋松有個萬一。」

白石答道：「這就是神君設立御三家的用意啊。」言下之意，就算幼主不幸夭折，到時候再運用御三家機制遞補將軍也不遲。當然不敢說得這麼明。白石將這場對話寫在自傳《折焚柴記》裡。

於是家宣決定立鍋松為繼承人。果然年底十月家宣病死，鍋松繼承，是為七代將軍家繼。

直到死前，家宣心中理想繼承人就是吉通，不可能又冒出一個吉宗來。

白石一席話讓吉通與七代將軍大位擦肩而過。好，家繼也短命於一七一六年四月去世，後繼無人，那麼，如同新井白石所諫，依據神君規劃，御三家首席尾張吉通，家宣心中最佳人選，總算有機會繼承八代了吧？可惜他的運氣太差，早在家繼去世三年前，一三年七月，吉通就以二十五歲英年不幸猝死。兒子五郎太繼位藩主，卻也緊接於十月死去，他這一血脈後繼無人。繼承順位遂回到綱誠的兒子這一輩，由吉通之弟繼友接任藩主，才有機會成為日後幕府考量八代將軍的人選。

吉通之死也頗詭異。一七一三年七月二十一日拜訪生母本壽院。本壽院住在江戶四谷某屋敷。她接待兒子吃了一頓大餐，當天晚上吉通就得了急症，吐血死亡。尾州藩士朝日重章的日記《鸚鵡籠中記》寫道，事發當時有紀州藩的間諜在尾州藩邸旁邊出沒，於是市井捕風捉影謠傳「紀州藩主吉宗派忍者下毒」，否則日後哪會輪到吉宗當將軍？當然沒有確實證據。若依據民間謠言，則吉宗毒死了兩位親兄長、吉通、家繼、繼友等五位受嚴密保護的藩主級人物，可能嗎？這種謠言也太便利了。

就因為朝日重章這一筆，現代作家池端洋介就不客氣地加以演義，寫出小說《御疊奉行祕錄 吉宗的陰謀》（靜山社二零零九年）。吉宗成了謀奪將軍位的陰謀者。

本壽院應該不至於對親兒子下毒手，因為對她沒有好處。但她確實是個問題人物。

本壽院是尾張藩同心坂崎勘右衛門之女、三代藩主綱誠的側室，名為阿福之方。據說是絕世美女。前面提到尾張藩士「朝日文左衛門重章」，官拜「御疊奉行」，負責管理藩城藩邸榻榻米的更換、修補、採購，相當於現代的總務課長。平生熱衷於寫日記。從十八歲起，天天寫，歷經二十六年又八個月（元祿四年至享保二年），計八千八百六十三天，寫成三十七冊，總二百萬字，名為《鸚鵡籠中記》，可視為一部資料豐富的私家野史。日記記載，本壽院阿福與許多男性有性關係，形容她「貪婬絕倫」。可見名聲之差。

藩主綱誠去世後，阿福依慣例削髮落飾，形式上出家，去俗名改稱院號「本壽院」。但是這位未亡人本壽院尼，正值三十五歲壯齡，青春正盛，豈堪就此凋萎。老公已死，兒子是藩主，已沒有人可以管制她。一連串率「性」行狀讓世間啞然以對。《鸚鵡籠中記》紀錄她的荒淫，有如色情小說情節。

本壽院常常去寺院參拜然後過夜不歸。晚上出門看戲，和藝者、演員摟抱廝混鬧個通宵。其中一位相好是歌舞伎演員生島大吉。這位大吉的哥哥生島新五郎也是歌舞伎名角，是比大吉更紅、更有人氣的偶像明星，正是一七一四年江戶大醜聞「繪島生島事件」男主角。

本壽院平常會召集役者、町人、武士、相撲選手、寺僧等等為入幕之賓一同淫戲。更不堪者，有些初次來到江戶的藩御用商人或工作人員，會被召集至御湯殿（洗澡間）報到，藩宮女中要求他們脫衣全裸，讓本壽院鑑賞其陽具大小偉劣。有時興致來了，挑選喜歡的就在御湯殿內交合。不小心有了，就吩咐藩醫幫她墮胎。

本壽院精力絕倫的亂行終於傳進幕府耳中。幕閣忍無可忍，宝永二（一七零五）年六月，命令已經四十一歲的藩主生母搬到四谷蟄居謹慎，也就是軟禁。《鸚鵡籠中記》正德五（一七一五）年的記載，已幽閉隱居十年，與外界隔絕無法行淫，五十歲（三百年前人們視為古井乾枯的老齡）早已過更年期的本壽院，仍會不修邊幅披頭散髮，恍恍惚惚地走到庭園，就著大樅樹幹摩擦她的性器並發出叫聲。寫得直接大膽，不留情面。縱慾隨性、煙視媚行的本壽院於元文四（一七三九）年去世，高壽七十五歲。大約是她兒子壽命三倍。

尾張德川家治下的名古屋似乎是一座充滿男女愛慾之城。在《鸚鵡籠中記》記載的男女不倫密通事件，約有百件之多。此外，朝日重章也沒放過藩主吉通。他筆下的吉通並非「資性英明」稀有的名君，反而在近側官僚阿諛奉承之下，耽溺於酒色荒淫。

吉通曾在江戶藩邸下到寒水中游泳，可能是為了泳術鍛練。一下水，吉通抱怨：「這水也太冷了吧？」非常不爽。重臣石川兵藏、奧田主馬聽到主公埋怨，好尷尬，趕快策畫改善方案。為他們打造寬三間、長十五間（一間約一百八十二公分）的木製游泳池，造價高達八百多兩。為了提供溫水，必須使用八口大釜及大量薪材拼命燒熱水，不能中斷。搞得勞民傷財，而且只用了一次，成了大廢物。從吉通到繼友到宗春，當時的尾張彷彿就是這隻華而不實的大木桶。

天一坊與葵新吾：吉宗的私生子？

以大岡忠相為主角的講談《大岡政談》裡有一篇《德川天一坊》非常有名，甚至可說是最有名的。講談師會特別取此案講演一番（例如初代神田伯山），歌舞伎劇團編成劇目公演（例如河竹默阿彌寫了歌舞伎臺本《扇音音大岡政談》），後世作家也依據它寫出小說、劇本，製作出許多電影、電視劇。就好像中國的《包公案》小說，後人喜歡取出《鍘美案》、《烏盆記》來搬演一番。但是日本人似乎更加著迷這個段子。舉個例，在日本電影資料庫網站搜尋，光是片名有「天一坊」三個字的電影，就列出二十部。最早一部是一九一零年三月上映的無聲電影，尾上松之助主演。這二十部天一坊，尾上就演出其中六部。雖然我不知道他是否扮演同一角色。其他片名沒寫出「天一坊」，劇情主題卻是天一坊事件者，更不知有多少部。例如坂東妻三郎主演的《素浪人罷通》，主題就是天一坊事件，光看片名卻看不出。

講談天一坊事件（てんいちぼうじけん）的趣味點在哪呢？它牽涉到三個人物：大將軍吉宗、大賢臣大岡忠相及青年天一坊。天一坊是吉宗在紀州時期，一段風流孽緣留下的私生子（御落胤）！這個問題大了。

講談是這樣說的，紀州藩主光貞四子源六郎（日後的吉宗）與進和歌山城奉公工作的女孩子澤野（另有版本是「澤井」）相好，澤野懷孕了。源六郎承諾將來會讓小孩認祖歸宗，親筆寫了一張證明書，連同一把紀伊德川家傳御用短刀當證物送給澤野，讓她安心回家鄉平澤村待產。

但是生產不順，男嬰一出生就死去，沒多久澤野也身亡。至此知道這個祕密的只剩澤野的母親阿三婆。隨著時間流逝，源六郎上位成為八代將軍吉宗，而澤野及兒子夭折的祕密眼看要消逝。平澤村修驗感應院有位弟子名「源氏坊戒行」，平日和阿三婆很熟，無意中得知吉宗私生子祕密，更發現自己與私生子竟然同年同月同日生，巧合極了。一時惡向膽邊生，殺害老太太阿三婆，奪取吉宗親筆證明書與祖傳短刀兩件證物，回頭毒殺感應院住職，逃離平澤村。躲過官吏捉捕，改名吉兵衛，逃往九州。

到了九州熊本，工作頗認真，取得老闆信任，趁機侵占商家公款三百兩，棄職潛逃，搭船前往江戶。從此以「某大人物私生子」身分行騙江湖。

遇到暴風致船難。被盜賊救起，遇到浪人赤川大膳、藤井左京，邀他們入夥同行。藉由赤川，認識赤川的伯父，美濃國各務郡長洞村、日蓮宗常楽院住職「天忠坊日真」。又因此認識天忠坊好友，文武雙全的浪人山内伊賀亮。這幾個都不是什麼善男信女，以吉兵衛為中心，集結一個詐騙集團。

天忠坊的徒弟，無父無母的孤兒天一坊長得很像吉兵衛，為了製造斷點，吉兵衛殺害天一坊，偽稱吉兵衛已死，並交換身分頂替天一坊。如此一來，將來若官方查證「假天一坊」身世，再怎樣也不會查到平澤村，不怕穿幫了。詐騙集團決定，如果要裝得像，首先要欺騙社會，吸收信眾，詐取財物，擺出闊綽排場，人大地造勢，贏得聲量。所以，進入江戶之前，應先去繁華的大阪、京都走一趟。

他們裝模作樣，有證明書、短刀等證物，又編得好故事，成功騙過幕府重要地方官大阪城代及京都所司代。搞定大咖，底下小的更好騙。於是許多大名高官也跟著上當，人人都想巴結套關係。撈得大量錢財，集結兩百六十多人，浩浩蕩蕩來到江戶，於芝高輪八山（今之南品川）進駐某屋敷，門口很大方地掛上印有德川家葵紋的暖簾，亮出招牌「德川天一坊御殿宿」。不但顯眼，甚至可說極為囂張。

此地為町奉行大岡忠相管區。大岡向老中松平伊豆守提出告訴，松平請來天一坊一行人審訊。如同大阪、京都的做法，他們把證物攤開來讓松平及大岡檢視。證物都是真的。松平伊豆守認為天一坊確實是吉宗的御落胤。大岡不同意，他看出天一坊神色有異，惶恐不安狀，恐怕有鬼。

大岡直接向吉宗提出重審的要求，因為是越級上訴，被訓斥。指示他閉門思過。在閉門謹慎期間，他的手下代替主子向水戶藩中納言德川綱條求救。綱條伸出援手並說情，吉宗同意重審。這次由山內伊賀亮直接面對大岡，兩人激烈辯論，無奈山內辯才犀利，物證太強，大岡又失敗了。

同時，大岡能幹的手下們到處尋找證據。他們從紀州和歌山開始追查，依據澤野姑娘的姓名及相關人士記憶，好不容易來到平澤村，訪問老人們，搞清楚澤野回鄉待產的經過，及阿三婆與住持的連環命案。詢問殺人凶手源氏坊戒行的長相及特徵，原來正是那個天一坊。他們帶領熟悉源氏坊的平澤村名主（村長）當證人前往江戶。

吉宗準備和天一坊相認。壞人即將得逞。大岡心想，若要延遲這場鬧劇發生，他只好切腹啦。就在刀子將要刺進肚子那一瞬間，手下們帶來紀州的調查報告及人證，天一坊是假貨！真相水落石出，天一坊根本不是御落胤，是殺人凶手、大騙子。大岡將一干人犯一網打盡。山內伊賀亮知大勢已去，喝毒酒自殺。智仁勇的大岡越前守忠相平息一樁足以動搖國本的危機。一件落著。

講古講得很精彩。其實天一坊事件根本不是大岡忠相承辦的案件。

史實是這樣的：

源氏坊改行，生於一六九九年，幼名半之助，父不詳。十四歲那年相依為命的母親去世，他出家成了深山修行僧（修驗道）：山伏，法名「改行」。從那時起，自稱是某大人物的私生子。之後攜帶母親遺物（證明身世的信物）前往江戶尋找父親。母親是紀州人，在吉宗擔任藩主時期，曾經進和歌山城奉公。離職後，生下半之助。母親說過，生父是紀州藩高級武士，現今在江戶大有權勢。前後對照，生父豈不就是將軍吉宗？

享保十三（一七二八）年夏天，源氏坊改行來到南品川宿。有心人士利用他的身世疑雲，風傳他是吉宗私生子，此次來江戶即將受封擔任三十萬石的大名，遂招兵買馬，集結浪人，不知有甚麼打算。而且好多有力人士想巴結「御落胤」、未來的大名，奉送各種高貴禮物及大筆禮金。

有位浪人武士向關東郡代「伊奈半左衛門忠逵」告密。事情極不尋常，郡代伊奈審慎處理，先召集相關的名主、地主等地方人士及浪人們進行審問，收集資料後上報他的上司，勘定奉行稻生下野守「稻生正武」（任期為一七二三至三一年）。品川宿是江戶於東海道上的門戶，屬勘定奉行管轄。

稻生也不敢妄動，上報幕府高層，透過老中傳達給吉宗。結果吉宗只說：「我記得。」記得什麼？竟然給出這種不痛不癢的答案！吉宗身健體壯，行動力強，紀州時代確實牽扯過不少「女性關係」，此案說不定屬實？但即使真的與某女性發生關係，也不一定就懷孕，懷孕不一定順利生子，生了也不一定就是品川宿的那個源氏坊。幕閣、稻生及郡代伊奈只好持續調查，拖延了大半年。

次年伊奈傳訊源氏坊本人。源氏坊供出自己坎坷身世。然而，勘定奉行稻生正武最終裁定，天一坊供詞、證據都是虛假偽造，逮捕源氏坊，判處死刑。關聯的浪人們流放外島，處罰未查明真相的名主、地主。

可以揣測，如果不是幕閣同意，或甚至是吉宗本人授意，一個不大不小的勘定奉行，對於身分高度敏感的嫌犯（說不定他是真的），膽敢作出死刑判決？

可憐哪，源氏坊即使招搖撞騙，並沒有做出任何嚴重危害社會治安如殺人、放火等惡行，竟然得了最重的死罪，不符比例原則。然而在德川幕府統治下，社會秩序安定始終是重要課題。動搖幕府統治權的可能性絕不容許滋長。「將軍私生子」題材刺痛幕府神經，加上有心人操弄，集結浪人，等於私自招募武裝集團，一旦爆發起來不但社會動盪，更可能危害「現今幕府」統治。再擴大想像下去，此禍將引致天下大亂。尤其尾張虎視眈眈，只要吉宗出大錯，說不定將軍要換人了。何況兒子也生了好幾個，不缺繼承人，所謂「私生子」，在吉宗眼中並不重要。不管他是真是假，將之抹殺，盡早撲滅，才是上策。

因此後世小說戲劇處理這樁離奇疑案，見仁見智，不同作者寫出不同面貌。例如額田六福戲曲《天一坊》、菊池寬《天一坊事件》、海音寺潮五郎《天一坊》、峰隆一郎《斬刃 人斬り弥介 その五》、柴田錬三郎《徳川太平記 男は度胸》等等族繁不及備載，有的把天一坊寫成希望見父親一面，渴望父愛的純真青年；有的把天一坊寫成陰謀造反、騙吃騙喝的惡人。有的筆下天一坊是真正的御落胤，卻被野心浪人集團控制。有的把吉宗寫成身不由己、思念天一坊的溫柔父親；有的寫成鐵石心腸、叫屬下幹掉天一坊的狠毒父親。有的寫大岡越前偵破空前詐欺案，也有的寫素浪人山內伊賀亮仗義出手，協助吉宗父子相認。也有七零年電視劇讓大岡越前對抗陰謀者山內伊賀亮。一個案件各自表述，百家爭鳴，這正是通俗小說戲劇的魅力啊。

幕府決定處死源氏坊改行，或許與十年前，享保三（一七一八）年發生的「中川正軒事件」有關。當時有個浪人中川正軒自稱是紀伊藩主德川光貞的私生子，亦即當今幕府將軍吉宗的弟弟，被神奈川代官逮捕。調查結果根本是紮紮實實的冒牌貨。處以斬首死刑。

先是跑出來一個「弟弟」，然後是「兒子」，不知將伊於胡底？此風不可長，乾脆全部嚴厲處分。等於昭告天下，就算你是真正的御落胤，也不要出來添亂，乖乖地躲好，安安穩穩過一生吧。

在後世編造的小說、戲劇裡，吉宗還有一位流落民間的兒子也很出名。賴方在紀州當少爺時期，藥行商越前屋半六無意中擾亂他的出巡行列，被護衛武士視為無禮犯上，斬殺之。半六女兒阿長與未婚夫庄三郎企圖狙擊賴方報仇，失敗。阿長被賴方抓走，日久生情，竟成為賴方的側室。庄三郎失意潛逃，被劍客梅井多門收留為弟子。阿長生下賴方的兒子「美女丸」，之後賴方也升為幕府將軍。庄三郎為了報復，偷抱走美女丸，並製造淹死小孩的假象。他與師父梅井多門一起撫養美女丸，並傳授劍術，取名「新吾」。新吾學劍悟性特高，進步神速，人稱「天授神童」（因為有暴坊將軍的基因？），且模樣俊俏，遂長成一瀟灑美劍士。

偶然機會下，新吾從多門聽到自己曲折的身世。他與庄三郎投靠安藤對馬守。而幕府老中河內守不願吉宗與新吾相認，數次派人襲擊新吾，還整肅安藤對馬守。新吾忍無可忍，盛怒之下，獨自一人突襲老中河內守的駕籠隊伍，斬殺之。即使他是將軍之子，即使他為了公理正義站得住腳，殺掉幕閣老中仍是很嚴重的事。吉宗無法讓他認祖歸宗正式列為世子，卻可以給他自由。遂賜他名「葵新吾」，賞俸祿每年一萬石（相當於大名），送他一張萬能通行證：「葵新吾、此人獲准通行諸國、吉宗花押」（相當於今日可通行周遊日本全國的 JR PASS）。於是十九歲美男劍士葵新吾帶著將軍的旨意（相當於尚方寶劍），背負德川權力象徵「葵」，從事武術修行，縱橫天下，行俠仗義，也等於從側面鞏固德川政權。

以上為一九五九年東映武俠電影《新吾十番勝負》劇情概要。原著小說作者是川口松太郎。導演松田定次。由歌舞伎出身的美男子大川橋藏飾演新吾。橋藏時年三十歲，超齡飾演小鮮肉，活生生呈現小說描寫的美劍士。《新吾十番勝負》系列拍攝四集，續作《新吾二十番勝負》拍攝三集，還有一部外傳《新吾番外勝負》。算起來，五年內拍了八部，非常受觀眾歡迎。

電視劇版本也不少。一九六六年 TBS 三十九集電視劇版的葵新吾由田村正和飾演。這也是田村正和先生首次主演電視時代劇。

南町奉行大岡忠相的虛與實

大岡忠相，生於延寶五（一六七七）年。比吉宗年長七歲。是旗本大岡忠高的四男。比吉宗年長七歲。十歲那年入繼給同族大岡忠真當養子。生父忠高知行俸祿有二七零零石，養父忠真有一四二零石，生父養父都是上級旗本。他們先祖助勝為松平家立戰功，松平廣忠（家康之父）賜名「忠」，助勝遂改名忠勝，從此家族男子命名都有一個「忠」字，跟著家康打天下，納入旗本。

正德二（一七一二）年就任山田町奉行。他管轄天領的伊勢志摩地區，當地農民與隔壁紀州藩的農民常生糾紛，忠相都能秉持公平公正處理，讓紀州吉宗印象深刻。當時的吉宗已是紀州藩主且已二十八、九歲了，但是小說戲劇都說頑童吉宗偷下禁獵的池塘捕魚，被大岡忠相抓到。從時間序可知只是小說演義。不過，吉宗賞識他始於山田町奉行任內表現是事實。

吉宗上位後拔擢他，享保二（一七一七）年四十一歲，就任江戶町奉行（南町，任期為一七一七至三六年），官封「越前守」，所以也簡稱「大岡越前」。

我曾經以為因為江戶八百八町範圍太大，所以幕府把江戶分成南、北兩個轄區，分設南、北町奉行所各管各的，所以南町奉行相當於「半個」「東京市長」。錯了！

江戶町奉行確實分設南、北町兩個辦公處所，沒錯，但他們轄區是一模一樣的。就好像同時有兩個臺北市政府在管理市政。只是採用以「月」為週期輪值，南、北町輪流開門收件處理公務或接受上級交辦任務，稱為「月番制」。原則上偶數月由南町當值，奇數月由北町當值，閏月則各負責半個月。沒輪到番的那個月，只是衙門不收件，公務員仍然要上班。

因此兩個町奉行所配備一樣的人力編制。例如你是負責大安區管區巡查，在另一個町奉行所會有另一個人在同一管區負責與你一樣的工作（他就是你的「同僚」），如此一來你與他就產生既合作又競爭的關係。通常是競爭意味比較濃。因為長官、下屬、同事、社會大眾會比較你倆的勤惰優劣智愚。所以不輪值的月分裡，官員們也不得放鬆。

百姓們也很聰明地善用月番制特性。落語《木工之爭》說有位木工因債務問題被債主扣押工具，沒有工具不但無法還債更無法生存，於是拜託工頭找債主協調。債主態度很硬，協調失敗，工頭心想不如去找町奉行申訴。考慮下個月是南町奉行大岡忠相輪值，他比本月的北町更明事理，那就忍耐一下吧，等下個月再去南町投訴。（鈴木理生《江戸っ子歳事記》）

北町也不見得弱，天保年間一八四零年出了一位家喻戶曉的奉行「遠山の金さん，遠山的金先生」，遠山景元，即「遠山左衛門尉」。也是講談、歌舞伎搬演的傳奇人物，電視連續劇更是與《暴坊將軍》、《水戶黃門》齊名。踢開超長褲裙、扒開衣襟、戲劇化地露出肩膀櫻吹雪刺青，令人印象深刻。其實他審案時根本不會穿那套禮服。

順帶一提，曾經有一個時期，江戶還設了「中町奉行」。

「江戶町奉行官」由旗本擔任，可粗略地類比為「東京市長」。「町奉行所」可類比為「市政府」，除了一般民政之外，還要處理司法、警察、消防等業務，承辦民事、刑事案件，偵查探訪、抓捕犯人並進行審判，通常町奉行首長就是聽訟決獄的「法官」、「審判長」。以上只是借用現代概念牽強附會，方便讀者理解並想像，事實上，江戶時代的政府組織架構與現代完全不同，不能直接畫等號。大江戶還有很大一塊是町奉行管轄不到之處。

於是南町奉行大岡忠相在民間形象類似中國公案小說的包公、彭公、施公。長壽連續劇《暴坊將軍》裡，他是吉宗身旁重要、幾乎每集出現，但戲分不甚多的配角。說來頗委屈，他本人就是電影戲劇界大A咖（現代術語叫做「大IP」？），以他掛名為主角的傳統戲劇、舞臺劇、電視連續劇及電影，品類複雜、集數繁多、歷史悠久，相形之下，劇集《暴坊將軍》只是小老弟。

江戶時代就有說書人加油添醋，說講大岡越前守明察秋毫的判案故事。之後有人收集說書講談的話本，參考中國南宋人「桂萬榮」編著的司法判獄集《棠陰比事》，編寫一本公堂裁判小說《大岡政談》。可算是日本土生土長，初具雛形的警探刑偵小說。書中收錄故事天一坊、直助權兵衛、白子屋お熊、雲切仁左衛門等十六篇，均以人名為篇名。在幕末至明治年間頗受讀者歡迎，曾被改編成歌舞伎、淨琉璃、狂言、落語於劇場演出，當然也成了浮世繪版畫題材。

甚至明治年間還有衍生的講談本小說《今古實錄 大岡仁政錄》（明治十六年，東京榮泉社印行）。此外尚有《大岡忠相比事》、《大岡政要實錄》、《大岡名譽政談》等實錄體小說多種，內容大同小異，有創作有抄襲，卻偏偏少有「實錄」。例如有名的捆捕審理「石地藏」一案，就是抄自中國小說《包公案》。吉宗政權組織架構，形式上的權力中樞是「老中」，從「譜代門閥層」挑選家格高、年齡適當者擔任，有水野忠之、松平成邑等人。實質上的權力中樞則是「御用取次」，是紀州時代最信任的老臣，即加納久通、有馬氏倫二人。再下來，實務行政機構則是由寺社、江戶町、勘定組成的「三奉行」。他們也是最高司法審判及政策定案機關「評定所」主要成員。

大岡忠相不是門閥子弟，也不是紀州老臣，無緣擔任老中及御用取次。但是於吉宗在位及隱居合計約三十六年漫長期間，他擔任江戶町奉行二十年、寺社奉行十六年（兼任奏者番三年），此三十六年內又是評定所重要角色。可以說，在實務行政機構裡，他是吉宗最重用的大臣。史家評為「日本史上政策官僚之最」。

一七四五年，執政三十年的吉宗讓位給長子家重，比照德川家康往例成為「大御所」幕後監理國政。一七五一年春天，大病後體力回復還去放鷹打獵，但五月臥病在床，六月病逝，享壽六十八歲。忠相是將軍葬儀委員之一。葬儀於閏六月十日完成。兩天前，任務繁重的忠相在日記裡簡略記載：「八日 吉 時時雨降。」也是他長達十五年的日記最後一則。

十幾年來，忠相苦於腸胃病、腹痛與痔瘡出血。年紀越大，健康逐漸衰退。寶曆元年十二月十九日（西曆一七五二年二月）病逝，享壽七十五歲。距離吉宗去世僅六個月。

明君能臣密切合作，開創享保中興盛世，立下典範。即使離開世間也是一前一後不過才半年。二人君臣相遇，可以「如魚得水」形容。吉宗與忠相，誰是魚誰是水？水幫魚，魚亦幫水，我想他們既是對方的水，也是對方的魚吧？

水裡突然沒有魚了，一池空蕩，只剩下日夜移換的光影變化。主公離世後，忠相餘生每一天每一時心裡都在下著雨吧。

第2章

盲劍客
座頭市神話

日本時代ものエッセイ

子母澤寬與座頭市誕生物語

再怎麼不關心日本武俠電影，甚至從來不看日本電影，甚至不看電影的人，也知道日本有一位盲劍客。這位拿手杖刀的瞎眼歐立桑，在二十世紀下半葉電影最風光的年代，不但威震影壇，甚至跨出日本，滲透港臺電影圈，攪入亞洲銀幕的刀光血影，驚駭歐美觀眾，成為 cult film 經典。誕生六十年（計至二零二二），盲劍客／盲俠已傳播世界成為通俗文化符號。

第一部盲劍客電影《座頭市物語》一九六二年四月十八日上映。勝新太郎主演（以下本書或以日本影迷慣用的「勝新，カツシン」暱稱之）。大映京都製作。本只是一部武俠小品，出乎意料地賣座，票房收入達五千萬日圓，電影公司知道挖到寶，追加續拍，第四集《座頭市兇狀旅》票房竟達一億五千萬。從六二到七三年，趕拍搶拍有如奔馬，平均一年兩部，密集產出二十四部續集。尤其六四年一年內拍了四部，六三、六五及六七年各拍三部。簡直當成電視劇量產。

電影告一段落，轉戰電視劇，從七四到七九年，拍了四期，合計剛好一百集，均於富士電視臺播出。此外還有幾次舞臺劇公演・電視劇下檔後，沉寂十年，八九年勝新推出自製、自編、自導、自演的《盲劍客：終極血戰》，是他最後一次飾演座頭市，可視為傳奇的終結。至此結算他主演座頭市電影共二十六部。

數量如此龐大的座頭市影視戲劇作品，均由勝新太郎主演。後期幾部電影及所有電視劇都是他自己「勝製作影視公司」製作，甚至自己編導。可以說，勝新太郎就是座頭市，座頭市就是勝新太郎。也飾演過座頭市的後輩如北野武、香取慎吾、綾瀬遙、市川海老蔵等人雖說都是藝能界大咖、一姊，在勝新龐大身影罿罩下，也就是聊備一格罷了。

《座頭市物語》原著作者是記者作家子母澤寛（しもざわかん）。他在雜誌開了一個歷史隨筆專欄《ふところ手帖》，其中有篇六千字左右的小品〈座頭市物語〉即是電影原著。字數還不如我這篇文章多。

《ふところ手帖》由中央公論社於一九六一年出版單行本。電影走紅後，子母澤寛沒有續寫或擴充座頭市故事，只是整理修改舊稿，於《文藝春秋》六六年九月、十月號再發表一次。他人藉題再發揮二創也不是沒有。作家童門冬二拜訪子母澤寛獲得許可，寫出小說全五話：波を斬る座頭市、月を斬る座頭市、浮草を斬る座頭市、シジミ（蜆）を斬る座頭市、平手造酒を斬る座頭市，輯為一冊《新篇 座頭市》，東都書房六七年一月一日初版。讀者評價頗高，認為細膩度、精采度不輸電影。從篇目看來，此書大概可以看成是電影《座頭市物語》前傳。小說裡，座頭市出生於笠間，曾經與一年輕女子同住。女子是飯岡當地旅籠倉田屋的女兒阿雪，倉田屋臨終時拜託阿市照顧阿雪，為了保護她遂於海邊覓一小屋同居。不多久阿雪死去，阿市開始浪跡天涯。無論這個設定如何，原本影像化的座頭市又逆向輸入文字世界，令其形象更加豐富多元。

小說家八切止夫喜歡翻案歷史加以臆測發揮，寫過一本《座頭市武者》，六八年講談社出版。這人有趣，屢屢發表歷史怪論，例如「家康二人說」：德川家康其實在青年「元康」時期就意外死去，由影武者接替踏上歷史舞臺。還說上杉謙信其實是女性。

脇坂遼寫過《新・座頭市物語 厚冰》，二零一二年十一月日本文學館初版，內容不明。文字之外，就是依據電影改編的漫畫。二零二二年十二月底，我在東京中野MANDARAKE發現一本由劇畫家平田弘史繪製的座頭市「劇畫」。一九六七年二月二十八日初版。收〈聽見座頭市之歌〉及〈座頭市渡海〉兩編。此書即依據這兩部六六年電影改編。定價不含稅一萬二千日圓。人強貨紮實。它是平田先生從貸本漫畫界踏進雜誌漫畫界的第一部作品，也是六十年代後期日本雜誌漫畫引領「劇畫熱潮」的代表作品。彌足珍貴的初版本，定價一萬二，也是合理。二零零四年的再版本，只要一千四百日圓。

建構更具體的座頭市世界，述說更多座頭市渡世間的故事，這個工作是由電影界及電視界完成。

惟進入座頭市的世界之前，必須先研究作者子母澤 寬。他及家人們的故事，波瀾壯闊，堪稱傳奇，不下於座頭市。

子母澤寬誕生篇

子母澤寬，一八九二年二月一日，生於北海道厚田郡厚田村（舊制，位於今之石狩市）。逝於一九六八年。本名梅谷松太郎。

旅人若從北海道札幌市中心向北而去，來到一臨海小城，就是石狩。那臨傍之海即石狩灣。一級河川石狩川從大雪山流入石狩灣，每年秋季大量肥美鮭魚逆流產卵，漁夫趁機捕獲，處理切塊，置於鍋中，加蔬菜、昆布、味增料理之，即知名美食「石狩鍋」。石狩離札幌不算遠，從大通公園起算，直線距離大約僅十幾、二十公里。石狩市區再往北走三十多公里抵達厚田漁港。從祖父起，梅谷一家就定居厚田。

欲更深入瞭解子母澤寬其人、其書，必須先瞭解影響他成長、思想、文學最重要的祖父。祖父姓名梅谷十次郎，是江戶時代江戶人，可不是普通町民小百姓，而是幕府直參武士，領俸祿二十俵，隸屬小普請組的「御家人」。

江戶時代，本所一帶密布御家人宅邸，說起「本所的御家人」，其子弟在江戶惡名昭彰，令人頭痛。旗本與御家人子弟，上進者不多，大多囂張跋扈，橫行霸道。

邪狹子弟風氣延續到幕末，梅谷十次郎就是本所「南割下水」（約在今之北齋通一帶，街道因葛飾北齋出生於此得名）出身的御家人兼「雅酷殺」（やくざ）。やくざ即「無賴」，即我們所知的「沮沮人」。他的俸祿極低，堂堂御家人只好淪落江湖討生活。另外還有一個可能，十次郎本就是「雅酷殺」，花錢買通窮困御家人家庭，當養子繼承家祿、家名。當時江戶盛行這種提升社會地位的手段。所以他可能是淪落為「雅酷殺」的御家人，或者是變身為御家人的「雅酷殺」。

總之，他混得還不錯，在江湖堪稱是條好漢，毋寧更接近〈史記・游俠列傳〉一般的豪傑。他前胸刺了一尾龍，後背刺了一尊觀音立像，長五寸、寬三寸，栩栩如生，華麗氣派。

江湖人若接受他人一飯一宿之恩，尚且奉獻性命以報，更何況十次郎身為御家人，家族世代領受德川俸祿？幕末天下動亂，他全心全力報效幕府，即使幕府已經倒了。

鳥羽伏見戰爭失敗之後，末代將軍德川慶喜逃到江戶。一八六八（慶應四）年舊曆二月十二日躲到上野寬永寺（德川家靈廟），「謹慎」並表示屈服新政府。三月份，新政府與舊幕府進行江戶開城協商，有關開城交接前後的江戶治安一項，西鄉隆盛信任勝海舟，委託海舟維持，海舟再委託一橋家的舊幕臣。但是這批舊幕臣實則不甘願慶喜就此失去實權，遂集結成一個武裝力量想擁護慶喜重新奪回權位，現在恰好得到維持江戶治安的工作，彷彿獲得名正言順對抗新政府的「大義」，遂組成「彰義隊」。工作係舊幕府委託，遂有不少資金湧入加持，擴大徵求隊員，招來大批町人、博徒、俠客等江湖好漢，可能江戶人都是擁幕派吧？規模很快超過三千人。梅谷十次郎即因此契機入隊。

四月三日彰義隊駐紮上野寬永寺。四月十一日江戶無血開城，慶喜逃去水戶。五月一日新政府要求彰義隊解散，不從。雙方發生零星殺鬥，多人死傷。

所謂「江戶無血開城」並非真的無血，其實還是流血了。唯一的戰場就在今天的上野公園。這場激烈戰鬥史稱：上野戰爭。

由於彰義隊情緒激昂逐漸難以控制，新政府遂邀請長州藩軍事天才大村益次郎到江戶。大村態度強硬，不甩海江田武次等軍事參謀謹慎、緩圖的意向，自行擬定即刻討伐彰義隊的計畫。

舊曆五月十五日黎明，大村益次郎命令新政府軍攻擊死守上野寬永寺的彰義隊。戰況激烈，傍晚時分，彰義隊幾乎全滅。事後，彰義隊戰死者遺體火化葬於山王臺，一八八一年修墓立碑紀念，一八九八年揭幕的西鄉隆盛牽犬像與之作伴。

前新選組隊員原田左之助在這場戰役中負傷逃離，可惜傷太重，兩天後死於本所旗本神保氏屋敷。梅谷十次郎則僥倖餘生，脫離戰場，一路向北逃，在仙臺加入榎本武揚的幕府軍艦隊，揚帆北上，進駐北海道函館，隨即參加戊辰戰爭最後一役：箱館戰爭。

戰況眾所皆知，舊幕府軍於海戰、陸戰皆失利，箱館山陷落、新選組殘存武士土方歲三英勇戰死，最後，五稜郭開城門投降（一八六九年舊曆五月十八日）。十次郎也在投降官兵之列。

塵埃落定後，戰俘均獲釋放。雖未蒙長期牢獄之災、沒被整肅，但也無處可去。如同許多同僚的選擇，他留在北海道和幾位戰友一起開墾謀生。

札幌近郊開墾不順利，十次郎遂移居札幌北方小漁村厚田（即前文提到石狩市厚田區）。大概是江湖氣質未退吧，起先還是從事類似「保鑣／用心棒」賣武力的工作。之後竟翻身成為漁村裡身分地位最高的「網元」，擁有補漁工具及漁船，成為業主，支配漁夫們為他工作。還經營一家提供料理餐飲及住宿的旅館「角鐵」（據說也兼營女郎屋，女郎提供性服務），是村裡有頭有臉的人物。箱館戰爭殘存的七名戰友（一說六名）也來投靠十次郎。松太郎，日後的子母澤寬，即出生於這個環境。

但是，梅谷十次郎與松太郎並沒有血緣關係。

松太郎母親名為「三岸イシ」，三岸就是娘家本姓，不是梅谷，所以不是十次郎親生女兒。松太郎生父並非十次郎之子，所以イシ（石）也不是十次郎兒媳婦。那麼，她是十次郎的什麼人？

根據匠 秀夫《三岸好太郎 進入昭和洋畫史的序章》（求龍堂）一書考證，イシ生父「石川金次」，將女兒イシ過繼給「三岸卯吉」當養女。因此イシ改姓三岸。而卯吉妹妹スナ嫁給梅谷十次郎。所以十次郎是イシ的姑丈。十次郎無子女，把她當親生女兒看待。

松太郎的生父來歷不明，姓名不詳（一說名為「伊平」），也沒留下照片，是個偶然流浪到厚田村的青年。イシ偶然懷了他的小孩，還未及產下，這人就已離開厚田。或許他壓根不知有了孩子吧？松太郎終其一生沒見過生父。

吉田悅志先生〈作家 子母澤寬誕生的風土〉一文（發表於創價教育第11號）揭露，松太郎的生父可能是逃犯。

查厚田村東南方直線距離約十八公里處，今日的月形町地區，有一座「樺戶集治監」監獄（現今已改為博物館），開設於一八八一年九月，是北海道第一座現代化監獄。大家熟知的網走刑務所晚至一八九零年才設置。樺戶監禁囚犯半數以上服無期徒刑，多是被控謀反維新政府的舊士族及思想政治犯，以及強盜、殺人、放火、竊盜重罪犯。動畫《黃金神威》劇情安排幕末內戰倖存的前新選組隊士永倉新八，投降後進入維新政府，在這家監獄傳授劍道，某日於囚犯隊伍中愕然發現前長官、傳奇的新選組副長土方歲三，竟然尚在人世，被政府祕密關押三十年，已是白髮蒼蒼老者。雖是編劇異想天開，卻可領會此獄的神祕色彩。

政府利用這些重刑犯從事開拓建設。本州想像不到的酷寒及危險繁重的勞動工作，不知逼死多少囚犯。累死病死就地掩埋，只得到一座無名萬應碑。反正遲早要死於獄內或獄外，趁外出勞動作工，冒險、冒死逃獄者也不是沒有。從監獄到厚田，路途雖荒涼險峻，但步行可達。吉田悅志推測松太郎生父可能就是這座監獄的逃犯。潛躲厚田喘口氣，無法久留，必須繼續逃，當然不敢留下姓名、照片等痕跡。就算自稱伊平，想必是捏造假名。十次郎曾經是雅酷殺，也不是沒殺過人，可能還坐過監，思想上又反抗維新政府，基於同情而收容包庇逃犯，符合江湖道義，說得通。

梅谷十次郎經營的料理旅館「角鐵」裡，有個伙計名叫橘 巖松，出身金澤百萬石加賀藩的御醫家族子弟。橘姓可能來自日本四大貴族源、平、藤、橘。江戶後期有位名醫橘 南谿（一七五三至一八零五），本名宮川春暉，除了行醫及著作醫書之外，尚以遊記《東、西遊記》及隨筆《北窓瑣談》聞世。生於三重縣津市，中年後定居京都，不知與加賀藩御醫橘家有無淵源。

橘巖松也是個浪蕩子。逗留江戶修業學醫期間，沉溺於吉原遊廓，花天酒地床頭金盡，搞得身敗名裂，公子哥兒流落到北海道石狩厚田。也有傳言說橘巖松曾經是札幌薄野風化區大妓樓「高砂樓」的掌櫃。據說角鐵也兼營「女郎屋」，聘僱前薄野風化區掌櫃很合理。イシ似乎無法抗拒「浪子」型人物，嫁給橘巖松，將松太郎留在厚田，與丈夫搬到札幌，一九零三年四月生下未來的西洋畫大家三岸好太郎。當年松太郎約只十一歲。

一九一六年，橘巖松去世，寡婦イシ的工作必須長住雇主處，十三歲的好太郎只好託付也住札幌市的松太郎照料。松太郎已二十四歲，大學畢業後回鄉在札幌就業。相差十一歲的同母異父兩兄弟住在同一屋簷下，感情頗融洽。好太郎天分在西洋繪畫，才二十一歲（一九二三年）就入選春陽會展，春陽會是日本重要的現代美術團體，創於一九二二年，梅原龍三郎是創始會員之一。好太郎於二四年以油畫作品《兄及ビ彼ノ長女》（兄長與他的長女）入選第二回春陽會展，並獲得春陽會賞首席獎。畫中那對直挺挺端坐的親子，就是松太郎與長女。

時間拉回一八九零年代，十次郎與妻子スナ收養與雙親緣淺的松太郎，冠「梅谷」姓，戶籍登記為祖孫，雖無血緣，但不妨礙十次郎付出疼愛。松太郎在祖父萬般寵護下成長。祖父常抱他置於膝上，大談特談年輕時走過刀光劍影的往事，以及各路江湖好漢、幕末英雄的遺聞。說不定還吹噓曾親見大村益次郎、榎本武揚、土方歲三、原田左之助等人傑風采。發洩對薩摩、長州的恨意。還有那七個流落北國荒村的舊幕府軍老人，時不時擺起龍門陣胡「侃」，不知給小朋友松太郎灌輸多少，遙遠數千里外，大江戶繁華靡麗、瑰偉奇彩的故事。這些聽來的傳說日後都成為他文學作品的養分。

混過江湖及參與幕末戰爭，是兩大枚「男人的勳章」。而幕府慘敗，薩、長、土、肥「小人得志」，必定讓後半生只能忍辱寄身北國的「失敗者」十次郎，心存遺憾、不滿與深深地緬懷。從小耳濡目染，日後子母澤寬寫作，遂傾向「江湖」及「幕末」兩大題材，並寄託孺慕與同情。將祖父化身為「齋藤鐵太郎」寫進《蝦夷物語》、《厚田日記》、《南へ向いた丘》三部小說中。

松太郎畢業於東京明治大學法科專門部。之後回鄉任職地方新聞社、木材會社，一九一八年上京服務電氣商社、讀賣新聞社會部，二六年入東京日日新聞擔任記者。筆名「子母澤」

取自二八年他的居住地，東京大森新井宿子母澤（今之大田區），「寬」是致敬大文豪菊池寬。人家是菊「池」，他是子母「澤」，也是致敬。過世前幾年獲得菊池寬賞，文藝生涯首尾均與「菊池寬」緊絆，殆為天意乎？

文藝出道作係《新選組始末記》（一九二八）。隨後還有《新選組遺聞》（二九）、《新選組物語》（三一）（合稱「新選組三部曲」）、《遊俠奇談》（三零）等。

歷史鐵則「成王敗寇」，「薩長土肥」雄藩出身的志士，未被新選組殺掉或死於戊辰戰爭者，倒幕後占據維新政府高位。於「薩長史觀」指導下，日本國民一般視新選組為幕府打手，一群揮刀的無賴，吃喝玩樂養女人，勒索商家，打殺良民，橫行京都街頭。是殘殺維新志士的兇手，是朝敵，是時代逆流，歷史的反派。但是子母澤藉記者身分訪問殘存新選組成員及相關人士取得第一手資料，從人性與士道角度重新審視新選組，關照幕末大歷史小人物，重視忠誠、義理等崇高精神，寫出有血、有淚、有夢想的新選組故事，翻案翻得合情合理（當然，也是受祖父影響）。司馬遼太郎向他請益，後來寫出《新選組血風錄》、《燃燒的劍》等幕末小說，走的是子母澤路線。淺田次郎的《壬生義士傳》、《輪違屋糸里》、《一刀齋夢錄》亦如是。徹底翻轉新選組、佐幕派與幕府相關人物形象。若說子母澤和司馬的大眾小說（請注意，是小說）改變了日本人的史觀亦不為過。

一九三二、三三年於東京日日新聞連載小說《國定忠治》，將忠治寫成雅酷殺中的奇俠，獲好評，遂專職創作。這本《國定忠治》有臺灣版，林懷卿譯，武陵出版社一九九三年出版。

二次大戰及戰後，花費六年寫成大作《勝海舟》（四六年）。昭和三十年代發表《父子鷹》、《おとこ鷹》等幕末題材社會底層好漢小說。並著有《遺臣傳》、《枯草物語》、《厚田日記》多種。六二年獲第十回菊池寬賞。妻子タマ於六七年去世。不多久，六八年七月十九日，因心肌梗塞，於神奈川縣藤澤市住家去世。葬於鎌倉靈園。

子母澤寬的小說《父子鷹》（おやこだか），簡直是為了他的祖父而寫。小說自一九五五年五月至五六年八月在《讀賣新聞》夕刊連載。尚未結束連載，東映就拍成電影，導演松田定次。主人翁勝小吉由市川右太衛門飾演。小吉兒子勝麟太郎由右太衛門的次男、北大路欣也飾演。也就是親父子飾演親父子。市川右太衛門主演最有名的角色就是《旗本退屈男》劍豪早乙女主水之介。北大路欣也就是我們認識的那位北大路欣也，此片是他的出道作，藝名是他父親取的。「北大路」由來是他家就住在京都的北大路一帶。

《父子鷹》主角「男谷 龜松」是真實存在的人物。他本是出生於深川下級旗本「男谷」家的三男（他家本是御家人，後來經過勘定升格為旗本）。七歲時入繼小普請組旗本「勝」家當養子，姓名改為「勝 小吉」。小吉小時候脾氣暴躁，好強不認輸，常打架鬧事，以一敵多，人稱「喧嘩旗本」（愛打架的旗本）。十四歲那年偷取養祖母的錢離家出走混跡江湖，遇上盜賊失去全部財物。有人指點利用伊勢參拜，沿途半乞半討半騙維生，幸得好心人、伊勢御師及地方角頭幫助，才回到江戶。

他的堂兄弟男谷信友是大劍客，人稱「幕末劍聖」。青少年期的小吉與幾個堂兄弟一起廝混，也練得一身好武藝。

靠親戚關係安排謀得一小職，卻受不了長官破口辱罵而砍殺之，關押「禁閉室（座敷牢）」。出牢之後翌年，兒子「勝 麟太郎」出生（小吉時年二十二歲）。麟太郎與江湖性格的父親相比，很有出息的一個小子，允文允武（劍術師從幕末三大劍客之一，直心影流宗師島田虎之助），日後改名「勝海舟」，眾所皆知的幕末名臣，與西鄉隆盛會談促成江戶無血開城。但是小吉始終找不到正經工作，仗著武術、劍術高強，成天就是打架、踢館、賭博、比較正常的是刀劍鑑定買賣，儼然地方上的角頭。一八三八年三十七歲將家督讓給麟太郎，隱居。四三年撰寫自傳《夢醉獨言》。一八五零年去世，享年四十九歲。

《父子鷹》主角小吉是一位猶如迢迢人的俠客旗本，其性格異想天開、自由奔放，小說完美連繫「江湖無賴」與「幕末英雄」兩大元素，並建構一個於現實世界未完成的、理想的、夢幻的祖父形象，寄託遙深。

雖然祖父的形象揮之不去，但是「座頭市」的原型並非祖父，而是道聽塗說。子母澤寬為寫作之需，針對《天保水滸傳》故事背景進行田野調查時，探聽到座頭市這號人物。

座頭市誕生篇

《天保水滸傳》（てんぽうすいこでん）講述天保十五（一八四四）年，下總（今千葉縣北部）一帶，今之東庄町地區，兩個地方角頭大親分笹川繁蔵（ささがわ のしげぞう）與飯岡（石渡）助五郎（いいおか すけごろう），為了爭奪勢力範圍及地方利益，鬥爭摩擦，矛

盾到達頂點，雙方人馬遂於利根川岸爆發大械鬥，號稱「大利根河原決鬥」，助五郎落敗，而繁藏聘請的用心棒平手造酒陣亡。

河原決鬥後，官方介入，繁藏出走。助五郎銜恨。一八四七年，繁藏回鄉，助五郎的三名子分用不光采手段，扮裝成虛無僧偷襲殺死繁藏。四九年，助五郎一幫向「關東取締出役（關東地區巡迴警察）」告發檢舉繁藏的子分「勢力富五郎」，官方遂以優勢警力五百名嚴密追捕，富五郎退入金比羅山，堅持纏鬥五十一天。見逃亡無望，富五郎力竭自殺身亡。至此，繁藏與助五郎兩幫多年鬥殺告一段落。

「黑社會大火拚」也不是什麼很大條的事情，但是兩邊陣營都有好勇鬥狠的江湖豪傑及地痞無賴，例如相撲力士出身的勢力富五郎、智慧過人的「清瀧的佐吉」、美男子小鮮肉夏目子僧新助、武士出身要報父仇的波切重三、浪人劍客平手造酒等等，每個人身上或多或少帶著一些逸事，面貌各異，形形色色有如梁山泊一百單八條好漢，引人遐想。好事者遂演繹一番，安上中國小說《水滸傳》名號，命名為《天保水滸傳》。如此依附也是很自然的事，因為江戶老百姓愛死了施耐庵《水滸傳》，什麼都要扯上水滸。

勢力富五郎死後不多久，嘉永三（一八五零）年江戶就出現實錄體小說，四編六十卷，陽泉主人尾卦傳述，筆錄成書，流傳市井（依據《精選版 日本国語大辞典》的說法）。於是講談師「宝井琴凌」等民間表演藝人加油添醋，敷演為講談、浪曲、歌舞伎、淨琉璃，又說又唱又演，也畫成浮世繪（歌川豐國繪製，取名《近世水滸傳》），好不熱鬧。久而久之變成通俗文化大ＩＰ，後世人們據以寫小說、拍電影、上電視，花樣多多。

講談師「宝井琴凌」講演《天保水滸傳》用善惡二分法，把繁藏說成悲劇豪傑，把助五郎說成卑鄙的壞蛋。但是當時助五郎尚活在人間，晚年的他盡收暴戾凶殘之氣，待人親切和善，住處附近的小朋友都稱呼他是「川端的老爺爺」。他病逝於安政六（一八五九）年四月十四日。六十七歲，也是善終。

講談的效果深植人心，人們也太入戲，用講古戲劇來評價歷史人物。江湖博徒、雅酷殺常常以地盤或故鄉地名冠名稱呼，像笹川、飯岡都是地名。有些地名仍沿用到今日，飯岡地區就有飯岡小學。該校老師伊藤實帶小朋友校外遠足時，去到外地，人們聽說小孩子來自「飯岡」，會問「是那個惡人的子孫嗎？」衝擊伊藤老師。都已經一百三十年前的事了，人們還有這種反應？激發他的興趣，挖掘史料，破除講古戲劇的迷霧，揭開助五郎真面目，寫出一本歷史傳記《飯岡助五郎：真說 天保水滸傳》，崙書房一九七八年四月出版。這是餘話。話題趕快回到座頭市。

由於祖父的經歷，子母澤寬對於江湖博徒、渡世人很有興趣。大約是昭和二（一九二七）年，他在下總飯岡一帶（千葉縣旭市）田調《天保水滸傳》史實時，聽人說飯岡助五郎手下，有位以按摩為業的盲人，遊走於關八州謀生，不知出生於何處，亦不知身分來歷，只知名字叫「市」。

「市」是來自市太郎或市五郎，或者只是隨機胡謅，全不知曉。街坊稱呼他「座頭」（隱有瞎子按摩師的含意），合起來就是「座頭市」。就好像我們稱呼職人為「泥人張」、「剪刀李」、「賣鹽順仔」似的。

聽說座頭市是一位中年大叔，體型肥胖高大。加入飯岡助五郎這一幫，接下助五郎的盃（さかずき），締結了日本江湖俠客之間最緊密的親分、子分關係。日本傳統黑道幫派結構，模仿家族倫理模式，老大及手下的關係密結。授受酒盃之後，等於締結血緣，兩人形同父親與兒子，稱為親分及子分（平輩之間則是兄分、弟分）。這個授盃儀式非常重要，常在《昭和殘俠傳》、《日本俠客傳》或現代黑幫任俠電影中見到。

阿市人近中年才失明，還記得事物形狀顏色，於賭博一道非常拿手。腰際插著一把長柄的長脇差，刀刃長度約有五十四到六十公分。江戶時代的武士依規定配戴一大一小兩把武士刀，小的那把就是「脇差」。當時的俠客、渡世人、雅酷殺們，不具配戴大小刀資格，但通常官方允許配一把脇差防身。習俗流傳開來，也有人以「長脇差」來暱稱江湖雅酷殺。

座頭市雖是瞎子，卻是居合拔刀術高手。出手一刀回鞘，根本看不清他何時拔刀，又何時斬下。江湖混久了，厭倦逞凶鬥狠的生活，萌生退意。或許他已查覺助五郎要用卑劣懦弱手段殺掉繁藏。親分重要？還是俠道重要？不如歸去。遂帶他的女人阿種（おたね）及其父 藏離去，當個平凡百姓。據說在安積山麓猪苗代湖畔度過餘生。以上即是子母澤寬筆下的座頭市。

電影製作公司又是如何發現這篇歷史隨筆，願意採用這個沒名氣、沒身分、沒外表、沒視力的小人物為主角，拍成電影呢？日本電影史學者、評論家木全公彥揭露一段祕辛。

一切因緣起於日本電影巨匠清水宏。清水宏生於一九零三年靜岡。他在松竹蒲田攝影所擔任導演助手時，認識小津安二郎，成為一生的朋友。曾經和超級女優田中絹代以結婚為前提同居，終因吵架分手。二戰期間來臺灣執導國策電影《沙鴦之鐘》（サヨンの鐘），女主角是李香蘭。晚年因心臟病在京都家中靜養。六六年六月二十三日心臟痲痺去世。

他的電影作品風格崇尚自然、寫實。例如《沙鴦之鐘》開頭一段臺灣平地農民及高山原住民日常生活，放牛、耕作、紡織、搗米、趕小豬回家，拍得好像紀錄片。喜歡啟用兒童、新人、非第一線明星、外行素人。他擅長兒童戲，在片場常與小朋友玩在一起。執導《風中的孩子》、《孩子的四季》，根據坪田讓治兒童文學改編，成績不錯。這樣的風格與打打殺殺的「座頭市」完全不相干，像是水與油的差別。

清水宏拍完大映電影《母のおもかげ》（五九年）後，結束導演生涯，六一年買下京都北嵯峨宅邸，過起悠悠自適的退休生活。某日，大映電影公司企畫部的久保寺生郎登門拜訪。久保寺自四七年起，即擔任大映電影《東京之夜》企劃，從那時到六二年擔當企劃的電影多達四十四部，經驗豐富。清水宏為大映導戲時，久保寺就常拜訪。這天兩人談天說地，東拉西扯，清水宏提到〈座頭市物語〉這篇隨筆有改編為電影的價值。

清水宏不僅是導演，也是讀書家，同時又是知名美食家。他本就愛讀子母澤寬講美食的隨筆《味覺極樂》，且延伸閱讀子母澤其他作品，發現座頭市這個有趣的盲劍按摩師。清水對於按摩師並不陌生。他於三八年曾導過一部電影《按摩師與女人》，主角就是男性年輕按摩師。

作企劃的人對於題材點子非常敏感。久保寺回辦公室後，向上司報告訪談內容，清水大導演推薦座頭市一事，輾轉傳入企劃部長鈴木晰也耳中。鈴木瞬間想起一個人。不久前，他們大映才拍過一部時代劇，六零年九月公開上映的《不知火檢校》（しらぬいけんぎょう），主角勝新太郎飾演江戶時代隸屬當道座的盲人按摩師，品行極為糟糕，犯下偷竊、詐欺、勒索、強姦（受害者是中村玉緒，後來的勝夫人）、殺人等重罪，甚至弒師謀奪「檢校」高位，十足的貪婪凶暴。電影票房不俗。一向演正直角色的勝新太郎演活大壞蛋，成功改造銀幕形象，成了當紅炸子雞。「這個勝新太郎，不就是活生生現成的座頭市嗎？」更巧的是，不知火檢校主角名為「杉之市」，也是一個「阿市」。

鈴木認為好點子不能拖，機不可失，全力說服大映社長永田雅一開拍這部天上掉下來的電影，火速籌備拍攝工作。由久保寺生郎擔任企劃（當時的他還不知道，之後有十幾部續集也是他當企劃，甚至去勝新太郎開的公司工作），擅長時代武俠片的三隅研次擔任導演，《不知火檢校》編劇犬塚稔再次擔任編劇，五四年配樂哥吉拉嚇倒觀眾的大師伊福部 昭擔任配樂（他幾乎是武俠動作片及哥吉拉怪獸片專業）。加上攝影牧浦地志、美術內藤昭，組成最強幕後團隊。

幕前幕後備齊，水到渠成，十頁隨筆拍成一部九十六分鐘的黑白電影，票房達五千萬日幣，出乎意料地超人氣，從此展開座頭市神話。

補述：

電影史學家春日太一對於推薦座頭市的緣起，說法與木全公彥不同。他在《天才 勝新太郎》書中寫道，久保寺生郎為了拍攝市川雷藏的新電影，登門拜訪子母澤寛，請他同意簽約授權改編小說。事成後，子母澤拿出隨筆集《ふところ手帖》，問久保寺有沒有興趣也改編座頭市？大映評估可行，於是推動座頭市電影誕生。姑且令兩說並存。

中國羅麗婭《日本武士電影研究》第三章（第一一四頁），說座頭市的發軔應追溯至《不知火檢校》，因勝新在該片塑造盲人角色大成功，促使導演三隅研次萌生將子母澤寛筆記小說搬上大銀幕的想法云云。羅氏此說不確。

座頭市與勝新太郎神話考

座頭市篇

座頭市（ざとう いち）徹底失明。但有兩樣東西，他看得一清二楚，甚至比明眼人清楚。一是骰盅裡的骰子。他的盲眼能穿透紮紮實實的骰盅，看見骰子的點數，還知道骰子真假，更知道被調包的真骰子藏在天花板或是荷官的頭髮裡。

二是人心的善惡，看得極為透徹。呵護善人、斬殺惡人。一雙瞎眼沒錯看過。

臺灣人向來稱呼座頭市為「盲劍客」（香港稱「盲俠」）。提起日本劍客，臺灣人頭一位想起的是宮本武藏，再來是他的勁敵佐佐木小次郎，然後就是盲劍客吧？也是我人生最早認識的前三名日本劍客。

但座頭市不是武士。他只是流浪按摩師。若套用三教九流身分分類法，大概只能歸入「下九流」。善養寺進《絵でみる 江戸の町とくらし図鑑，江戸一日》（北京聯合出版公司，二零一八）介紹江戸庶民生業二百零七種，連接生婆、流動掏耳人、沿街賣老鼠藥的都有，就是沒提到流浪按摩師。不知是漏了還是沒有納入必要？

座頭市絕對是日本眾多劍客裡，外貌最不起眼，存在感最低者。平頭、大臉、眼白、五短身材、灰撲撲的裝扮、持杖尋路、側臉傾聽、隨臉皮頭皮抖動的耳朵、常常滿身大汗。這是他給人的第一印象。

座頭市藏刀於杖，杖後藏身。刀法係居合拔刀術，有兩大絕妙：一是巧勁，一是力道。巧勁，他可以一刀對半劈開燃燒中的蠟燭、人手持的豬口杯，飛動中的水果、錢幣、蒼蠅。可以對半劈開手持的陶酒瓶及瓶中骰子。對半劈開來襲的飛箭。也可以刷刷兩刀把酒瓶、坐墊枕平均劈成四等分。還可以削去他人手臂上的刺青（巧妙地只刮去一層皮）。

力道方面，萬物皆可砍，必斷。人的手、腳、脖子自不在話下，還能劈開竹篙、樹幹、和室拉門、檜木澡桶。可以輕鬆地一次斬斷懸空的花盆，及其下擺放的武士刀（斷成兩截，刀鞘斜倒，鞘內滑出半截刀身）。甚至庭園裡一個人高的石燈籠也一刀兩斷。豈有此理，難不成他那把窄窄薄薄的手杖刀是星際大戰的光劍嗎？或者是《幽遊白書》的次元切割刀？就是這麼誇張。編導刻意透過誇張巧勁及力道來達成一種趣味，形成座頭市專屬的風格，進而打造神話。

座頭市接近賤民的身分階級，在劍鬥時反而吃香，因為沒包袱。他的武器是日常手杖掩藏的刀，並非什麼村正、虎徹。他是居合，不必擺出架式，展現上段、八雙、青眼、脅構等劍型。只要抱好他的刀，彎腰、扭身、踢腿、在地上打滾都可以。無論跳、站、坐、跪、蹲、躺，每一個角度都可以出刀攻擊。這是任何受過正統劍術訓練的武士做不來的。因為武士自恃身分、流派，不可能拉下身段跟著滿地打滾，成何體統。而且阿市招法是反手刀（一般似乎只有忍者在用），可以貼身迴旋砍殺，攻擊時還多了「刺擊、刺殺」這一招。

例如一九六八年的《座頭市喧嘩太鼓》，與強敵佐藤允決戰。才過一招，旁邊神社傳來祭神大鼓聲。轟隆咚咚嚴重干擾座頭市。雜音鼓譟掩護下，佐藤允抓住「無聲欺近」的訣竅偷襲，一陣密集攻擊，阿市招架不住居於下風，滾到地上縮成一團喘氣。佐藤允躡手躡腳伴隨進擊的鼓聲緩緩欺近，企圖攻出致命一擊。好巧不巧此時鼓聲驟然停止，佐藤一腳踩地讓阿市聽出位置，猛地就地上回身翻轉一刀砍出，猶如從地獄捲起的旋風，砍中佐藤腹部。「躺地揮刀」是座頭市才耍得出。這種不合體統的無賴，日文叫做「泥臭」。武士辦不到，恥度太高，太難看。

阿市也有不用手杖刀及居合的時候。系列第十三作《座頭市の歌が聞える，聽見座頭市之歌》旅宿內阿市深陷敵陣，雅酷殺們持刀執槍團團包圍下，他丟出手杖刀瞬間，猛地搶奪敵人腰間的長脇差，搶救被縛女士，著實用正統刀術砍殺數人。室內轉移到戶外，又交手斬殺數人。市與惡徒們對峙時，小朋友太一抱手杖刀冒死穿過刀陣，阿市才得以取回貼身兵器。但他沒立刻換，而是右手刀、左手杖，緩步走上棧橋，刀杖並用砍倒近十人才換成手杖刀。手杖刀居合更是可怕，瞬間倒下八人，殘餘雅酷殺嚇得落荒而逃。這場橋上大殺陣以逆光近乎剪影效果呈現，水平構圖，畫面均衡，多麼唯美壯麗的一幕！橋戰之後，阿市無奈地接受苦命浪人黑部玄八郎（天知茂）挑戰。

偶爾阿市也用二刀流。系列第十一作《座頭市逆手斬り》敵人不怕死一波一波輪番上前討死。阿市幹掉一個持長槍武士，左手奪下他的佩刀，加上原本右手的手杖刀，變成左右逆手二刀流居合術。此時恰好左右側各有一名武士同時夾攻殺來，阿市掄起雙刀，一格一轉，砍殺之，兩敵肩並肩死在一起。下一波，四名敵人分占前後左右四個方位襲來，雙刀隨身回旋轉殺一圈，四敵躺下。

因為系列電影完美呈現淒厲的殺陣，於是流傳兩個關於拍攝殺陣的逸聞。

一則是臻至神話境界、難以證實的謠言，是家父生前告訴我的。為了展現座頭市不可思議的刀法、神速的居合術，劇組改裝他的手杖刀，只有刀柄沒有刀身。勝新太郎用空蕩蕩的手杖刀柄表演殺陣，出刀收刀比閃電還快，觀眾看不到刀身殘影。那當然，因為根本沒有刀身。為了打造座頭市神話，在沒有電腦動畫特效年代，想出這個不必花錢又簡單的方法，真是天才。

另一則不是謠言，而是事實。一九八八年十二月二十六日，於廣島縣福山拍攝《座頭市終極血戰》某一場戲，勝新太郎長子奧村雄大在不知情狀況用了真刀，不慎誤傷演員加藤幸雄，當場頭部噴血，經急救一度救回，然而數日後仍然死去，僅三十四歲。全國譁然。廣島縣警以「業務過失致死罪」將拍攝現場相關人員移送法辦。助理導演承認疏失。但片場為何會出現真刀？

原來通常拍攝武俠片為了氣氛，為了逼真，畫面上是可以出現真刀。但僅限於特定的場景或特寫鏡頭。拍攝武俠動作劇本來就非常危險，打鬥過程一律只能用假刀，而即使假刀也足以令演員受傷。

闖禍的助理導演並沒有拍攝時代劇的經驗，劇組也沒有良好地橫向溝通。助理導演認為這場戲會帶到奧村雄大走動的特寫，如果給他假刀，鏡頭畫面效果不夠，一定會被勝新太郎罵，於是遞給雄大真刀。悲劇就這樣發生。

假以亂真，真以亂假。盲劍座頭市其人其事也是真真假假。關於他的誕生物語，前文已概述。以下詳盡地剖析他的原點，第一部電影《座頭市物語》。

《座頭市物語》誕生前一年，黑澤明經典武俠《用心棒》上映。這兩部片劇情背景有些類似，同樣是兩幫惡勢力爭奪地盤利益，正在進行武裝械鬥。《用心棒》是桑田三十郎／三船敏郎介入爭鬥，看似無為，實則有所為。三船敏郎勤快地動心機，用腦筋，操弄兩幫令其同歸於盡。《座頭市物語》則是浪人平手造酒及座頭市一同捲入爭鬥，看似有所為，實則無為。兩邊角頭都希望他們做點什麼事，拔刀殺人，但他倆只想釣魚、喝酒。三船敏郎的劍，像是上帝（或魔鬼）派來掃清人間汙穢；座頭市的刀，像是一介凡夫企圖抵擋厄運與宿命。不過從續集開始，座頭市逐漸向桑田三十郎靠攏就是了。

《座頭市物語》篇幅不長，編劇筆下出場角色不多，劇情不複雜，聚焦在兩幫械鬥、兩雄相惜、落花（純真女子おたね）流水（阿市）短暫邂逅。

他的成功首先在於人物塑造。不論戲劇或小說，描寫一位不凡英雄，不該一起筆就寫他多麼英勇無敵。不如從他的日常平凡處寫起；而寫日常平凡，不如從他的缺陷不足處寫起。

編劇犬塚稔先描繪一個普普通通的瞎子按摩師。他在歡樂繁華的櫻花祭典裡按摩謀生，手肘抵壓客人後背，用力抖動小臂，技術純熟。此時打出片名，伊福部昭譜寫，豪氣莊重、陽剛的主旋律響起。隨後鏡頭切換，他以杖探路蹣跚穿越巷道，旅途中通過一座又小又窄的獨木橋，不察，心慌腳亂，差點跌倒。手杖探測木橋虛實寬窄，趕緊趴下，伏在橋上，手腳並用，匍匐爬過，模樣滑稽。對明眼人來說簡單輕鬆，對瞎子來說困難危險。真是一位再普通不過的瞎子按摩師。

阿市來到城鎮拜訪地方角頭飯岡助五郎，不遇。小弟引他到一旁側間休息等候，室內已擠滿一幫徒眾，正在呼丁喝半，賭錢消遣。眾人瞧不起他，他也瞧不起眾人，遂主動要求玩一把。

ICHI

阿市巧妙地利用眼盲缺陷、人心貪婪及高超手法狠狠削了眾人一筆。明知瞎子出老千，又不能說不對，欺盲反被欺，幫眾恨在心裡。瞎子賭博噱頭十足，從此以後，幾乎每部續集都要安排賭骰子橋段（就好像龐德電影常常要賭牌），而且阿市賭術逐級提升，越發神乎其技到不可思議。這就是編導打造座頭市神話的方法。龐德電影有一部以賭場為名《皇家夜總會，Casino Royale》，Casino 就是賭場。座頭市也有一部以賭場為名《座頭市鐵火旅》，鐵火就是賭場。

額外豆知識：日本料理店、壽司占賣的「鐵火卷」，就是以前賭場提供給賭客填飽肚子的壽司卷，故名鐵火。

再一個豆知識：時代劇常看到的傳統賭骰子，叫做丁半（ちょうはん）。賭法是，莊家（職業莊家須下半身僅著兜檔布，腰纏白布，裸露胸膛、肩膀及雙手，表示無舞弊）手拿一個骰盅，丟入兩顆骰子，或搖或晃，隨即壓在賭桌或地板上，賭客押注猜盅內骰子點數是丁是半。賭丁者，橫擺籌碼（一般呈條狀）押注；賭半者，直擺籌碼。開出來，兩顆骰子點數總和，雙數為「丁」（ちょう），單數為「半」（はん）。我的記憶法：丁字兩畫，二為雙；半字五畫，五為單。

助五郎在幫眾及貴客面前盛讚阿市的居合術，傳喚阿市來客廳露一手給貴客欣賞。阿市認為刀法不是表演項目，不願配合。助五郎面子掛不住，頗有微詞，只好用笑話打發尷尬。因此幫眾也不相信阿市能厲害到哪裡。隔日，助五郎與幫眾研究打擊仇家笹川繁造的對策。對方有江戶來的浪人劍術高手平手造酒幫襯，這邊只有不可靠的瞎子。冷言冷語都被阿市聽到了。他上前去，用居合術直直地剖開蠟燭。「你們可以嘲笑我，但不可以看不起盲人。」這一刀看起來稀鬆平常，卻震撼在場眾人及電影觀眾，如閃電般劈開日本電影史。這是盲劍客座頭市誕生問世第一次拔刀。而本片，他也只拔刀三次。只斬殺三人。還有一次不是用刀，而是轉身一橫打入江。

第二次拔刀，起因是阿市去淨勝寺探望生病的平手造酒。談著談著，繁造也來拜訪。繁造不知一旁坐著的阿市身分，以為只是按摩的，與平手談起對抗助五郎的規劃。阿市走後，他才知那瞎子竟是助五郎食客。怕機密洩漏，身邊兩個子分追上去要滅口。兩人一前一後包夾阿市。感受到來人殺意，阿市蹲下吹熄燈籠，四周陷入一片黑，緩起身說：「這下我們公平了。你們若準備好了可以殺過來。」後方之敵欺上來，阿市先一杖向後撞擊敵人，反手拔刀，由下而上逆袈裟殺前方之敵，迴身一百八十度由上而下大袈裟砍後方之敵。完美的居合。三招撂倒。不到一秒。兩人沒有立刻死去，但也活不成。這是本片第一次殺陣。劇情已經過了一半，座頭市才在銀幕上頭一次殺人。

第三次就是城鎮大亂鬥戰場之旁，對上平手造酒。

本片原版的預告片字幕寫：「盲目的魔劍 與 薄命的豪劍」。

描寫英雄人物，須設置一位足以匹配的強敵。強敵對手有兩種寫法，一是事事處處與英雄相反，一是事事處處與英雄類似。犬塚稔的策略是安排一個實力、強度可比擬座頭市的浪人平手。阿市流浪謀生，平手自稱江戶混不下去，流落此處。兩人都是投靠角頭老大的食客。阿市眼盲，平手肺癆末期。平手喜歡釣魚，阿市也是，兩人因此在河邊結識。那次邂逅就是一次微小的、沉靜的、不拔刀的較量。

平手是江戶北辰一刀流、千葉周作得意門生，劍術高強，阿市是居合拔刀術達人。阿市有原則，不願意亂殺人；平手也有原則，希望光明正大決戰，不該用火槍暗算。兩人惺惺相惜，阿市還幫病重休養中的平手按摩呢。而萍水相逢的兩人，終須一戰。

我小時候看不懂平手的心態。他倆不是一起釣魚喝酒的知心朋友嗎？為何最後一定要挑戰座頭市？只是想試出誰的刀強？還在乎這個嗎？最近重溫此片，總算看懂。那一夜，平手躲在一旁，看阿市出刀砍倒繁造兩名幫眾，就知道誰的刀強了。不，從座頭市僅憑聽到呼吸，就知道平手患肺癆症，那時起，平手就瞭解阿市有多強。

平手強挺病體上陣殺鬥，不知殺倒幾人，可憐肺癆發作，嘔血如噴泉。他知道生命已到最後盡頭。與其被助五郎一幫雜魚混混砍殺，不如倒在座頭市刀下，是最理想的死法。這也是一種另類的「士為知己者死」。抱持這樣的心情，向阿市求戰，亦求死。況且這兩人都接受大親分一飯一宿之恩義，依據江湖規矩，站在敵對方的兩人必須一戰。

決戰地點是城鎮河岸上一座小橋。可以對照開場那座困擾座頭市的獨木橋。過橋真是不容易啊。獨木橋接引阿市從日常平凡走進兩幫爭鬥的封閉場域。過橋的手忙腳亂預告他在小鎮會惹上一身麻煩。決戰的城鎮小橋則是聯繫生與死、陽氣與幽冥的奈何橋。一邊是黑道野蠻械鬥的血肉修羅場，一邊是阿市堅持人道義理的理想世界。從修羅場進入理想界，必須殺戮，然後超度。橋下流過的小河川，是利用六一年佛教電影《釋迦》（也是三隅研次、勝新的作品）特效「地裂」場景挖掘改造。冥冥中，鬥殺與宗教產生幽微的連結。

阿市沉穩鎮定地走上橋面，向平手鞠一個躬，好整以暇地脫下外掛，置於橋欄杆上。這是他面對生死的氣度，已預告他的勝利。短短的、小小的單跨木造橋，橋面版不長也不寬，侷限的場地使得決鬥二人不得不近身施展攻防，令戰況緊密亦非常緊張。勝負只在幾招之內。

平手中招後，力氣放盡，整個人趴在阿市後背。呈現的畫面構圖，好像阿市揹負喘息吐氣的平手。那長長一口虛弱的氣，是最後，是解脫，也是圓滿。兩人的情感交融至此到達最高境界。英雄好漢之間用生命交流的特寫。平手的血就這樣灘流至阿市身上。阿市淚流滿面。之後，阿市拜託小和尚於寺內安葬平手，並將結束平手生命的手杖刀送去合葬。約定一年後回來淨勝寺祭拜故人。能夠為平手做的，也就是這麼多了。

阿市找了樹枝代替手杖刀（棄刀從良，以和為貴），登上崎嶇小徑，躲開正等在道路上，願意當他的枴杖，要陪他到天涯海角的紅顏おたね。孤獨一人朝遠方摸索前進。他以為可以就此金盆洗手，沒想到盛大的票房成功即將把他拉回來再戰江湖。

綜上所述，電影《座頭市物語》幾乎「重現」子母澤寬原著敘述的座頭市其人。差別是腰間長脇差改成手杖刀，與結尾獨行天涯。

編劇犬塚稔回憶，《座頭市物語》授權費是十五萬日圓（約臺幣一萬六千六，當年臺灣公教人員月薪不到七百元）。犬塚編劇過程與子母澤寬密切溝通，有關劇情安排、角色設定均獲作者同意。但是落實劇本可難辦，原著沒什麼劇情可言，他只好依據原作簡易的設定，隨意編造劇情及人物性格。這個劇本把座頭市帶到世間，有血有肉，因此若說犬塚稔才是「創造」座頭市的人也不為過。

池廣一夫回憶，本來他已內定擔任《座頭市物語》導演，劇服衣裳已完成，劇本已修改到第三稿。正巧他的師父市川崑同一時間執導島崎藤村小說改編，大明星市川雷藏主演的《破戒》，指名他擔任B組導演。匯聚名著、大導、巨星，這種機會很難抗拒。他只好放棄座頭市，交棒給三隅研次。沒想到《座》片大紅。雖然未搶得先機，但緣分未斷，他後來也導了三部座頭市電影。

就現實面看，市川崑、島崎藤村、市川雷藏的超級陣容大製作，比起一部可能被人誤認為跟風《不知火檢校》的瞎子按摩師武俠片，強太多了，若是我也選擇前一組。市川雷藏雖然與勝新號稱大映兩大臺柱，二人同年次生且同梯次進入大映，但正當紅的市川片酬是勝新的十倍。

劇本依據原著，安排阿市與愛慕他的おたね一起離開小鎮走天涯，但是三隅研次改動為獨行的版本。與其說是為續集留一個發展餘地，不如說，讓阿市隻身一人行走荒野小徑，留下缺憾空出餘韻，那孤獨無畏的身影更加動人，形成最好的最後一幕。就好像卓別林的流浪漢搖晃身軀走向遠方成一小點。之後的座頭市持續流浪，他的人生基本就是一趟大旅程。接觸社會底層到高層涵蓋「士農工商賤」，看盡善良邪惡，歷遍城鄉山川，走過四季寒暖，忠誠呈現幕末日本浮世風土。這是該系列一大看點。

勝新太郎篇

勝新演技可動可靜。凝聚爆發力之前的沉靜，十分可怕，爆發之後更可怕。兩幫決戰之後，屍橫遍野，阿市痛罵飯岡助五郎草菅人命，氣到怒睜白瞎眼，死瞪著飯岡。這時的阿市修為尚好，脾氣尚佳，如果是八九年的座頭市，必定殺光飯岡一幫。

許多演員演盲人是睜眼的。但勝新是閉眼的。睜眼瞎子好演，閉眼難。若還要打打殺殺，則難上加難。閉眼睛演戲，如果靜止不動則罷，若還要走動，須事先研究動線及走位，摸熟自己的動線，也要了解同框演員們的動線，還要抓住布景、道具在整個場景的方位及高度，等於腦中要建構一個3D立體環境。

明眼人作一般表演，尚且不見得能夠精準走到定位，何況閉眼。演出殺陣，須嚴謹地自我練習，還要和武行們套招，確定彼此的動作。距離太遠，不像砍到了。距離太近，真的會砍到。明眼人都不見得能抓到最恰當點，閉著眼睛要怎麼抓揮砍的距離、角度、時間、節奏呢？不得不敬佩他們。

勝新本人的體能及技巧完美駕馭這個角色。首先，把武器從原著的「長脇差」改為手杖刀，就是勝新的主意。改得好。持手杖的盲人比瞎眼的雅酷殺更不起眼，更沒有威脅性，也更沒地位。很多情節與衝突就是從惡徒莽夫看不起盲人引起。大約六五、六六年間，勝新曾登門拜訪子母澤寬，應作家要求，當場即興表演居合拔刀術，動作精湛令作家驚嘆。他掌握角色的能力，其動作及神韻堪稱完美。那次會面，勝新審慎地向作家報告，他心目中的座頭市是怎樣的人物，對於阿市有怎樣的想像，想加入怎樣的創意，子母澤寬露出溫婉的微笑，一直點頭贊同。勝新說永遠記得那天的心情，一直到現在，仍然時時問自己，盲目的座頭市遇到這個狀況會如何回應？如何生活？他要拿出他自己的答案。

當時明星成為超級大咖後，大多成立自己的製作公司。勝新即於六七年成立「勝製作」。七一年大映倒閉，後期幾部座頭市即由「勝製作」自製。然而勝新幾年後就灰心，放棄電影改拍電視。

壓垮他的最後一根稻草是超級夢幻作《無宿》（一九七四）。這部片最大噱頭是勝新太郎及高倉健兩大性格巨星合演。然後女主角是當時形象最酷的女星，演過《野良貓》、《女囚七零一》、《修羅雪姬》的梶芽衣子（かじめいこ）。

這部電影集結大映的勝新、東映的高倉、日活的梶、松竹的導演齋藤耕一、東寶的配給發行。「集合日本五大電影公司人馬的企劃，只有我的勝製作才做得來。」勝新得意地想。然而這個工作基本上等於自作自受。主要演員檔期彼此卡到、劇本難產、導演與勝新的理念不合、高倉健不想再走東映任俠老路、上映日逐漸逼近。勝新周旋其中累得半死。

勞心勞力結果是拍出一部攝影優美、故事鬆散、格局極小、言之無物、情緒無聊、結尾軟弱的電影。梶芽衣子不耍酷，而是可憐兮兮小妓女，好像活道具，隨便誰來演都可以。勝新及高倉兩位雖是老戲骨，無奈劇情蒼白，想走任俠又不屑任俠，還努力建構任俠世界，卻作出一個根本不任俠的結局。雅酷殺都演成鱉三了。試映會當天擠滿觀眾，興致沖沖想一睹三大巨星合演風采。「昭和殘俠加座頭市加修羅雪姬，勢必會殺個血流成河吧？」但放映結束後，人人低著頭、垂下肩，默默無言離開會場。

勝新心冷，認為事已至此，若想完全照己意表演，製作完全屬於自己的作品，不但東寶辦不到，全日本電影界也辦不到。況且電影業已近夕陽，今後將是電視的時代。勝製作再也不作電影了，決定轉進電視界。因此富士電視臺極力爭取。

富士電視臺製作人角谷優認為，如果可以每周都在電視上看到座頭市，一定很有趣。勝新說：「我是不懂電視，在我眼中就是比較小的攝影機嘛。就當作電影來拍。」角谷聽出勝新的自信，給出優厚預算。普通時代劇製作費一集八百萬日圓，貴一點的一千兩百萬，但是角谷給勝製作一集兩千萬。

勝新太郎真的當成電影來拍。據說曾經打算用三五釐米電影膠卷，但成本太驚人，畢竟不是電影，遂作罷。電視劇的尺度老少皆宜，不必比照電影版強調大血鬥、大廝殺。順理成章減少劍鬥及武行臨演，加強文戲，主軸仍不脫黑白兩道強梁欺壓下，貧弱庶民的哀歌。有大段篇幅可以鋪陳恩怨情仇與江湖俠義，搭配講究的攝影、構圖及配樂，越發抒情。

電視劇集數多，有時自己導，有時邀請知名導演助陣，例如三隅研次、森一生、安田公義、井上昭等等，都是亦師亦友的大導。甚至請來集「花道家、陶藝家、前衛藝術家、電影導演」於一身的勅使河原宏，既編劇、又導演第四季最後兩集《虹之旅》（七九年十一月十二日）及《夢之旅》（十一月十九日）。

會找到敕使（勝新都用簡稱叫他），一方面是基於長期的友誼，一方面也是勝新真的累了。東京電視臺某個紀錄片節目要訪問敕使，他乘便拜訪好久不見的勝新，時機正好，遂談定這個工作。敕使先前搞電影製作虧了大錢，被父親罵慘，他只好先拋下電影，回頭搞陶瓷器創作。時間久了手癢，對於拍攝座頭市完結篇很有興趣。

勅使河原宏導演作品，臺灣觀眾比較熟悉的大概是八九年的《利休》及九二年的《豪姬》。

敕使河原電影作品早在六零年代就出大名。他與小說家安部公房是多年好朋友，頗能掌握安部小說精髓，二人合作，安部改編自己的原著為電影劇本，陸續交給敕使。思想前衛的《砂丘之女》（一九六四）震撼國際，加上《他人的臉》（六六）、《燃燒的地圖》（六八），號稱安部公房電影「失蹤三部曲」。尤其《燃燒的地圖》，由勝製作公司製作，大映發行，勝新及妻子中村玉緒主演。這部電影影響勝新甚鉅，令他的眼界大開，品味提高，從電影的商業娛樂面向轉移關注藝術層面。此片也是日後勝新與敕使合作電視劇的契機。

勝新問敕使：「對即將導的戲有什麼特別想法嗎？」敕使：「有。想找中村鴈治郎先生演出。」中村鴈治郎是歌舞伎出身的名俳優，也演過不少電影及電視，一九六七年政府指定「人間國寶」，七零年得日本藝術院賞，七四年榮獲勳三等瑞寶章。其實他就是中村玉緒的父親。由女婿勝新邀請出馬當然沒問題。

中村鴈治郎在《虹之旅》飾演紙店越前屋大老闆。光是坐著就像。劇中他家擺設的書法、插花、花器、茶具別有意趣，恐怕就是敕使的作品。他千金進城當藩主的妾，但是回家省親時，疑似與按摩師座頭市有一腿，五名浪人拿這樁醜事恐嚇一千兩。鴈治郎不卑不亢不慌應付難關。

敕使的《虹之旅》構圖呈現傳統日本美學，每一鏡都像圖畫。午後暴雨橋上來往行人男女倉皇奔走，不禁聯想廣重浮世繪《大橋驟雨圖》。斗室中按摩的情慾戲，運用古琴與蟬聲烘托氣氛，嘈嘈切切，逐步進逼，先拒後迎，真是「驚心動魄」。

《虹之旅》拍得中規中矩，最終回《夢之旅》卻恣意奔放。飯館用餐後，荒涼道路上遇六名猚酷殺襲擊，斬殺之。阿市喝了一小罈酒，大醉一場睡倒於破廟。夢寐裡，黑暗世界突現七彩油光，眼睛看得見了！視力回復後，他買了純白鮮亮的新衣，破爛舊服丟棄河中。他歡快向前行，舊服卻像幽靈般飛在頭上緊跟。

上妓院找女人陪睡，女人醒來發現他撥開雙眼睡覺，問為何？他說擔心眼睛閉下後再也打不開。公共澡堂讓兩名陪浴女幫忙擦澡，他卻又無端招惹兩名男澡客（同志？）。澡客像要吃了他似的，阿市奪門而出。狼狽地奔跑在無盡的狹窄長廊裡（恐同？），卡在一座陰暗窄門出不得（肛門的隱喻？）反向脫開繼續奔，盡頭有光亮，破門而出，掉落一潭水中。

夢中仍有仇家（首領老者由勝新飾演）一族要他的命。阿市帶瞎眼女人逃亡，退無可退，挺身面對雅酷殺殺手們。阿市對上一個膽怯鰲三，竟然過了好幾招沒砍倒對手，改用正手持手杖刀，刀勢既慢且弱。鰲三一刀砍掉他右手，欣喜之餘又砍掉他雙腿。他躺在斷肢旁向太陽求救。

從夢的哀號聲裡醒來，確認手腳俱在，世界重歸黑暗，慶幸還是個瞎子。離開破廟不久就遇上仇家。雅酷殺們知道他的居合厲害，穿上護甲，綁佩刀於長竹竿上，用堅實防禦與遠距攻擊狙殺阿市。阿市招架兩招，立馬察覺敵方的攻防術，斷竿劈竹刺頸穿身，解決掉六個敵人。

黑道重金懸賞要阿市的命，阿市驚險地躲過偽裝成客人的刺客暗殺。

最後一幕，阿市坐在一葉公共渡舟上，在夾岸鮮黃油菜花照看之下，隨流而去。

敕使讓阿市於夢中得到視力，原本藉由敵人移動帶起的風聲足響，聽音辨位將之斬殺，一旦敵人以活生生具象站在面前，反而砍不下去。失去手腳的座頭市承受不了而崩潰。「座頭市開眼」不只是噱頭，還暗藏諸多哲思巧構。敕使拍出一部意識流掛帥的心理劇。神作也。

有影評家說，黑澤明拍完《德蘇烏扎拉》之後休息了五年，看了大量電視劇，其中包含這部《夢之旅》，黑澤明看過後就決定邀請勝新擔任《影武者》男主角，《夢之旅》部分橋段也影響《影武者》。是耶非耶？待考。

一九八九年上映的《座頭市：終極血戰》是勝新最後一部座頭市。他自編自導自演自製。準備期一百二十天，拍攝一百三十六天。工作人員一百四十人，演員一千八百人。耗用底片十五萬呎，長達三十小時（剪成上映成品僅一百一十六分鐘）。外景場地遍及全日本，北起青森縣西津輕郡，南至廣島福山市。製作費超過十億日圓。

電影拍到這個境界，已經沒有定稿劇本。一切如風如雲，僅存在導演勝新腦中。構想隨時變動，導致劇組工作安排充滿挑戰。因為劇情突然變更，幕前幕後人員常常白跑一趟或者延期等待。害得片岡鶴太郎主持現場轉播的綜藝節目都要開天窗一次。

片岡回憶：「勝先生指名要我參演。我去試裝時，劇本不到五、六頁。勝先生說沒關係啦，我會口頭告訴你怎麼演。我穿上戲服準備上戲之前，總是去勝先生的更衣室接受檢查。他會一邊摸我的臉一邊告訴我『這個地方要更髒一點』。

有一個場景是座頭盲人們在茶店裡吃團子，其中一位臨演的演法是把團子誤放在臉上而不是準確送進嘴裡，因為是瞎子嘛。勝先生怒敲他的頭說：『別搞笑啦，你這混蛋！我真他X的生氣了。就算閉上眼睛，你（瞎子）也知道你的嘴在哪裡啊！』

勝先生示範盲眼怎麼吃團子。他先用鼻子吸氣，藉由吸收氣味來吃到團子。『雖然眼睛看不到，但可以用氣味分辨食物。利用氣味來吃。所以把你嘴裡的氣味送到鼻子裡去品嚐。』聲音也是一樣道理。『既然你看不到顏色，你可以透過聲音來判斷。』」

拍攝過程發生重大意外事件，前文已述。事發後為了趕進度沒有全面停工檢討，繼續拍攝。媒體報導偏向負面，社會輿論轟得勝新遍體鱗傷。他與劇組還是打起精神完成電影。八九年一月二十日殺青，二月四日首映，票房（配給收入）達十一億日圓。勝新又反敗為勝了。

其實勝新這部《終極血戰》最原始的構想，是座頭市與中森明菜扮演的聾啞女子結伴同行。途中結識隱姓埋名的退休忍者三木則平（名喜劇演員）。最後與劍豪浪人松田優作決鬥。哎呀，選角棒透了！這才是夢之旅。可惜松田優作一九八八年拍攝深作欣二導演《華之亂》時，身體就出狀況，診斷出癌症。八九年十一月六日去世。才四十歲。原始劇本改了好幾版，最終成品與原始版完全不一樣。沒有中森明菜、松田優作，最後決鬥者是浪人緒形拳。

勝新太郎的傳奇說也說不完。昭和時代的巨星就是有巨星的樣子。平成及令和時代的明星怎麼看就是沒那個「氣勢」，臺語稱為「氣口 khuì-kháu」。有則民間傳說，某家知名壽司店以VIP等級招待貴賓勝新。大快朵頤時，勝新瞥見店方輕視冷落一位頭一次來的生客，極其不堪。勝新說話了：「所有觀眾不分貴賤，只要買票就可以進戲院享受電影。為何貴店接待客人有差別待遇？而且只有我一人受特殊禮遇，傳出去會玷汙我勝新太郎的名號。」他掏出一疊鈔票大概一百萬日元摔在桌上買單，對著受冷落的生客說：「我請你吃更美味的壽司吧。」就把那客人帶走了。

勝新晚年罹患咽頭癌，一九九七年六月二十一日去世，享壽六十五歲。富士電視資深企劃能村庸一說，勝新逝去那天，病房還擺著座頭市的手杖。葬禮在東京築地本願寺舉行，現場觀禮追悼者多達一萬一千人。移靈時，粉絲目送並高喊「謝謝你，勝先生！」遺骨葬於港區三田町蓮乘寺，與他哥哥若山富三郎一同長眠。

一九九七（平成九）那年，三月是萬屋錦之介，六月勝新太郎，十二月底三船敏郎，一年之內殞落三位武俠超級巨星，粉絲悲痛不捨。套句常見以致俗濫的話，卻又真實不虛：那真的是一個時代的結束。

座頭市的對手們：平手造酒、電影天皇、用心棒、獨臂刀及暴坊將軍

座頭市在電影世界第一位對手，乃劍術高手、病廢浪人平手造酒，由天知茂（あまちしげる）飾演。天知茂本是新東寶影業活躍的小生，五九年於時代劇恐怖電影《東海道四谷怪談》主演邪惡負心漢「民谷伊右衛門」，大紅。六一年新東寶倒閉，轉投效大映。電影史上多人扮演過平手造酒（此人乃《天保水滸傳》名劍客，以他大名當片名的電影少說也有十多部），但是天知茂的詮釋，癆病纏身不自由，基於武士精神不准己方用槍砲偷襲，寧願用性命交換，塑造特別動人的正直形象。天知茂在系列第十三作《座頭市の歌が聞える》回歸，飾演黑幫的用心棒浪人，為了幫淪落風塵的老婆贖身，拿了黑幫錢五十兩要取阿市性命。又是一個悲劇劍豪。

大映大片《新選組始末記》在正、續兩部座頭市電影之後的六三年一月三日上映，仍由三隅研次導演，演員有頭號王牌市川雷蔵（飾山崎烝）、城健三朗（即勝新親兄若山富三郎）（飾近藤勇）、松本錦四郎（飾沖田總司）、天知茂（飾土方歲三）、藤村志保（飾毛利志滿）等。與雷藏、富三郎並列，可見天知茂受大映重視的程度。

作家澀澤龍彥、三島由紀夫都是天知茂的粉絲。三島特別邀請天知茂在他的舞臺劇《黑蜥

蝪》飾演名偵探明智小五郎。三島說他筆下的小五郎是花花公子型人物，是永恆的戀人，其外貌、年齡、演技，不是泛泛演員可以駕馭，其敬重如此。寫本文期間，無意間在Z頻道《吉宗評判記 暴坊將軍》第二話〈素晴らしき藪医者〉見到他，飾演小石川養生所醫生小川笙船，全是文戲，堅忍剛毅，只動手術刀，不再拿武士刀了。

座頭市電影系列編劇陣容除了犬塚稔，之後還加入伊藤大輔、新藤兼人、笠原良三等人。導演有三隅研次、森一生、安田公義，還有山本薩夫及岡本喜八。歷來邀請許多大咖明星演出，例如勝新親兄若山富三郎、性格小生平幹二朗、常演刻薄長官的成田三樹夫、殺陣天下第一近衛十四郎、巨星嵐寬壽郎、十朱幸代、若尾文子，以及常在黑澤明電影出現的志村喬、東野英治郎、三國連太郎、仲代達矢等。最後連三船敏郎與王羽都找來了。

寫到此想起一件影壇往事。黑澤明欽點勝新太郎主演《影武者》，但黑澤與勝新都是導演，都是攝影片場皇帝，主觀超強的強，一山不容二虎。才排演第二天（七九年七月十八日）就鬧翻不可收拾。衝突有遠因也有近因，直接導火線是勝新企圖在正式拍攝時，側錄自己的表演過程作參考，但黑澤認為此舉嚴重干擾拍片。「我的場子你在搞什麼？」雙方都有原則，絕不妥協，火爆交鋒。當天一早就猛落的大雨也澆不熄兩人怒火。黑澤迅速認賠殺出，撤換第一男主角，商請仲代達矢緊急救援。這段歷史可參見野上照代的回憶錄《等雲到》。

三船敏郎的《用心棒》，與後續《椿三十郎》係名導名演，震撼世界影壇，即使在臺灣也造成轟動的時代武俠劇大作。王羽的《獨臂刀》也是留名影史，當時最紅最猛的華語武俠片。讓座頭市對決用心棒及獨臂刀，就好像DC蝙蝠俠對決漫威鋼鐵人，真是噱頭十足到達頂點。果然《座頭市と用心棒，一九七零》，號稱史上最大劍鬥英雄對決，創下全系列最多觀眾入場紀錄，發行收入達兩億八千萬日圓。

三船敏郎擔任地方角頭小佛政五郎的用心棒，老神在在的他與大驚小怪又膽小的政五郎對戲頗為詼諧。萬眾矚目與座頭市最終決戰不分勝負。導演是岡本喜八，女主角若尾文子，客串嵐寬壽郎，攝影宮川一夫，音樂伊福部昭，幕前幕後大咖雲集，非常值得一看。

至於《新座頭市・破れ！唐人劍，一九七一》，讓獨臂刀去日本訪友遇到座頭市，語言不通加上奸人栽贓誣蔑，產生許多衝突誤會，遂令兩位殘障劍客拚殺決鬥。係香港與日本合作，拍成香港版與日本版兩種結局。香港版由獨臂刀獲勝，日本版則是座頭市獲勝，大家都是老大，誰也不丟面子。

香港版：決鬥之後，獨臂刀請游女濱木棉子照顧座頭市傷勢，飄然而去。

日本版：一陣激烈貼身過招，座頭市放軟頹坐，獨臂刀獲勝，嗤了一聲「哼，可惜」，但是轉身走不到三步即轟然倒地不起，用最後力氣硬擠出一句「（我現在才知）你不是壞人，如果語言能通的話……」，座頭市獲得最後勝利。

後來的巨星，當時的菜鳥，「暴坊將軍」松平健沒來得及參與座頭市電影，但仍有機會演出電視劇。他演藝事業初嶄露頭角時，勝製作某製作人看到他的表現，問他「要不要見見我們老闆勝新？就在東京的富士電視臺。」他當然答應，只是緊張得要命，之前只在電影裡見過超級巨星勝新啊。

他回憶：「那天我進主控室，說聲失禮了，走到勝新旁，被勝新從下往上好好打量一番。」

「我是松平健。」「喔。你能去一趟京都嗎？」

「是。」那天的會面就這樣結束了。

松平健來到京都片場，他們正在拍攝座頭市。勝新看到他，馬上中止工作，對他說：「松平啊，先站到攝影機前面。我說什麼你就照作。作個生氣的表情，作個開心的表情。我要用攝影機拍下你各種表情。」試鏡之後，勝新說：「從現在開始，你就留在我身邊，仔細看我的戲及來賓的戲怎麼表演，好好學習。」從此松平健尊奉勝新為一生的師匠，情同父子。

查資料，松平健於一九七四年進入勝製作，首次演出《座頭市物語》電視劇是第二十三話，時為一九七五年。後來松平健主演電視劇《暴坊將軍》，德川吉宗的生母由利夫人，就邀請勝新太郎的妻子，松平健的師母，中村玉緒飾演。戲裡戲外都是「母子關係」，情深義重。

《座頭市》之外、之後的座頭市

勝新太郎座頭市影響日本影劇界既深且重，威力擴散至亞洲，甚至全世界。當年尚未貫徹執行版權法，尊重版權的倫理觀念亦薄弱，可想而知，嗅覺敏銳的影壇、電視圈聞到鈔票的味道，遂肆無忌憚炮製跟風抄襲，生產座頭市的仿作及贗品。於是百花齊放，湧出臺灣及香港盲劍客、女盲劍客、美國白人盲劍客，甚至幾可亂真的冒牌勝新太郎。另有重開機時髦版、歌舞伎版致敬原版。以下考察這些作品的傳承脈絡，辨析其中真假仿擬暨衍生的流行文化，頗有趣味。

壹、香港及臺灣製作盲劍客電影、電視劇

一、《盲俠穿心劍》

一九六五年十月十三日香港上映。

香港峨嵋影片公司出品。粵語黑白長片。
原著李唐。編劇李深苕。李化導演。李清、杜平、歐嘉慧主演。

《座頭市物語》一九六二年於日本上映，卻遲至六五年六月四日端午節才引進香港公映，取名《盲俠聽聲劍》，香港觀眾捧場叫好。峨嵋影片公司反應迅速，跟風拍了《盲俠穿心劍》（你聽聲我就穿心）於當年十月上映。距離正宗盲俠上映僅落後四個月。

電影開頭，廣東南華地方梅向函、朱老爺兩大家為了搶奪灌溉溪流所有權，聚眾於溪岸械鬥，梅家勢弱，收兵暫退。為挽回頹勢，派人去韶關邀聘「盲俠穿心劍」周念明來助陣。等於翻版《座頭市物語》助五郎與繁造兩人親分利根川畔大決鬥情節。

盲俠周念明由李清飾演，口條及動作沉穩老練，壓得住場面。周念明是按摩整骨師，遊走街頭為人敲骨鬆骨，和座頭市同行。周的武器是竹竿手杖內藏利劍，不過，他是正手持劍並非逆手劍法。刺擊敵人心臟、腹部頗厲害。稍微揮一下，敵人就倒地不起。除了手杖劍，尚有暗器金錢鏢。能夠用筷子於空中夾蒼蠅、甩飛刀釘飛蛾，明顯抄襲座頭市。

萍水相逢，素不相識，梁父重傷臨死前託付，盲俠承諾護送十八歲女兒梁小英去白沙村。半路託孤也是座頭市電影常見題材。

本片劇中人物武打動作尤其是刀劍打鬥，完全套用粵劇、平劇等傳統戲劇武生劈砍躲踢招式。還要再等半年，六六年四月七日上映的《大醉俠》，導演胡金銓及武術指導韓英傑將掃除舊派武生套招，帶進新的觀念與技法，開創新派武俠。

好漢張永對打四位惡官差，張永抄起路旁大竹籠罩住惡官的頭，惡官們不懂自己即可把竹籠取下，還戴著它東倒西歪撞來撞去，也未免笨到極點，太卡通、太超現實。朱家僕人朱福藉按摩工作之名請來盲俠，想趁他忙抓龍不注意，用小匕首刺死，豈料朱福卻把小匕首藏在自己手搆不到之處，好笑，夠蠢。

本劇另一條主線：南華爭溪水的梅、朱兩家，朱家固然心術不正，梅家卻勾結清廷，亦是無惡不作的惡霸。被官兵追殺的梁小英坦承，親舅舅是太平軍英王陳玉成。路見不平拯救梁小英父女的好漢張永坦承，他哥哥是太平軍。周念明稱讚小英是忠良之後，謙稱自己的俠義比不上太平軍及英王的大事業。說到後來忍不住坦承他也是太平軍，且是英王的貼身侍衛。曾陪英王進壽州城，不幸被苗沛霖出賣，可憐英王被清廷斬首，周無力搭救，僅能隻身逃出，雙眼也盲了。

劇中人物（廣東人）的觀念，太平軍反清是反異族、反貪腐，英王等於民族英雄。而掃除太平軍的曾國藩，成了清廷幫凶，民間頗為反感，簡直以漢奸視之。從這裡可以看到二十世紀五六零年代香港（暨廣東）民間深厚的，以大漢民族主義為基礎的史觀。這種反清、反殖民史觀孕育出火燒少林、少林五祖、方世玉洪熙官等民間傳說，引導日後香港所有武打功夫片。面對極權高壓的政權及它派出來搜索的爪牙鷹犬，策略是要反、要抗、要打，一時打不過，萬般委屈的英雄們流竄社會底層，隱姓埋名，忍辱負重，傳授武藝給新一代，只為等待時機東山再起，再幹一場。成為主流故事架構、中心思想。本片及續集即是這種史觀的產物。周星馳《功夫》包租公婆的豬籠城寨，七十二家房客中潛臥多少豪傑高手，亦是此風遺緒。

此片之後，緊接出續集《盲俠穿心劍大結局》（又名盲俠金錢鏢），幕前幕後均是原班人馬，此集增加飾演清軍軍官的林蛟（榮大人）、鄭君綿（王千總）。這一集小英與張永拜盲俠為師，學成足以自保的武功，不再是軟腳蝦。盲俠暫別兩徒弟前往佛山尋找天地會的弟兄，準備再度起義，貢獻民族、國家。

本集敵方是捉捕逆賊欽犯的清軍，統領榮大人武功高強且狡獪，王千總滑溜勢利擅長冷面搞笑（鄭君綿不只是「東方貓王」，演戲功力亦精湛）。清軍闖進小英姑媽家抓不到小英，搜人也趁機搜刮財物，姑媽罵這樣跟做賊有何分別，王千總訝道：「**誰說像賊一樣？哪個做賊的敢大白天搜刮東西？**」臺詞真聰明。

前集的反清史觀來到此集，更加濃烈，成為主題。結局是民間天地會同志，不分男女，眾志成城持刀持槍衝進官府，踐踏公權力，不但適時協助盲俠師徒三人，還把清兵殺個片甲不留，獲得重大成功。完全理想化地實現反清復明大夢。

座頭市影響香港影、視、歌界，除了幾部正宗座頭市「盲俠」電影之外，一九七八年麗的電視播放電視劇版《座頭市》，劇名取為《盲俠走天涯》，同名主題曲由港劇主題曲專門戶、名歌手關正傑演唱，黃霑口白，係翻唱勝新太郎的《座頭市子守唄》，詹惠風填詞為廣東語版。收入專輯《變色龍》。遵循勝新太郎演歌式吟唱，豪壯慷慨，遂成關正傑難得的異色之作。

詞曰：

寒夜孤單流浪，醉倚劍憑赤膽忠肝
自少不畏風浪，一生裡鋤強助幼展願望
盲俠足跡遍四方，靠寶劍盡殺清匪幫
俠骨慷慨激昂，誅奸惡塵寰俗世魔障盡掃蕩

（口白）雖不見晴空日月，卻聽到黎民泣血
哼！哈哈哈哈哈，我揮寶劍把豺狼滅，擲頭顱，灑熱血

此外，小說家馬雲亦自述受日本盲俠電影啟發，創作傷殘跛腳的鐵拐俠盜呂偉良，在現代都會裡鏟奸除惡。小說《鐵拐俠盜》第一集《無價之寶》於六八年底先在《武俠世界》連載，之後由環球出版單行本。此系列寫了一百七十多本。也拍過電視劇。

二、《女盲劍客》

一九六六年二月二十五日彰化萬芳戲院首映。臺語片。

導演紹羅輝。江青霞、田明、陳劍平、吳炳南等主演。

報紙電影廣告文案寫著「江青霞從影一鳴驚人處女作 無敵劍鬥激烈緊張空前未有巨片」「新藝綜合體」「片長足映二小時」「留日大導演紹羅輝」。

此為臺灣電影史第一位女盲劍客。

黃仁先生著《日本電影在臺灣》表列改編自日片的臺灣片，第二五五頁有《女盲俠》一部，導演紹羅輝，應即是本片。該表說改編對象是松田定次導演的《盲女神龍劍》。然而考證《盲女神龍劍》第一部於日本國內上映係一九六九年，不可能被改編為六六年的電影。黃仁先生的資料可能有誤。推測紹羅輝《女盲劍客》是依據《座頭市》盲劍設定，得到啟發，改換性別而成。

導演邵羅輝是臺灣電影史重要人物。

摘錄國家電影及視聽文化中心網頁介紹：

邵羅輝（一九一九年至九三年），本名邵守利。童年居臺南，後隨其父舉家東渡日本，曾於東京帝國影劇學校學習編導，畢業後進入大阪松竹映畫當基本演員，藝名「中村文藏」，並學習拍攝電影。

邵羅輝能唱能演，二次大戰後返臺為國風劇團演出舞臺劇，後自組「梅芳玉劇團」。

邵羅輝導演、辛奇編劇《雨夜花》（一九五六）是第一部時裝臺語片。導演文藝歌唱片代表作是洪一峰主演《舊情綿綿》（一九六二），編劇與副導演即林福地。《義犬救子》（一九六四）男女主角啟用新人柯俊雄、張清清，再創臺語片票房高潮。

維基百科記載，邵羅輝於六零年再次赴日本與大藏公司合作拍攝《試妻奇冤》、《東京之夜》等片。

考證「日本大藏公司」，前身是四七年創業的ラジオ映画株式会社。經過幾次併購改組，六一年底改名「大藏映畫株式会社」，兼營電影製作與院線發行。六二年發行號稱日本自製粉紅電影第一號《肉體的市場》（小林悟導演）大賣座。從此該公司主攻低成本高收益的成人電影。他們擁有專門放映成人電影的戲院，例如「上野オークラ劇場」，位於上野公園對面，一整棟白色建築物，門口招牌之上安裝「ADULT MOVIES」的巨大霓虹燈牌，正大光明，直接了當。

六二年，大藏映畫推出《試妻奇冤，沖縄怪談逆吊り幽霊／支那怪談死棺破り》，由日本導演小林悟與邵羅輝共同執導，女星白蓉及邵羅輝也參演。此片於六三年在臺上映。之後邵與小林悟合導臺語片首部特攝英雄片《神龍飛俠》、《月光大俠》、《飛天怪俠》（均為一九六八年）合稱飛天俠三部曲。二零二四年國家電影及視聽文化中心數位修復拷貝完成。

三、《大醉俠與盲劍客》

一九六七年二月十一日新舞臺戲院（臺中市中區）首映。

聯合影業公司出品。劍龍（洪信德）編導。黃俊、奇峰、柳青主演。

電影廣告文案：「霧谷盲客劍光霹靂山崩海裂，鬼谷醉俠雙雄爭霸武林除邪」。

但是看劇照，醉俠留妹妹頭搭配一嘴大鬍子，盲劍客披頭散髮，造型好像中國的帶髮頭陀（範例是邵氏電影的行者武松）。乍看之下，這兩人似非善類，沒想到竟然是大俠。

四、《盲俠幽靈劍》

一九六八年六月七日樂舞臺戲院（臺中市中區）上映。國語片。

劍龍編導。柳青、小白光、黃俊、林琉主演。

此片幾乎是《大醉俠與盲劍客》幕前幕後班底。想必應該也是聯合影業公司出品。

五、《太極門》

一九六八年七月二十五日香港上映。

金鷹電影製片企業公司出品。導演袁秋楓。樂蒂、張揚、雷震、石堅等主演。

重點是樂蒂。孤女玉萍（樂蒂）從小被太極門收養，成年後才知生父是太極門的仇敵。陷入養育方與生育方兩親夾縫的人情困境。生父打出毒掌，她代師母承受，受重傷失明，成了盲女。盲後自暴自棄，多虧天南派少俠徐振南（張揚）照顧，一邊練劍一邊休養。賊人申大榮（雷震）奪得祕笈及「金劍魔鏡」，霸占太極門，玉萍與振南合力鋤奸。申大榮用魔鏡打出強光殺遍武林群雄，卻對瞎子無效，遂死於玉萍金簫劍下。

盲女俠的武器是金簫劍，平常是樂器金簫，應敵時可以從一端彈出約一尺長的劍刃，變成短矛。玉萍失明後連路都走不好，摔滾下坡，用餐不知銀兩大小，還被兩個小賊欺負，是正常的視障，並非座頭市那種瞎了等於沒瞎的超級英雄。但是她的盲眼缺陷於決戰時反而成了致勝關鍵，相信編劇應該有參考六七年的《獨臂刀》，王羽的斷刀及獨臂缺陷就是決戰時致勝關鍵。

「英臺妹妹」嬌豔的樂蒂似乎沒有用替身，親摔親打，受傷多處，吃盡苦頭，殺青後揚言今後再也不拍武俠片啦。不料言猶在耳，同年十二月二十七日下午於自宅心臟休克去世。此片為其生涯倒數第二部作品。

六、《盲女勾魂劍》

一九七零年十月十八日臺灣首映。國語片。

導演辛奇。策畫監製郭南宏。編劇卓英。原名「盲俠翠姑」。張清清、易原、魯平主演。

電影廣告自稱「國產第一部盲女劍俠愛情片」。此點有待商榷。也不過才四年前就有紹維輝的《女盲劍客》了。頂多只能說是「臺灣製國語片第一部盲女俠電影」。

廣告亦自稱「主題歌哀怨凄涼」。「比日片盲女神龍劍精彩百倍，比國片獨臂刀王更令人驚心動魄」。

本片確實係自六九年日片《盲女神龍劍》得到啟發。另查王羽的《獨臂刀王》係六九年上映，前作《獨臂刀》則是更早的六七年，此一片嚴格說來是香港片。

盲女劍翠姑張清清也是使用與座頭市同款手杖刀。但是她的手杖好長，立起來到胸口，差不多是竹篙了。此杖有來歷，翠姑下山前，師父老師太給的。師父說是當年祖師爺採紫雲山生鐵三千斤及XX嶺泉水八百擔，擷崆峒山山嵐地氣，耗盡畢生元陽之氣，才煉成這根似竹非竹，生於鋼而勝於鋼的枴杖。它硬能破石切鋼，軟能分水揚塵。吩咐翠姑別貪戀紅塵，事成之日及早歸山。想來這支兵器只是暫借，必須盡速歸還師父吧？

中國武俠特別喜歡引介超級兵器、推崇神劍寶刀如倚天劍屠龍刀、追魂劍、太陽劍之類。強者號令天下，次者斬釘截鐵。用神兵利器來解釋盲女俠刀法的犀利，說得通。但是勝新太郎座頭市卻不做這方面講究。不依賴神兵利器，而是武者深厚功力令凡刀成為神兵利器。這就是中日武俠大不同之處吧。

國家電影及視聽文化中心網頁說影片已佚失，僅存分場對白本。不過，網路上竟可以找到上韓文字幕的本片！惟畫質悽慘，疑似側錄自錄影帶，片長足有九十分鐘。希望國影中心趕快設法收藏保存。

七、《盲女決鬥鬼見愁》

一九七零年，彩色片。第一有限公司出品。

導演劍龍、編劇田歌。演員：張清清、江彬、易原、何玉華、丁香、韓江。

臺灣武俠電影《鬼見愁》超級大賣座，紅到香港，首映票房超過一百三十多萬，是該年香港華語片第四名。鬼見愁成了賺錢ＩＰ，後續遂出現好多鬼見愁電影。有《盲女決鬥鬼見愁》、《百忍道場》、《鬼見愁決鬥鬼見愁》、《黑劍鬼驚天》、《鬼見愁決鬥獨臂刀王》、《武林龍虎鬥》等。「鬼見愁」系列很值得有志電影史學者深入探討。

盲女何鳳鳳要報殺母之仇，以為凶手是武林第一莊莊主程崑。而鬼見愁師弟繼承師兄鬼見愁的追魂劍與臉皮，戴上臉皮，變臉成了二代鬼見愁（所以他不是真正的鬼見愁），殺光武林眾好手及程崑。盲女發現程崑已死，去找他兒子程劍秋算帳。劍秋師父青龍老人告訴盲女，依據凶器太陰五毒針判斷，真正殺母凶手是鬼見愁。陰錯陽差，鬼見愁殺了青龍，程劍秋與師妹方雯誤以為是盲女殺害。方雯也以為盲女對劍秋有意。因為太巧啦，盲女曾與劍秋訂有婚約。經過一番折騰及誤會，又解開誤會，鬼見愁再殺掉一批武林高手，殺傷劍秋、方雯，盲女決鬥鬼見愁，大破其靈氣追魂劍，斬殺之。丟下程方二人，獨自離開。

八、《盲女金劍》Golden Sword and the Blind Swordswoman

一九七零年七月二十二日臺灣上映。香港華夏影業出品。導演及編劇劍龍。演員：江彬、李璇、沈依，何藩客串。

盲女劍李璇過肩長髮僅紮一束馬尾，持手杖刀，著長褲、綁腿，短上衣、窄口半袖、護手套，精簡幹練，造型男性化、日本化，頗接近座頭市定妝。

何藩就是那位何藩。演出《盲女金劍》時，正好處在演員、導演重疊期，七二年後專注於導演工作，作品多涉性感情色。

九、《盲俠女》

七零或七二年。國語片。臺灣昌宏影業公司出品（本片編、導、主演等幕前幕後與同時期昌宏影業的《金劍冤魂》相同。）

導演龍達。編劇柯鴻礎。楊小萍、雷鳴、歐威、伍秀芳主演。

電影廣告文案：

「人說弱者是女人。本片的弱者不是女人」「打得凶，殺得狠」「盲女一身是膽，單身闖虎穴。智誅五凶！」

鼻音歌后楊小萍的演唱事業輝煌，以致世人忘了她也曾主演多部電影，歌唱帶動電影票房，電影又帶動唱片銷量，標準影歌雙棲。臺語片性格演員歐威轉戰國語片後，以《蚵女》、《養鴨人家》爆紅。其實他也戴上頭套主演不少武俠片。可惜人紅、片多、過勞，七三年底病逝，才三十七歲。

十、《盲女神龍》

七零年。臺灣電視公司製作。電視連續劇。苗可秀、江明主演。

主題曲《盲女神龍》由莊奴作詞、黃仁清作曲，王孟麗主唱。

港星苗可秀飾演盲女慕容明月，朝廷高官的父親要揭發奸人陰謀，反遭殺害，並栽贓父女二人侵吞國寶。盲女明月遂闖蕩江湖要抓住真凶為父報仇。朝廷派來查國寶案的密探藍天雁（江明飾）要逮捕她，二人立場敵對衝突，其實藍天雁是明月自小訂親的未婚夫。藍押解嫌犯明月回京的路上，兩人合作蒐集證據，尋找壞人下落，終於抓捕真正凶手為明月父親洗刷冤屈。

劇名「盲女神龍」並非指女主角是盲眼的苦海女神龍，而是指盲女明月及神龍藍天雁。睜眼盲女明月武功高強，她的武器不是手杖刀，而是長笛內藏劍。笛子一端還綁著長長的鮮紅色垂穗，果然是名門閨秀。

十一、《盲俠鬥白狼》

外文名：Blind Swordsman Vs. White Wclf

一九七二年十二月十二日，**臺旭影業，國語，彩色。**

導演：李影，**編劇：**古軍。**動作設計：**陳世偉，**監製：**王進財。

主演：勝龍、田野、雷鳴、陳雲卿、韓甦、古軍、湯志偉、江青霞、葛小寶、費雲、趙強、柳鶯

監製王進財就是臺旭影業負責人，他挖掘主角「勝龍」的故事，下文再詳述。

十二、《盲劍客》

七二年。中國電視公司製作。電視連續劇。

七二年四月九日出版《中國電視週刊》一二九期影藝花邊新聞〈水銀燈下〉作者王素素，提到一部電視劇《盲劍客》。內文如下：

《盲劍客》趕製服裝

繼《聖女林默娘》之後，中視將推出一部古裝劇《盲劍客》，由吳影製作，並且由吳影和陳慧美主演，為了這部戲，正大量趕製古裝戲服。

該劇臺語主題曲《盲劍客》由于文作詞曲，謝雷演唱。推測應為臺語連續劇。

貳、盲女神龍劍系列

《盲女神龍劍》，原名《めくらのお市物語，瞎子阿市物語》。電影依據漫畫家「棚下照生」作品改編。

棚下本來走少年動作漫畫路線，蒙面忍者英雄《ヒマラヤ天兵》曾改編電視劇。號稱「新漫畫黨總裁」的寺田ヒロオ（寺田博雄）惜才，邀請他上京入住漫畫家聖地常盤莊（トキワ莊），他來了，但是不喜歡常盤莊那種黏膩的友情、團結氣氛，常飲酒作樂把錢花光。生活放縱，好一陣子畫不出作品。

幸好芳文社編集長稻葉武太郎邀請他改畫成人向長篇漫畫，轉型成功，《めくらのお市物語》六七年於週刊漫画 TIMES 連載。棚下筆下的女性，手長腿長腰長脖子長，延伸出去的長度彎曲成一道道弧線，寫意不寫實，但是非常性感。他的女性穿和服或浴衣常鬆鬆垮垮地，或被強風吹拂，不經意露出雪白肩頸、胸口開襟露出半部酥胸、下擺分衩處裸露大腿小腿，線條色氣滿滿。

美女悽慘的身世，加上乾脆俐落的劍鬥，讀者反應頗佳，又搭上座頭市風潮，松竹京都映畫遂改編拍成電影。

系列共四部：

《めくらのお市物語　真っ赤な流れ鳥》（六九年三月十五日）香港片名（以下皆同）：碧血恩仇盲女劍

《めくらのお市　地獄肌》（六九年六月二十一日）：笑傲江湖盲女劍

《めくらのお市　みだれ笠》（六九年十月一日）：玉面殺手盲女劍

《めくらのお市　命貰います》（七零年四月八日）：俠骨丹心盲女劍

吾友允晨出版社社長廖志峰說，小時候曾在三重天臺戲院看過日本女盲劍客電影。查黃仁《日本電影在臺灣》第五一二頁，《めくらのお市物語　真っ赤な流れ鳥》及第三部《めくら

《棚下照生精選集》

のお市　みだれ笠》曾來臺灣，上映日期分別是六九年十一月二十九日及七零年五月九日。廖社長兒時所見應該是這兩部吧。

恰好六九年一整年沒有勝新座頭市電影上映，盲女劍闖進這個空窗期，接收不少座頭市粉絲。盲女劍拍得不差，票房好，只一年一個月就產出四部之多。

女主角盲女阿市，由松山容子飾演。她於六零至六二年主演電視劇《琴姬七變化》走紅。容子演出公主的雍容高貴，還能打、能跳、能騎馬，舞劍耍刀，十八般兵器皆上手，穿梭於眾武師中縱橫揮砍，面不改色。那年頭難得出一個優秀的女殺陣師，武俠影劇也難得以女劍客為主角。歷史學者繩田一男就說，他的時代劇初體驗就是小時候觀賞電視劇《琴姬七變化》、《素浪人月影兵庫》等。動靜皆宜的琴姬應該是當年許多小朋友憧憬的對象。

這套盲女劍在日本電影史有一個特殊地位：第一、二集導演是時代劇傳奇大導演松田定次，這兩部是他導演工作最後收山之作。之後安享晚年，二零零三年去世，享壽九十六歲。

松田活躍於戰前戰後，依據日本IMDB，戰前到一九四五年，參與助導或執導電影就多達六十七部。戰後到六九年收山，約一百部。從嵐寬壽郎開始，一大串時代武俠明星都演過他的電影。他的導演生涯攤開來差不多就是一部日本時代劇電影史。他一向為東映導片，沒想到最後收山作給了松竹京都。

演員方面也有大咖助陣，第一集有演出《三匹之侍》走紅的長門勇，第二集有武俠巨星、殺陣第一流的近衛十四郎，第四集有時代劇、極道劇大明星丹波哲郎。

第二集編劇松田寬夫是松田定次的養子。他自此片後，編了許多女囚、零號女刑警之類女性剝削電影，還有逞凶鬥狠的黑社會極道電影，但讓臺灣影迷印象最深的應該是武俠片《柳生一族的陰謀》、《將軍家光之亂心 激突》及文藝片《序之舞》、《社葬》。

幕前幕後這麼多猛人撐腰的盲女劍來勢洶洶，應該可以學座頭市狠狠拍它個十幾二十集，但令人訝異的超展開是，拍完系列四集後，女主角松山容子毅然嫁給原作漫畫家棚下照生。棚下也曾在盲女劍電影中客串演出，是不是因此熟識容子擦出愛情火花？或者先是談情說愛，才來電影中客串？容子婚後等同退休息影，人氣絕頂的影藝生涯與盲女劍一起戛然而止。

這系列在香港票房頗好，可能是配合行銷？或者是從日本盲女劍電影得到靈感？剛出道不久，尚在摸索創作路線的黃玉郎也繪製同名連環漫畫《笑傲江湖盲女劍》、《碧血恩仇盲女劍》。兩冊盲女造型不同，整體畫風不同，研究者認為真正繪者也不同。故事內容似乎是自行編撰中式武俠，與日本原作無關。故事背景、場景是中華，人物都著中華古裝。盲女阿金仍然持手杖劍。書中還出現一位獨臂刀，不很正經，竟貧嘴調戲盲女，盲女發一石打中他腦袋以示懲戒，並反譏他肢體殘障（你這個跛手鬼），飄然逸去。

參、大問題作盲（めくら）坊主對空飛ぶギロチン

臺灣片名：盲劍・血滴子
英文片名：THE BLIND SWORDSMAN'S REVENGE
一九七七年，富華（香港）影業
導　　演：屠忠訓
腳　　本：林俊雄、屠忠訓
攝　　影：廖慶松、林自榮
出　　演：勝利太郎、陳鴻烈、陳佩伶、江島、龍飛、山茅、田野、易原、康凱、小亮哥、歐陽雲鳳
武術指導：黃龍、陳世偉

香港邵氏武俠片《血滴子》（一九七五年），暗器血滴子的設計集飛盤、鎖鏈、籠子、內外鋸齒刀於一身，專割人頭，犀利、恐怖、獵奇又有趣，前所未見，開創「奇門兵器派武俠」，紅極一時。加上日本座頭市正當紅，電影商人腦筋動得快，索性讓日本盲劍對戰中國血滴子。

小商人當然沒本錢請大映同意合拍或授權，更沒有本錢聘請大明星勝新太郎主演。於是找

了一個外型很像勝新太郎的人扮演盲劍客，給他編個藝名「勝利太郎」。哈哈，只差一個字。此君不但藝名像，長相像，體型像，表情動作還真有六七分像。負責選角的人真是天才，不知從哪找來。又只說是盲劍，主角並未取名座頭市，就沒有鬧雙包問題。

本片劇情中的盲俠，說是中國人吳劍輝（這個設定厲害，馬上撇清抄襲），從小被倭寇抱去日本撫養（所以他造型是日本座頭按摩師），長大回到中國變成劍術超群的盲劍客（漢魂和裁）。故事是非常中國武俠傳統的武林排名、比試爭鬥、報仇雪恨、逞凶鬥狠等橋段組合。電影都快結束了才出現觀眾期待的血滴子大戰盲劍。十足十掛羊頭賣狗肉。

殺手發出血滴子，搭配的音效是西部片常聽到那種昂揚尖銳的槍聲。非常有魄力。但明明是古裝劍鬥，卻聽到現代槍聲，這種違和感也頗嗆。

盲劍客對上血滴子，打得十分狼狽，滿地滾，基本上算是落敗。最後，鐵籠子都罩到盲劍客頭上了。眼看刀片就要轉動。幸虧盲劍客急中生智，飛擲鐵菸斗刺入殺手口中，瞬間擊殺之，若再慢個半秒，盲劍客就要身首異處。這個決戰構想，老實說倒還有趣。

網路上資料說本片於七二年上映，也有說是七七年。這一波血滴子熱是邵氏《血滴子》引爆，本片血滴子造型全抄襲邵氏版，所以上映年分以七七年比較正確。

本來寫至此可告一段落，但是承蒙好友臺灣電影史專家詹璇恩小姐協助，於網海查到兩份剪報傳送給我，解釋此片身世之謎。好傢伙！原來是不良片商改裝舊片，刪增整容，另取片名冒充新片上映！

一九七七年九月十九日《聯合報》九版影視綜藝報導，導演屠忠訓發現近日新片《盲劍血滴子》係拿他七零年作品《殺人者》增刪竄改，另取片名以新片之姿上映，改造過程他毫不知情，狠狠被擺了一道，既驚異又憤怒。片商剪掉《殺人者》大部分文戲，尤其是和尚鬥智、談禪的片段，並增拍五分之二分量的打鬥戲，尤其是加進血滴子。《殺人者》原本有其中心思想及一貫性，被改造後只剩打打殺殺不知所云。

《殺人者》版權被原片商（臺旭公司王進財）轉賣，接手的版權所有者遂改裝舊片當新片，省下可觀的製作成本，但形同詐欺觀眾。屠忠訓怒批這是「片術奇譚」，聲稱將研究對策以正視聽，但不知後續發展如何。

真相大白，原來《盲劍血滴子》是一部將既有「偽裝座頭市的電影」再變造為新片的「偽裝座頭市電影」。

《殺人者》或《盲劍血滴子》的「冒牌勝新太郎」也有來歷。七二年八月二日《聯合報》八版記者謝鍾翔報導揭露，六年前（一九六八？）日本電視公司與讀賣新聞舉辦「模仿勝新太郎」選拔活動，獎金五十萬日圓及招待環球旅行，來了五千名參賽者。優勝者是一位從事餐飲業的酒卷輝男先生，主辦單位認為他的長相、身高、體型、舉止談吐與本尊相比，酷似度已達百分之九十七。因這場選拔，他不但揚名全國，還擔任之後每部座頭市的替身，並受邀到日本各地作舞臺表演。

勝新太郎一年只拍一部座頭市（其實不只），這位替身除了跟著勝新太郎拍電影之外，幾乎天天在舞臺上表演座頭市的動作、殺陣。於是影業人士認為這位「舞臺上的勝新太郎」武藝比勝新太郎本人還要精湛。臺旭影業公司負責人王進財在日本電視上看到這位「舞臺上的勝新太郎」，認定是好噱頭，遂與他簽三年基本演員合約，請來臺灣拍片。取中文藝名「勝龍」（與勝新太郎同姓勝），來臺灣後與田野、陳佩玲、江彬、雷鳴、康凱合作拍攝《殺人者》、《盲俠鬥白狼》。目前正與柯俊雄、焦姣聯合演出李冠章執導《頭號硬漢》云云。

報導所提到電影《頭號硬漢》，我查證也是臺旭影業的，是時裝動作片，後來於七三年上映，片名定為《頭號鐵人》。冒牌勝新大方地掛名「勝新太郎」，看劇照他演出的角色戴著大墨鏡、叼著長菸，挾持一位小朋友，恐怕並非善類。歸納起來，冒牌勝新太郎酒卷與片商簽三年約，在臺灣拍片期間約是七零到七三左右，作品至少有《殺人者》、《盲俠鬥白狼》、《頭號鐵人》及變造的《盲劍血滴子》。

至此又有一個新問題，片商富華影業多年後加拍「盲俠對戰血滴子」段落，應該不是仍由酒卷飾演吧？難道又把他從日本找來？最省錢方便的作法是再找他人當酒卷的替身，也就是偽裝成那個偽裝成座頭市的角色。真相如何，只好交給真正的電影史專家研究了。

肆、美國 BLIND FURY《鐵鷹戰士》

一九八九年八月十七日，八十六分鐘。

劇情像是《座頭市》加西部片《原野奇俠》。

魯格豪爾 Rutger Hauer 是越戰退伍軍人，因戰傷致全盲，攜帶與座頭市同款手杖刀遊走美國。保護小朋友、弱女子、無辜的小家庭，對抗邪惡的黑社會。美國座頭市闖進現代花花世界，有更多挑戰（歹徒與警察都用長短槍械）與更多笑料（例如有一場戲他開車直闖街頭）。與日本殺手（武術名家小杉 正一，Sho Kosugi 飾演）的武士刀對打一場戲，動作中規中矩，氣勢虎虎生風，在美國動作片中實屬難得。

這片拍得有模有樣，四平八穩，不錯，好看喔。是不是因為有小杉正一指導呢？

伍、日本重開機版

一、北野武版《座頭市》

二零零三年九月六日，一一五分鐘

北野武憑此片得到零三年威尼斯影展最佳導演銀獅獎。日本國內觀眾達兩百萬人次，是歷來北野武電影最賣座的。

北野武也不是頭一次拍座頭市，他在九五年瘋狂廢到笑的電影《北野武之性愛狂想曲（或譯「一起搞吧」）》，就已經狠狠地嘲諷座頭市及其犀利的居合刀法（切蒼蠅、切細菌、切原子）。

二、女座頭市《ICHI》

二零零八年十月二十五日，一百二十分鐘。

瞽女市（綾瀨遙）是位盲目賣唱女。風塵打滾，可是造型打扮太乾淨。她的殺陣有模有樣，但力道不太夠。大澤隆夫演一個無法拔刀的武士，從頭孬到尾，令人煩躁。

三、《座頭市 THE LAST》

二零一零年五月二十九日，一三二分鐘

監督：阪本順治，腳本：山岸きくみ

演出陣容嚇死人：香取慎吾、反町隆史、倍賞千　子、工藤夕貴、寺島進、中村勘三郎、豊原功補、宇梶剛士、岩城滉一、原田芳雄、石原さとみ、仲代達矢。

但是，這部片只是講述一位懂得用刀的瞎子的故事，恰巧他理了平頭，名字也是「市」。雪中決戰，豐原功補利用「聲音錯覺」突襲香取市，大有可為。但是敵我兩把刀招架糾纏時，香取市左手手杖格住，往上一推，豐原下腹空門大開，遂中招。觀眾都覺得豐原好笨。到底在搞什麼。

香取市的刀法就還不錯，只是，乃凡人的刀，不像勝新版已歸入神話聖堂、超級英雄的刀。所以香取老是被砍、受傷，這在勝新版不容許。本片乃改良版寫實化座頭市，但是觀眾似乎不領情？

四、歌舞伎《座頭市》

二零一七年二月於六本木公演。演出（舞臺監督、導演）三池崇史，編劇 Lily Franky。女主角寺島忍飾演兩個角色。市川海老藏飾演座頭市。他理著大光頭，全身上下著豬肝色系戲服，顏色沉著但顯眼。與勝新版不同。

海老藏說：「十八代目中村勘三郎先生（英年早逝的歌舞伎巨星）告訴我，他曾和勝新太郎討論過如何扮演座頭市，令我印象深刻，遂想著總有一天也要來扮演座頭市。」

故事背景就是公演當地：江戶時代六本木溫泉宿場町。繁華與混沌共存，人心荒涼的街市。座頭市結識花魁薄霧太夫。太夫鍾心於市，市亦感受到溫暖。同時，市揭穿黑幫六樽組賭場詐賭作弊，六樽組惱羞成怒要解決市。市與薄霧打算逃離宿場，卻被六樽組包圍。等在他倆面前的是六樽的用心棒風賀清志郎（市川右團次飾）。面對瘋狂劍客清志郎，薄霧的命運只能託付給市手中的劍。

歌舞伎展演的居合殺陣與勝新版不同。海老藏身型修長（一七六公分高），迴旋身段優美，配合上下斜向的袈裟斬，不追求超高速快感，而呈現獨特律動風味、肢體伸擺的美感，非常悅眼。

陸、《佐武と市捕物控》及改編

原著係石森章太郎短篇連作漫畫，曾改編為動畫影集及電視劇。題名的「市」就是一位盲眼按摩師，白色眼珠，無眉無髮，中年，手持拐杖刀，居合術達人。雖然不是座頭市但設定已八九成像。他不像座頭市浪跡天涯，而是定居市井，常協助下級巡捕佐武辦案。二零一五、一六年電視劇版由天生一臉苦相的性格大叔遠藤憲一飾演。他的光頭造型

令我聯想到《少林足球》的趙薇。

寫此文之前，壓根沒想到曾經有過這麼多盲劍客。有的抄得惡，有的學得巧，有的不擇手段。雖然創意不足、製作不精，卻可感受各方業者移植外來種加以接枝「改良」的蓬勃賺錢生命力。「抄襲不是什麼天大的事，重點是有些東西抄不走。」（摘龍貓大王語）回頭看正宗座頭市，拍得真是好啊。

尋訪座頭市人生三碑

日本人喜愛立碑紀念，對象不分人時地事物，不論真實或虛構，歷史或傳說，小說或動漫，萬物皆可立。以下介紹三座紀念碑，它們因座頭市而生，也合力拱出座頭市神話。

壹、座頭市物語之碑

東京之東，有陸地伸入海中即成「房總半島」。半島北部古稱「下總國」。下總東端一角突入太平洋。尋找千葉縣ＪＲ總武本線「飯岡駅」，往東南延伸，來到環臨太平洋的「九十九里濱」海岸東段，海岸公路旁有一家「いいおか潮騒ホテル（飯岡潮騷溫泉飯店）」。進入飯店的車道入口左側，海岸公路人行道邊，好大一支電線杆旁，立有一長方柱碑，即「座頭市物語之碑」。

此碑係「旭」與「飯岡」兩市觀光協會共同建立。臨人行道正面刻行楷大字「座頭市物語祥の地 下総の国飯岡」，背面刻「座頭市物語誕生五十週年記念」，左右兩側均刻「座頭市物語の碑」。碑立於平成二十二（二零一零）年五月。

碑文說「誕生五十週年記念」，但電影《座頭市物語》上映於一九六二年四月十八日，子母澤寬於雜誌連載隨筆是一九四八年（或一說五五年），單行本發行是六一年，以立碑的二零一零年計，都對不上五十之數。所謂「五十週年」應是取其概數吧？

再往內走，來到飯店右翼前方，還有一面仿房屋立面牆式「座頭市物語の碑」。其碑文節錄子母澤寬《座頭市物語》原著開頭一節，意譯如下：

天保年間，下總飯岡的石渡助五郎手下，有一位盲目子分「座頭市」。不知從何處而來，自親分首領手中領受結拜之盃。年紀老大不小，體型壯碩，剃了光頭，腰插長柄長脇差，行動自如意態從容，怎麼看都不像個瞎子（中略）

不知生長於何處，不知真姓名為何，總之，是一位巡遊關八州的按摩師。大家見到就喊他「座頭」「座頭」，名字「市」不知是出自市太郎或市五郎，也可能是隨機胡謅？實在不清楚。（以下略）

立碑於此地點的緣由，說是子母澤寬當年即在附近某飯館探聽到座頭市事蹟。該飯館不知是否即潮騷溫泉飯店的前身？建碑委員會表示：「座頭市故事舞臺飯岡川端町，飯岡小學附近，沙拉沙拉流淌的綺麗小河周邊，仍然殘留著令人憶起往昔之風景。」今日的旭市立飯岡小學校，校舍潔整，幾棟三層樓鋼筋混凝土建物，大概是周遭最高樓房。該區遍布平房矮舍，巷弄平直不寬，雞犬相聞，猶有古風。

故事與作家在此邂逅。座頭市形象經由地方耆老之口，流進作家之耳，停留於作家之心，湧入作家之筆，鋪陳於稿紙之上，化為文字。如果不是作家來到此處收集資料，就不會產生座頭市傳奇。豎立物語發祥之碑，誰曰不宜。遊客若能來到此處，泡泡溫泉，吃吃地元料理，去飯岡街區、利根川流域走走，觀覽天保水滸傳故事舞臺，遙想座頭市、平手造酒、飯岡助五郎諸人風采，頗能發思古幽情。

此碑揭幕式後一個禮拜，正好趕上香取慎吾主演電影《座頭市 THE LAST》公開上映的五月二十九日。時機抓得剛剛好。不僅是勝新世代，也呼喚 SMAP 世代的座頭市粉絲前來朝聖。

貳、座頭市之碑

子母澤寬原著說，不清楚座頭市出身何處。但是電影編劇犬塚稔說阿市生長於笠間。電影《續・座頭市物語》茶店裡的遊女們問阿市是哪裡人，他答道「常州笠間」。下一集《新・

座頭市物語》阿市在旅途中，遇見以前笠間的兒時同伴，賣唱人為吉一家三口。這集故事發生在鬼怒川溫泉及下館（茨城縣，位於小山及笠間之間）。下館是座頭市於四年前拜浪人伴野彌十郎為師，學習居合術的道場所在地。離笠間不遠。這集他巧遇師父，回道館作客。雖然與師父及其妹彌生久別重逢非常欣喜，但是他萬萬沒想到如今人與事已經變質。現實醜惡，他必須痛心地斬斷過往的溫情。

江戶時代，從水戶藩城下町走到「千住宿」（今東京市足立區，千住再往南走一程就是日本橋了），這條呈東北、西南走向的交通要道，長約一百一十公里，稱為「水戶街道」。從水戶往西，經過笠間抵達「小山宿」（今栃木県小山市），這條東西向幹道約七十三公里，稱為「結城街道」。小山到千住則是「日光街道」。小山、水戶、千住三個點，藉由結城、水戶、日光三條街道連結成三角形。「笠間宿」，今之茨城縣笠間市，自古即是交通便利的工商繁盛地。

七三年上映，系列電影第二十五作《新座頭市物語・笠間の血まつり》，這一集長年流浪的座頭市終於回到生長故鄉「笠間」，劇組也慎重地拉到茨城縣笠間出外景。再次提醒社會大眾阿市的出生地所在。於是人人都認真起來，後來北野武重拍座頭市，也是來笠間出外景。

七八年，座頭市電視劇集第三期熱播，乘著這股勢頭，笠間市觀光協會、勝製作公司、富士電視臺合力於笠間市觀光賞花名所「つつじ（杜鵑花）公園設立「座頭市之碑」。公園位於一座小山山頭，占地約七公頃，山頂標高一百四十三公尺（這座小山也名為富士山）。碑在山頂平臺，靠近涼亭、公共廁所，緊貼著小賣店旁邊。

碑為一片牆式，碑立面以少許簡筆漫畫勾勒座頭市彎腰曲身，左手持杖、右手出刀、居合瞬間之姿，並有仿擬他簽名的瀟灑繪文字。但時至今日，仍有年輕人畢竟太年輕，不知四、五十年前典故，登山賞花、游目騁懷之餘乍見此碑，搞不懂為何座頭市會來到這座公園，還在社群網站上發問。不禁令人莞爾。

因為笠間與座頭市／勝新太郎的因緣，每年笠間市的新年「賀詞交歡會（交換名片並互相問好，相當於我們的新春團拜）」都會收到勝夫人中村玉緒致贈的鮮花花籃。

順帶一提，大石家遺址（大石邸跡）就在通往杜鵑花公園的路上。《忠臣藏》倒楣的淺野家本來封在笠間藩，傳到淺野長直才轉封赤穗，轉封五十七年後發生廢藩仇討事件。淺野家經營笠間期間，大石內藏助的祖先就已是家臣，曾祖與祖父大石良欽就住在此址，如今已無建築物，只剩後世人豎立的「大石邸跡碑」及大石內藏助雕像。但是內藏助根本未曾住過此處，立他的雕像文不對題。只能說《忠臣藏》在日本民間的魅力太強了。

為電影電視上存在的虛構角色的虛構身世立碑，與為不曾住過此地的歷史名人立雕像，哪一樁比較無理呢？

參、座頭市墓碑

既然子母澤寬在飯館探聽到座頭市軼聞，那麼，座頭市應該確有其人？應有其本？好事者考據，很可能是一位名為「阿部常衛門」的武家之後。

會津若松市井上浄光寺有一座「俗名座頭市の墓」。阿部常衛門埋葬於此。雖葬於會津若松，他並非出自會津藩，乃長岡藩主牧野家的私生子。幼時接受武士的文武兩道教育，為居合拔刀術達人。青年時代患病後失明，被排除出繼承者序位，無處安身，流浪至母親故鄉會津的猪苗代町，從事按摩及鍼灸工作。曾化名「阿部顯如」及「佐渡市」。佐渡與座頭發音非常像。之後結識千葉房總俠客飯岡助五郎，於江湖活躍走跳了幾年，晚年再次回到會津，於當地去世。享年七十八歲。時為嘉永二年（一八四九年）十一月。

這段考據洋洋灑灑有模有樣，但是自稱會津通的當地人士說，此墓是寺方為了招攬觀光客，於昭和六零年代建立。他小時候根本沒聽說過這個墓。

任職於アトラス（ATLAS）編集部「神祕新聞站」專欄的山口敏太郎先生說，他曾親自拜訪井上淨光寺，訪問住職家族。他們說，子母澤寬曾經來寺訪問，先代住職告訴他，本寺檀家有這樣一位人物，之後子母澤就發表隨筆〈座頭市〉。所以，座頭市物語誕生之地，也不是千葉縣飯岡的飯館，而是會津若松市的淨光寺？事情又更複雜了。然而就情感而言，座頭市值得有一座墓。

從歷史名城會津若松城（鶴城）往東北方向步行二十五分鐘約一點八公里，即可抵達座頭市之墓。順道一提，從座頭市之墓往東約一公里，來到愛宕山腳下有座萬松山天寧寺，走進寺內，步上登山小徑，探入林蔭深幽之處，即可拜見新撰組局長近藤勇之墓。

座頭市，參與真實事件（天保年間幫派械鬥）卻名不見經傳的小人物，憑藉一位記者作家田調錄下。從天保械鬥到子母澤寬發表隨筆，已歷一百一十年。從發表隨筆到我寫此文的二零二三年，又過了七十五年。香取慎吾版座頭市上映至今也已經十三年。時代武俠劇早已沒落。終究有一天，電影電視製作公司及觀眾會忘記座頭市。座頭市終將煙消雲散。但是座頭市的出生、成長、死亡，人生三座碑，應該可以長長久久地站在天地之間吧？

第3章

劍豪武藝帳

《大菩薩嶺》：上求菩提，下化眾生，寫盡人生宿業因果

壹、《大菩薩嶺》乃是一部上求菩提，下化眾生，寫盡人生宿業因果的「大乘小說」

標高六千四百尺，甲州裏街道最險峻的山嶺，大菩薩嶺妙見神社前發生命案：武士斬殺巡迴拜山老翁。

巡迴拜山是日本民間風行的宗教活動。信徒不分男女老少，標準配備頭戴斗笠、身穿白色背心「無垢」（有時用黑墨寫上大字「同行二人」），手持金剛杖，背負簡易行李包及念珠，遊走遍路全國朝聖路線。裝扮如此明顯，絕對認得出來是朝聖者。苦行巡迴乃最虔誠的宗教儀式，即使橫行山野的盜匪、小偷都不敢欺負他們，以免遭到天譴。

武士機龍之助竟然光天化日下，於神之領域，神社之前，沒來由殺死無冤無仇的朝聖者，況且是一羸弱老翁。此舉等於變相地弒神殺佛，打破世俗禁忌，踐踏倫理道德。這個開場震撼了大正二（一九一三）年日本讀者。

機龍之助從殺下這一刀開始，他的世界無可避免地分崩離析。大菩薩嶺不但是多摩川與笛

吹川的分水嶺，也是人性向善與求惡的分水嶺。

古往今來武俠小說浩瀚廣博，然萬變不離其宗，主角大抵是英雄豪傑，行俠仗義，但中里介山的《大菩薩嶺》，卻是以濫殺無辜、向下沉淪的「惡人」擔任故事前段第一男主角。既是「破格」，也是「創格」。

為便於解說，以下請容許我抄一些書，簡介情節大要。

〈甲源一刀流〉之卷：

大菩薩嶺，位於甲州裏街道甲斐國（今之山梨縣內）東山梨郡萩原村入口，標高六千四百尺（二千零五十七公尺），上下蜿蜒達八里，形勢雄勝。是多摩川與笛吹川的分水嶺。古代曾有一高僧爬到山巔，爲生民百姓祈福並且埋下一座佛菩薩像，從此多摩、笛吹兩川清澈明靜，帶給百姓豐衣足食。然而高僧賜福有之，惡魔降禍亦有之。

故事發生於江戶幕府末期。約為一八五九（安政六）年，櫻田門外事變前一年。四月下旬。

十二歲少女阿松與爺爺拜山朝聖來到大菩薩嶺妙見神社前，阿松為取水暫離，留下爺爺休息歇腿。一名武士早已躲在神社後，突地現身即無來由地拔刀斬殺爺爺，阿松回來時發現爺爺身亡撫屍痛哭，幸而好心腸的神偷裏宿七兵衛路過見慘狀不捨，救走阿松。

殺死阿松爺爺的武士是大菩薩嶺附近澤井村的名門暨劍道世家、機家的少爺，機龍之助。

機家父子都是劍術高手，設有道館授徒。龍之助即將參加御岳神社四年一度的敬神比武大會（奉納試合），屆時關東八州各流各派劍士將前來觀摩，其中約一百二十名劍士在神明前比試（一九六六電影版裡，近藤勇、土方歲三、芹澤鴨都來到現場）。他為了比武熱身而試刀殺人。龍之助的對手是他的同門，亦是當地名門、劍道場主人的宇津木文之丞，但熟識的人都知道龍之助技高一籌，文之丞不是對手。

文之丞未婚妻阿濱爲此假稱文之丞妹妹，來到機家向龍之助求情。此戰關係文之丞的顏面、婚姻成家、未來擔任藩劍術指南役的機會、宇津木家業及道場的前途，一連串的利益，輸了就都沒了，希望龍之助在比試時能高抬貴手放水。龍之助以劍道場上無親疏之分為由，不但斷然拒絕，還派身懷怪力的長工「與八」於阿濱返家途中綁架之，送到機家的水車小屋。之後龍與濱在小屋不知發生什麼事。阿濱回家後不久，文之丞已知阿濱偷偷求見龍之助，認為兩人發生苟且（小說寫得很含糊，但是一九六六電影版是龍之助強暴阿濱），憤而於比武前夕休掉阿濱。

御岳神社劍試場上，新仇舊恨一起爆發，本來比武只是點到為止，龍之助與文之丞卻以生死對決。龍之助施展獨特劍招「無聲劍」（音無しの構え）擊碎文之丞頭部致死。龍之助獲勝離開會場，阿濱於林中小徑現身警告他宇津木道場眾門人已埋伏路上欲尋仇，求龍之助快帶她逃亡私奔，隨後在雲霧迷濛的杉木林里響起刀劍喧嘩聲，龍之助與阿濱一同消失了。

（妙見神社前試刀殺人、御岳神社敬神比武殺人、神社領域禦敵殺人，都是瀆褻神明的行為。再加上帶女人私奔，龍之助無法待在故鄉，從此變成「失鄉漂泊之人」。漂泊也是本書的主題。）

神偷裏宿七兵衛帶著孤女阿松去江戶投靠遠親阿姨，但阿姨不收留，只好託偶然相識的插花老師阿絹收容。機家長工與八在江戶找不到少爺龍之助，回家途中偶遇從小寄養在叔父家，文之丞的弟弟宇津木兵馬，與八帶他去見龍之助之父機 彈正。機 彈正重病臥床，深悔沒有教好龍之助讓他的劍變成邪劍，要求兵馬代他處罰逆子，還介紹他去江戶投靠劍道宗師島田虎之助學習正派的劍術，否則絕對制不住龍之助。

御岳神社比武四年之後，龍之助化名「吉田龍太郎」窩居江戶某代官門邸大雜院，與阿濱撫養兒子郁太郎。他在代官邸教小卒們劍術餬口謀生，人窮志短，兩夫妻常吵架並指責淪落至此都是對方的錯。偶爾接受芹澤鴨委託執行暗殺任務，殺人後精神特別興奮，分不清是為了金錢或品嚐殺人快感。

青年兵馬投入島田虎之助門下勤練武藝，某日借民家躲雨邂逅阿松。阿松也注意到這位常從她家門口經過的青年劍士。

龍之助與阿濱吵架後，茫然走在御徒町，無意中發現島田劍道館，想起父親曾經推崇島田為當代最強劍豪。旁觀徒弟們練劍果然有意思，遂假稱姓名來歷，登門請求島田賜教。島田讓他先與弟子對打。輕易打敗三人，第四人正是兵馬。兩人都不知對方真實身分。兵馬兩次進攻，一次被打到手套，一次無得失分，再度舉竹刀對峙，二人僵持甚久，即將一觸即發之時，島田看出了什麼，叫停阻止比武。島田並未同意親自下場。龍之助悻悻然不甘心地離開。

龍之助加入幕府徵召壯士而組成的「新徵組」（新選組的前身），隊長芹澤鴨，同志有近藤勇、土方歲三等人。曾經向幕府建議成立「新徵組」的創始人暨重要幹部清河八郎的政治意向竟然傾向勤皇，擁幕派人士及新徵組無法容忍，於是芹澤鴨等人決定刺殺清河。清河八郎事蹟可以參見司馬遼太郎著《幕末》〈七星劍／怪傑八郎〉一章，後來也拍成電影《暗殺》，丹波哲郎飾演，人稱此片為篠田正浩導演最高傑作。

某夜，土方歲三率領龍之助與「新徵組」眾多劍士尾隨清河八郎的轎子，伺機發動刺殺，但是走出轎的人不是清河，竟然是島田虎之助。土方歲三臉拉不下來，將錯就錯，下令攻擊，新徵組眾劍士如同飛蛾撲火衝殺上去，一個個倒在島田刀下。龍之助被這一場血鬥震懾住，絲毫動彈不得。島田將土方歲三壓制在地後，憤怒地教訓：「**劍就是心。心正劍就正，欲學劍者，先學其心！（剣は心なり、心正しからざれば剣も正からず、剣を学ばん者は心を学べ）**」。字字句句彷彿也訓斥龍之助。平生劍鬥未曾敗落，心高氣傲的龍之助遭受打擊，至此不得不承認他的劍遠遠不如島田！這個結論比喪失生命更痛苦。

〈鈴鹿山〉之卷：

兵馬終於得知龍之助下落，發出挑戰書要向龍之助尋仇。龍之助與阿濱兩人爭吵越演越烈，阿濱萬念俱灰，想持刀刺死龍之助以保全小叔兵馬性命，之後再自殺。阿濱不斷刺激龍之助，撩撥起他的魔性，終於一刀殺死阿濱。龍之助不顧兵馬的挑戰之約，隨同土方、近藤等人前往京都。龍之助的兒子郁太郎由憨直善良的與太收養。阿松被插花老師阿絹送去京都風化區島原工作，事先不知情的七兵衛心急如焚也趕往京都尋人。

〈壬生島原〉之卷：

這一卷最主要重點在於新選組成立及內鬨。於島原迎賓館當侍女的阿松偷聽到芹澤鴨與龍之助企圖剷除近藤勇、土方歲三等人的陰謀，龍之助扣押住阿松讓芹澤鴨離開以連絡同志。不料近藤、土方、沖田、藤堂四人行動更快更狠，偷偷潛入芹澤鴨家中，刺殺芹澤鴨與愛妾阿梅。而獨守島原迎賓館的龍之助因燭影搖紅、疑心生暗鬼、心魔作祟而抓狂，拔刀亂砍亂殺，踢翻火燭，也不知殺了多少人，遂在延燒的火光中消失身影。

逃出京都之後，龍之助的心智比較正常些。在三輪町受到在地武士植田丹後守殷勤照顧，感激涕零，彷彿見到故鄉的父親。認識新任女主角阿豐，她長得很像阿濱，與情郎一起投水殉情卻被救起獨活，生不如死。

隨後龍之助在流浪途中偶然加入尊皇派的「天誅組」，企圖起義失敗。幕府及紀州等四藩合力追捕天誅組殘黨，官吏指使獵師於諸人藏身小木屋點燃火藥，激烈爆炸，天誅組殘黨或被炸死或被捕，唯獨龍之助逃脫，但是雙眼炸傷，視力降到低點。雖然幾乎盲了，但是他聽音辨位，絕技「無聲劍」造詣又更上一層。他摸索著來到龍神溫泉洗眼睛療癒，巧遇阿豐。不過，情路不順遂的阿豐，再度受命運擺布，下場悲慘。自京都島原狂殺之後，龍之助成為失去故鄉的，扛著命運這個重擔的旅人。仇討的兵馬、阿松、七兵衛為了追蹤他，關東關西來來去去，不能安定，也成了漂泊的旅人。

貳、中里介山與小說《大菩薩嶺》

中里介山，本名中里彌之助。明治十八（一八八五）年四月，生於玉川上水取水堰附近，多摩川畔一座水車小屋。該處位於今日的東京都羽村市。他家是精米業者，水車就是碾米生產設施。多摩川畔水車小屋也出現在小說裡，它是憨直長工與八工作場所，也是機龍之助綁架困住阿濱之處，推論也是（電影版）孕育郁太郎的地方。那就是介山心目中的生命原點。

父親名「彌十郎」，遂取「彌」字，搭配三菱創始者岩崎彌之助的名字，給兒子命名「彌之助」。

彌之助是次男，但是兄長早夭。七歲時一家搬遷到橫須賀。九歲回羽村，入西多摩小學校。十三歲西多摩小學校高等科畢業。進日本橋浪花町電話交換局任職交換手（接線生）見習生。之後升為正職，離職，進小學當代課老師，日後也升為正職，換幾個學校，離職。

喜好散文、詩歌等文藝，十八歲一九零三那年結交幸德秋水、堺利彥、山口孤劍等社會主義者，思想傾向基督教社會主義、人道主義、平民主義。

一九零四年，日俄戰爭時期發表作品《嗚呼ヴェレスチヤギン》、《亂調激韵》等，具強烈反戰意識。

《亂調激韵》寫著：

故鄉的人們啊
我請求你們暫且停止高呼「萬歲」
山岳如此沉靜 河川如此清澄
被異樣的叫聲沾汙了

日俄戰爭（一九零四年二月至一九零五年九月），號稱日本存亡之戰，舉國熱衷之下，頭腦還能清明不昏，「眾人皆醉我獨醒」，真是異數。雖然日本大勝，他卻以「勝利之悲哀」深自反省。

據說他十五歲時曾經旁聽宗教改革者、牧師、教育家松村介石演講，極為感動，遂取筆名為「介山」。也有人說是敬仰陽明學者熊澤蕃山（字了介）、王安石（字介甫，號半山），取用了他們的「介」「山」二字。要等到二十歲投稿週刊《平民新聞》第十一號才正式使用「介山生」筆名。

一九零六，二十一歲那年，社會主義文藝圈的前輩、在「都新聞社」擔任主筆的田川大吉郎引薦他到該社工作並撰寫書評。這位田川先生是日後響應「臺灣議會設置請願運動」日本方面重要議員。同年五月於隆文館出版散文集《今人古人》。

一九零九那年二十四歲開始在都新聞連載長篇小說，如處女作《冰之花》、《高野的義人》（一九一零年九月）等，從此詩人漸漸變成入世的大眾小說家。

一九一零年五月二十日警方以持有爆裂物為由逮捕機械工暨社會主義者宮下太吉，深入調查不得了，原來以幸德秋水為首一群社會主義、無政府主義者企圖謀殺明治天皇，警方遂擴大搜捕，送司法審判，史稱「大逆事件（幸德秋水事件）」。一九一一年一月二十四日，幸德秋水在內共十二人被處死刑。許多介山的前輩、好友因此事件被抓捕、處刑，介山雖僥倖逃過無事，精神卻大受打擊。憂鬱與委屈令他思想更趨於深化。

秋水死刑後兩年多，大正二年九月十二日起，小說《大菩薩嶺》在「都新聞」連載。介山僅二十八歲。這一寫就寫到一九四一年，長達二十八年，可惜並未完成。最後一卷為〈椰子林〉，全書的第十八冊，之後只在一九四二年寫了創作筆記〈第十九冊新作備考〉。共四十一卷，一千五百三十三節，五百七十萬字，原稿用了一萬五千頁稿紙。是當時世界上篇幅最大的大眾小說。也是公認日本現代意義的大眾小說或時代武俠小說的起點。

《大菩薩嶺》初版本很有意思。一九一五年弟弟幸作在東京本鄉區開了一家古本屋「玉流堂」（玉流係指故鄉多摩川）。一樓是書店，介山住二樓專心寫作。一九一七年四月介山自費以玉流堂書店名義出版《大菩薩峠〈甲源一刀流の巻〉》，係和裝私家本。藍紫色封面，內頁係介山親自檢取活字、排版、上墨，用手搖印刷機一冊一冊印出，只印三百冊。書中有一幅木版插繪〈地藏菩薩〉係小川芋錢作品。詩人介山常在社會主義雜誌發表作品，而小川就幫這些雜誌畫插圖，二人因此熟識。小川擅長描繪農村風景、農民乃至河童、狐狸等鄉土題材，作品呈漫畫風格具濃厚俳味，這也是詩人介山喜歡的，盛讚小川藝術「天下一品」。芋錢繪製地藏菩薩，面容老實，模特兒根本就是介山。

至於媒體連載時的插繪，都新聞時期由同事井川洗　負責。大阪每日、東京日日時期則是委託畫師石井鶴三。日本畫名家金森觀陽也畫過。而讀者心目中機龍之助與初期出場角色們的形象，主要還是石井鶴三插繪建立。可惜後來石井與介山之間因著作權問題，鬧得不愉快。

此書問世一百多年來在日本書市從未絕版，精裝、平裝、文庫本版式繁多，常見版本有筑摩書房出版二十卷本文庫版、十卷本愛藏版及富士見書房二十卷本時代小說文庫版等等。此

石井鶴三《宮本武藏》插繪集（一九三零年代出版）

外，二零零四年由第三書館出版的《大菩薩嶺》全編，將通行二十冊分量內容收成一大冊，共一千一百四十九頁，書脊厚度達五點二公分，售價僅五千零四十日幣，前所未見，根本是新世紀科技的產物。文本之外，分析研究、註解講解中里介山及大菩薩嶺小說、電影的學術專書，以及作家們續作、仿作、補寫、重寫新傳等等衍生書，也是汗牛充棟、不勝枚舉。例如《陰陽師》作者夢枕貘就寫過一部新傳《ヤマンタカ大菩薩峠血風録》。

此書在臺灣出過譯本，但只譯出最前面九卷（結束於〈女子與小人〉之卷）。譯者為左秀靈先生，星辰出版社出版，民國六十七年十一月初版，共六百二十三頁，約五十八萬字，分成上下二冊。書前還附有一篇尾崎秀樹的解說，簡要精闢。

雖然譯本只九卷，卻是全書前期最可觀部分。這九卷以機龍之助為主人翁，劇情曲折，不乏劍鬥場面，通俗熱鬧。電影、電視改編亦不出其範圍。

參、一九六六年東寶電影《大菩薩嶺》賞析

本片劇情十分忠於原著，僅些微調整，簡化不重要角色及劇情，還加強了劍鬥場面的質與量。

《大菩薩嶺》本是超長篇小說，搬上銀幕僅能擷取片段。歷來電影版即使拍成三部曲也不過就是採用原著前段，大致不超過九卷範圍。三部曲都沒能完整說好一段故事，單獨一部就更難了。

原著故事順著一條看不見的命運之河流下，主要角色們於其中載浮載沉。舊角色死掉之後加進新角色。阿濱死掉就加進來一個阿豐，阿豐死掉就加進來一個阿君（阿玉）。舊式長篇時代小說大致是這種模式，著名的《丹下左膳》也類似，只不過《丹下左膳》像是一群人泡在一個大池子兜圈子，而此書則是一大群人泡在一個接著一個小池子裡兜圈子，人物循著命運絲線串起的路線流浪。

編劇橋本忍很聰明地將劇情斷在島原壬生卷。這個時間點當下，七兵衛找到阿松，兵馬找

到龍之助，與八接手撫養郁太郎。近藤勇掌控新選組。龍之助脫離新選組，準備新的職業生涯。「結束」與阿濱的孽緣，新任女主角還沒加入劇情。從開場至此，可以做個小結。分量也恰好在一百二十分鐘內處理完畢。

電影團隊作了許多努力。既然龍之助是個惡人、狂人、魔人，導演岡本喜八就盡力表現他，例如常用前、後景不同人物誇張不均匀的比例大小來表現劇中人物失衡的人際關係或者角色心中的疏離感。仲代達矢造型、氣質頗符合龍之助的邪氣，他也很努力演出，臉部細膩表情及眼神詮釋到位，例如殺人之後，失焦的眼光及嘴角微微牽起暗自的狂喜，被島田劍術震撼的那種呆滯、驚慌、失落等。

電影版加強原著簡短數字帶過的劍鬥場面。一場是御岳神社比武龍之助獲勝離開之後，宇津木道場眾門人埋伏尋仇之戰。原著寫著：「**隨後在雲霧迷濛的杉木林里響起刀劍喧嘩聲，龍之助與阿濱一同消失了。**」但電影版則詳細描寫「刀劍喧嘩聲」的過程，龍之助如何施展「無聲劍」絕技、俐落的身手，於行進間將來犯眾人一一斬殺。無情的殺戮、邪惡的妖劍、橫倒遍地的武士、淒迷飄忽的山霧組成一個奇異氛圍。這正是一區DVD的封面劇照。

新徵組雪夜暗殺行動意外遇上島田虎之助一幕令觀眾振奮。因為島田大師是三船敏郎。他施展神乎其技的劍術殺敵，乾脆明快，手起刀落，身形進退有致，神色沉穩，肢體語言豐富，彷彿重新披上三十郎的神采。場景設置於暗夜街頭，漫天白茫飛雪，增強了劍鬥殺陣的肅殺氣氛。這場戲他斬殺人數恐怕已超過《用心棒》及《椿三十郎》兩部電影殺人數總和。

電影末段，新選組內鬨前夕，龍之助扣押阿松，她偷聽到芹澤鴨的祕密。原著只說龍之助疑心有惡鬼索命而抓狂，踢倒燭火引起大火，又拔刀亂砍，隨後於火場中消失。但電影版把這一節予以大篇幅補充，成為本片最後壓軸。先讓龍之助抓狂，砍殺家具門窗與存在心裡的幽靈們，再安排大批新選組劍士圍攻龍之助。龍之助心神喪失時更加狂暴無情，有如來自地獄的浴血劍魔，與新選組劍士在酒館偪促室內展開驚天大殺陣。我一一計數，這場戲龍之助大約斬殺六十七人次！新選組除了近藤、土方、沖田、藤堂四人不在現場，所有成員都被殺光了吧？近乎團滅。全片最後一幕是重傷的龍之助舉刀衝向鏡頭，定格結束。

小說係連載，無法事先精密布局，難免有些雜沓。電影占了優勢，可以改編濃縮、加重影像聲音表現，進而加以改進。俗語說：「男人不壞，女人不愛。」雖然紙上的龍之助是惡人，但由俊美的市川雷藏、邪氣的仲代達矢來詮釋，令人又恨又愛，反而是電影獨特的魅力。

肆、《大菩薩嶺》的精神世界

介山於《大菩薩嶺》書前自述宗旨是「寫盡了人間世的諸像，將業報曼陀羅參入大乘遊戲之境，我試著把它的風采用一支凡筆表現出來。」

僅就我所讀過中譯本九卷而言，《大菩薩嶺》並不是坊間那種打發時間，只求劇情痛快淋漓、拍案叫絕的娛樂小說。它人物眾多繽紛，形象鮮烈，愛恨分明。雖略嫌刻板，情節不可避免依賴機緣巧合推動，劍鬥場面沒有想像中多。這些都難免，畢竟是大眾文藝的開山作。一切都才剛啟蒙。

機龍之助冷酷疏離，無情無愛，未曾反省反悔，除了劍術，沒有中心思想，可以加入擁幕派也可以加入倒幕派，隨波逐流，是不討喜的角色。但怪的是，日本人又頗喜歡這個橫行不法（outlow）虛無主義的「無明之劍魔」，否則小說及電影為何受歡迎？

或許與時代氣氛有關吧。儒教思想根深蒂固，軍國主義入侵剛萌芽的民主體系，國家藉由大逆事件搜捕社會主義者判處重刑，社會氣氛鬱屈，如果殺出一個完全破壞禮教、道德、法律、政治傾向、社會秩序的人物來，小老百姓們得以疏導無處發洩的苦悶，怎能不喜歡？而小說所隱含的佛教人生機遇無常、因果報應的思想，又與國家大事、社會現象吻合，因此衝出了銷量及票房。

至於機龍之助這個角色，谷崎潤一郎說他的某種性格，很可能潛伏於作者本人體內。我倒認為不僅如此而已，恐怕是潛伏於每個日本人體內。龍之助擁有高強劍術，卻不具備控制這把劍的感情、道德與紀律。行為表現完全憑「本我」，並不受他人意識或法治控制。日本亦如是。從幕末走到日俄戰爭，德川走到明治、大正，國力由孱弱轉強盛，封建小國變成世界數一數二的軍國。他們練出最強劍術（軍事力量），但是此劍該砍向誰？或者該收在鞘中不拔？並沒有一個最高的超我來節制。任憑慾望及任性帶著走，後果就是帝國主義輕易拔出軍刀，隨意揮砍，擋我者亡。一時沒有敵手，但每場勝利皆預埋未來慘敗之結局。路越走越窄，終於瞎了眼睛，身敗名裂。小說出版停在一九四一年，介山逝世於四四年。四二年戰爭正酣，又是舉國熱衷之時，他拒絕擔任「日本文學報國會」小說部會評議員職位。他已經猜到日本帝國在二次大戰的結局。

說來有些諷刺，雖說公認《大菩薩嶺》是日本大眾小說之濫觴，日本大眾文學史紀念碑，但它本是作者介山有所寄託的文學作品，並非蓄意迎合大眾口味的娛樂小說。「大眾文學」這個名詞，係定著於昭和二年平凡社《現代大眾文學全集》出版普及之後。介山拒絕該全集收錄他的作品：「我不是大眾作家」。也聲明《大菩薩嶺》不是大眾小說，而是「大乘小說」。確實堪稱劍豪大眾小說的部分約只占全書前四分之一，之後輪番有不同角色上場擔任主角，於書中推動他們的理想。

不過，文藝界才不管他認不認，例如江戶考證史家三田村鳶魚自昭和六年動筆的《大眾文藝評判記》，就把《大菩薩嶺》及《赤穗浪士》、《南國太平記》、《富士立影》、《鳴門祕帖》、《大岡政談》等一票叫好叫座的時代武俠小說冠名為「大眾文藝」，逐一取來與史實、風俗對照，不放過細節，痛快批判，狠狠數落一頓。

尾崎秀樹評論此書：「『嶺』是人生的象徵。同時也是人生繼往開來的一個中繼路標。上坡也好，下坡也好，在此都不得不作片刻的展望。是高僧（代表善）巡迴講道之處，也是外道（代表惡）作壞的地方，腥風與苦雨交併著，是由坎坷進入康莊大道的休息站。」「大菩薩嶺這個書題，正是『山嶺思想』的表現。『上求菩提，下化眾生』為介山終生不變的座右銘，也是這部未完成大作之柱。」異哉！社會主義者介山，推崇宗教改革者松村介石牧師的介山，信仰基督教的介山，對於佛學佛理也頗有心得，並且實踐「度眾生」這個大願。

於是也有學者認為，機龍之助即大自然的化身。雖有人的形貌，卻如同颱風、地震、如自然界之風、之雲、之水一般的存在。自然界的颱風、地震、風、雲、水係天地孕育生成，自然湧動，自然來去。或生人或殺人，或損或利，它並無善意惡意。正是老子所謂的「天地不仁」。所以機龍之助不具備人類重視的倫理道德。他只是推動書中每個角色遭逢人生變局的引子，也是全書的引子，如此而已。

伍、獨身主義者中里介山與他的大豆芋頭

介山抱「獨身主義」終身未娶。或許與他曾遭受嚴重感情挫折有關。

一九零零年十六歲那年，電話交換生工作紛紛轉由女性擔任，介山遂離職回故鄉羽村，在

母校擔任代用教員。認識比他大七歲的女同事久保川喜世子。久保川信基督教，氣質良好，兩人常一起出席青年 club 討論會，參與建立羽村教會，志氣相投。零三年介山因故被迫轉任鄰村五日市町小學校準訓導，他拒絕了。同時，久保川也辭去教職，回故鄉山梨縣八幡村江曾原，因為與縣內某醫生訂了婚約。介山思慕久保川，不願放棄，遂翻越大菩薩嶺，拜訪女方家企圖求婚。一個小學學歷，沒錢又失業的窮小子憑什麼？當然失敗了。介山很少提這一段，惟為了紀念，他在小說裡安排，追隨龍之助私奔的阿濱的出身地設定為山梨縣八幡村，久保川的娘家，他的失意傷心地。

二十七歲那年結識都新聞社同事、二十二歲的美女遠藤妙子。交往過程順利，戀情逐步升溫至濃烈，互相拜訪過對方家裡，好像有那麼回事。但是同事謠傳，且主筆田川也暗示過，妙子與社長楠本正敏男爵似乎有特殊關係。終於妙子父親一封信揭曉殘酷真相，妙子確實是社長的愛人，每月拿包養津貼支撐家庭生計（說起來也是偉大）。妙子父親很不爽妙子最近和年輕社員走那麼近（怕社長發現震怒，斷了金援吧？），乾脆寫信給介山攤開一切，叫他死心。

經過久保川喜世子及遠藤妙子兩次感情挫折，介山果然從此對愛情死心，再也不敢信任女人的感情。（兩段八卦請參見大村彥次郎《時代小說盛衰史》二七至三一頁）

二十八歲那年（一九一二）在都新聞社裡創立「獨身會」，辦了機關刊物《獨身》想大肆推廣，惟思想太過前衛只出三期。我猜他搞這個可能是存心給社長難看，一種抗議手段吧？但他確實終身不娶。青年介山的長相雖非俊美，但也不醜。理平頭，濃眉大眼，留著八字鬍很飄撇，是那個時代的帥哥，穿上和服有點像日本時期的孫中山。其實女士們很欣賞他。他曾說：「我不介意與女士逢場作戲，它並不會傷害靈魂。但是別談戀愛，那可真的會傷到。」噫！痛苦的經驗談，見解通透，尖銳如王爾德，真不愧是寫出大乘小說的人。

介山還有一本著作我很喜愛，恨不得有人出版中譯本讓我能通讀一遍。寫《大菩薩嶺》時須參考許多武術劍術資料，例如機龍之助絕技「無聲劍」，總能後發先至、先發制人，還沒聽到竹劍對擊互碰聲，他就取勝了，故稱「無聲劍」。這是借用幕末中西流劍客高柳又四郎的故事。介山從自家收藏的珍書、祕本（樓下古本屋就是他弟開的），例如《擊劍叢談》、《本朝武藝小傳》、《劍術名人法》等史料、筆記、小說收集摘錄古今劍豪、武術家的事實、逸話、傳說，編撰成《日本武術神妙記》，昭和八（一九三三）年出版，三年後出版續集。寫小說過程的副產品精彩度不輸小說。論者認為當時流行的講談物及衍生的大眾讀本趨勢是「荒唐妄誕、雜亂冒瀆」。而介山藉由整理《神妙記》建立起務實且正統的武術擊技系統，內化為他的武術觀，寫入小說，此基本功成就了《大菩薩嶺》。

晚年的介山定居於故鄉羽村市，專心寫作、哲思及農耕。時值二戰，他當然關注世界大事，只是更關心大豆、芋頭的收成。

一九四二年辭謝「日本文學報國會」入會邀請。

四三年二月十日的日記：「近日軸心國軍隊戰報甚為低落不振，德軍在俄羅斯及北非的戰事在報紙上未見報導，只有一篇（日軍）轉進所羅門群島的記事。所謂轉進，其實是他們被迫放棄瓜達康納爾島。」

同年八月十八日寫道：「德國和義大利的軍隊終於要撤出整個西西里島了，義大利瀕臨滅亡，德國也不能安寧。如此一來，日本應該知道，無論如何，未來都將有大麻煩。」

同年十月九日：「終日雨，入夜雨勢越強。今年的雨可以用「傾盆崩壞」形容。」

一代大家於一九四四年四月二十八日去世。他的最終絕筆是：

「三月二十九日　如果施用石灰，大多數時候大豆都能生長良好。芋頭不可施用遲效肥料。」

丹下左膳：殘缺的反英雄

劍魔丹下左膳，一個瞎了左眼、斷了右臂、臉上有道深溝般刀疤的殘缺浪人，脾氣古怪囂張，活像妖怪野獸，但武功高強，刀法上乘，死於其愛刀「濡燕刀」底下不知有多少亡魂。

壹、從大岡政談到丹下左膳

丹下左膳（たんげさぜん）本是武俠小說裡一位大反派。不料，人物塑造太成功，讀者愛死了這個性格怪物，熱情所向，民意所趨，作者不得不扶正他成為第一男主角。

作者為林不忘先生。起先，吉川英治的時代武俠小說《鳴門祕帖》自大正十五（一九二六）年八月起於《大阪每日新聞》夕刊（晚報）連載。一九二七年十月風光結束，接棒者是二十七歲剛從美國歸來的青年作家林不忘。他的作品《新版大岡政談・鈴川源十郎之卷》，於《大阪每日新聞》及《東京日日新聞》連載（二七年十月十五日至二八年三月）。

約兩年前，一九二五年五月，林不忘寫了題名為《釘拔藤吉捕物覺書》的捕物時代小說短

壬生塚
朱印

篇，發表於推理作家松本泰主持的雜誌《探偵文藝》。二六年夏，經江戶川亂步介紹，亦刊載於直木三十五編輯的娛樂雜誌《苦樂》。這類捕物小說簡單說就是以江戶時代為背景，帶有推理成分的「刑偵小說」。臺灣讀者最熟悉的當為岡本綺堂的《半七捕物帳》及野村胡堂的《錢形平次捕物控》。因此當報紙邀請他寫時代武俠小說時，有些心虛，沒寫過武俠啊，只好參考現成的。想到歌舞伎、講談常搬演的「大岡裁」各齣戲碼及大眾耳熟能詳的角色。拿來改寫比較快。

從小說題名即可知，林不忘原本規劃以江戶．南町奉行「大岡忠相」為主角，以他精明幹練的地方首長辦案生涯為題材，創作系列小說。系列第一部講鈴川源十郎的案子。

於是林不忘改寫講談師邑井貞吉的講談本為小說，稱為《新版 大岡政談》。貞吉版講談《大岡政談》之〈鈴川源十郎〉篇，反派主角是無賴無聊的惡旗本「鈴川源十郎」，作案搭檔是隻手獨眼的惡徒「日置民五郎」。林不忘保留鈴川，但將日置改換為「丹下左膳」，並增加戲分，情節與貞吉版大不同。

故事節奏明快，文體混和江戶時代草雙紙的諧謔及美國通俗小說色彩。情節略嫌荒唐雜湊，卻又透著奇特魅力。尤其是文學史上破天荒未曾有的殘障劍魔左膳。等到報紙連載結束時，左膳雖然搶刀任務失敗，卻成功搶奪所有主角、配角、正派、反派角色的風采。

讀者愛看，人氣爆表，接下來索性提拔左膳為主角。題名不掛大岡忠相了，直接換上左膳。

就好比香港武俠電影《笑傲江湖II東方不敗》反派東方不敗塑造得太有魅力，搶了主角風采，大賣座，電影公司趕緊續拍《東方不敗之風雲再起》，以東方為主角，片名也不掛「笑傲江湖」了。

一九三三年六至十一月連載續篇〈丹下左膳・こけ猿の巻〉。三四年一至九月轉至「讀賣新聞」連載完結篇〈丹下左膳・日光の巻〉。歷時七年報紙連載成果，集結交付新潮社發行單行本，書名就是《丹下左膳》，分為〈乾雲坤龍卷〉、〈猿形壺卷〉、〈日光卷〉三卷。有一百二十章、約七十萬字。賣了兩百萬套，是日本大眾文學的代表作之一。

〈乾雲坤龍卷〉概要如下：

左膳來自奧州相馬中村藩六萬石（位於今之福島縣），是藩主「相馬大膳亮」的家臣。因大膳亮（這是朝廷形式上封給他的官職，之後以官名為人名）愛刀成痴，為收集天下名刀，常不惜花費重資或不擇手段強力奪取。這回看上江戶神變夢想流、鐵齋道館鎮館之寶，名匠關孫六臨終前全力打造，一對名為「乾雲坤龍」的寶刀，遂祕密派遣近臣左膳潛入江戶。左膳偽裝為浪人大鬧鐵齋道館，不但殺了主人小野塚鐵齋，還奪走「乾雲刀」，擄走館主女兒彌生小姐，幸好鐵齋高徒諏訪榮三郎及時搶救彌生。榮三郎帶著倖存的「坤龍刀」誓要奪回乾雲，並斬下左膳首級報殺師之仇。分離的乾雲與坤龍於夜間哭泣呼喚對方，引發不祥的腥風血雨。

鐵齋道館的災禍震驚官府，普通捕吏無能處理，南町奉行大岡忠相不得不請怪俠「蒲生泰軒」出面幫忙。小說情節便繞著「乾雲坤龍」雙刀在多方人馬爭奪下分分合合，乎得乍失。此外又牽扯茶娘艷子（愛慕榮三郎）、諏訪榮三郎（愛慕艷子）、彌生小姐（愛慕榮三郎）、左膳（愛慕彌生）、江湖大姊頭藤子（愛慕左膳）、無賴旗本鈴川源十郎（愛慕艷子）、侏儒豆太郎（愛慕彌生）眾人多元交叉愛慕，多角情仇串成一本糊塗帳。

書中提到日本刀名師匠關孫六確有其人。本名孫六兼元，室町時代末期定居於美濃國「關」這個地方（今之岐阜縣關市）鍛刀出名。戰國武將們如信玄、秀吉、黑田長政、前田利政等人都喜歡他家的作品，「兼元」、「關孫六」名號響噹噹，徒子徒孫沿用流傳至江戶時代。此外，「兼定」也是美濃國（關市）的同一門派「兼」字輩。土方歲三愛刀就號稱是「和泉守兼定」。而前帝國陸軍、劍道家舩坂弘，是三島由紀夫的好友也是劍道老師，送給三島一把武士刀「關孫六」。三島愛不釋手，供奉在書房裡，朝夕把玩。一九七零年十一月中旬於東京池袋東武百貨舉辦「三島由紀夫展」這把刀也陳列其中，可見三島多麼重視。或許名刀關孫六於冥冥之中，間接地引導他的思考及行動走向鋼鐵的堅毅與血流的死亡。該年十一月二十五日三島攜帶此刀與四名同志闖入「陸上自衛隊東部方面總監部」，之後切腹自盡，同志持關孫六為三島介錯，砍下首級。這應該是日本戰後昭和史最轟動的一把武士刀了。

現今唐吉軻德或其他日系雜貨商店，也販售掛名「關孫六」的料理用刀，不知與歷史上的師匠關孫六有關聯否？

〈乾雲坤龍卷〉是一個完整的故事。林不忘另起爐灶寫續集〈猿形壺卷〉及〈日光卷〉時，略微調整左膳的性格，基本上比較正派一點，稍微洗白。

左膳在「乾雲坤龍」爭奪戰落敗，幸好漂流海上保住一命。已無臉回相馬中村藩。若空手見藩主，恐怕下場是賜切腹？遂逗留江戶，淪為無主浪人於新的傳奇故事〈猿形壺卷〉登場。

八代將軍德川吉宗指派柳生藩主辦二十年一次的日光東照宮大修繕工程，目的是要柳生把祖先埋藏的鉅大財寶吐出來消耗掉，以免雄藩過於壯大，將來對幕府不利。而小小兩萬三千石的柳生藩爲了達成使命，只好寄望祖傳一支名為「猿形壺」的茶壺。藩中耆老說壺內藏有祖先埋藏百萬兩財寶的祕密。柳生藩獲得救命情報時，這支髒舊不起眼的茶壺，已被藩主之弟，柳生源三郎帶到江戶，作為入贅不知火流司馬道場的聘禮。司馬道場主人司馬先生重病臥床，女主人蓮子和總管峰丹波爲了侵吞道場，極力阻撓柳生源三郎與萩乃小姐的婚事，因此與源三郎及柳生武士們槓上。

蓮子派小偷與吉偷走猿形壺，接著被孤兒小安趁亂摸走，又落入浪人左膳手上。左膳無意中成為小安的乾爹，而小安身世與柳生藩竟然有關聯。大岡忠相、蒲生泰軒為幫助柳生藩度過難關也介入此事，因此圍繞著「百萬兩之壺」的爭奪以及劇中人物間錯綜複雜的關係展開小說情節。

貳、黃華成與小田富彌形塑的丹下左膳

《丹下左膳》在臺灣曾有兩種譯本，一是哲志出版社民六七年十月五日初版，譯者蘇雲珍。單冊。封面說是全譯本，實則僅譯〈乾雲坤龍卷〉。另一是武陵出版社民國六七年十一月初版，林懷卿、安紀芳合譯。分為上下二冊，總共九百六十頁，三卷全譯。哲志版譯文較貼近原文，武陵版求文意暢通故略有簡省。二者都有錯譯處，各有優劣。出版時間僅差一個月，不知當年是否曾發生搶譯戰？

武陵版封面由藝術鬼才黃裕盛（黃華成）先生設計，親自扮裝左膳（化名林輝樑），親自執行攝影。由王安妮刻意用左手執毛筆，模擬左膳寫下「丹下左膳」作書名，四字奔放不整，廓然大氣。攝影只取上半身，左膳面朝鏡頭，左手握舉大刀，鬖鬖不剃不刮，衣襟敞開，露出厚實胸膛、胸毛及肚腩，汗濕淋漓，塞滿整個書封面，呈現狂暴武士的醜、怪、髒，魄力十足。不愧封面上那句副標題：「野性時代的完成」。如此設計在七零年代的臺灣出版界堪稱時髦前衛。不過，黃華成設計的造型與日本人心目中的左膳形象完全不一樣。

日本人心目中的左膳形象一半來自林不忘的文字，一半來自小田富彌的插繪。《新版大岡政談》在報紙《大阪每日新聞》連載時，由小田富彌負責插繪。小田富彌係明治二十八（一八九五）年岡山縣出生，本名大西一太郎。筆名「小田」是母親的姓。十七歲拜入關西日

本畫大師北野恒富門下。恒富以日本畫成就傳世，故富彌具備紮實日本傳統畫基礎。恒富的師父稻野年恒，是浮世繪大師月岡芳年的弟子四天王之一。月岡是歌川國芳的弟子，因此恒富及富彌都歸屬歌川派，江戶以降的浮世繪世俗風格也滲入富彌血液。

稻野年恒在東京師事月岡芳年，搬到大阪後，即為大阪每日新聞、朝日新聞連載小說畫插繪。他的徒孫小田富彌的事業亦類似，係於大正末期為大阪各大報紙、雜誌的連載時代小說畫插繪。

日本大眾文藝的黃金時代，同時也是揷繪的黃金時代，畫師名氣與小說作家不相上下。當時最活躍的插畫家，人稱「東有岩田專太郎、西有小田富彌」。昭和六（一九三一）年大阪每日新聞社《サンデー每日》週刊登載子母澤寬作品《彌太郎笠》，是子母澤首次撰寫以「股旅」為主題的長篇小說。小田富彌畫出渡世人奔波行旅之姿，也畫出殺陣場面的躍動感。

林不忘對於配角左膳的人物設定，本已奇特，小田卻認為林不忘對於左膳衣裝的描述一點也不奇特。經過構思調整，他畫筆下的左膳，穿著白底黑襟長外衣，裝飾黑骷髏家紋，內搭女人穿的鮮紅襯衣（長襦袢）。身材細長枯瘦，傷疤隻眼，空袖虛飄，邪氣蕭索，把左膳活生生帶到世人眼前。這個視覺效果太強，之後林不忘索性反過來，將小田的設定寫進小說。電影公司改編拍攝電影，產生許多版本，每一版左膳定妝造型服裝都依據小田的插畫。有人說，左膳能走紅，一半功勞要歸於小田富彌。

左膳走出小說，具體化之後的形象，如電影、電視，紙本插畫、漫畫（手塚治虫）等，幾乎每位左膳都睜大左眼，一道大傷疤劃過緊閉的右眼。

查林不忘原著〈乾雲坤龍卷〉第一章〈夜泣之刀〉如此描寫左膳的臉：「左眼はうつろにくぼみ、残りの、皮肉に笑っている細い右眼から口尻へ、右の頬に溝のような深い一線の刀痕がめだつ（引自青空文庫）。」左眼是一個凹陷的空洞。右臉頰從右眼到嘴角，有道深刻如溝槽般的刀痕，右眼（仍是正常的）可以作出皮笑肉不笑、揶揄嘲弄的表情。

也是林不忘寫的，〈猿形壺卷〉的〈釋迦也要驚嘆〉一章，描寫歷經乾雲坤龍事件後再度回歸的左膳：「右眼はうつろにくぼみ、残りの左の眼は、ほそく皮肉に笑っている。その右の眉から口尻へかけて、溝のような一線の刀痕（引自青空文庫）。」右眼凹陷，剩下的左眼作出皮笑肉不笑、揶揄嘲弄的表情。右臉頰從右眉到嘴角，有道深刻如溝槽般的刀痕。

每位左膳都依據後出的〈猿形壺卷〉瞎右眼、睜左眼。只有小田富彌筆下的左膳緊閉左眼，一道傷疤近乎垂直劃過瞇瞇細細、幾乎睜不開的右眼。

除了瞎眼左右不分，作者林不忘也曾經迷糊，某次連載不慎寫成「左膳急忙伸出雙手」，報紙沒校對出來，原文照登，舉國譁然，讀者抗議來信堆積如山。小田富彌也曾栽在「手」上。剛開始畫連載，還沒把配角左膳形象牢記心裡，隔了好久左膳再次登場，竟然畫成兩隻手的左膳。讀者寄來報社罵他的投書大約有五百多封。其中有一封挖苦說：「接下來我期待左膳睜開瞎眼、斷一條腿、長出三隻手來。」富彌回憶起這段，心有餘悸：「讀者這種人吶，真是可怕。」

左膳與《大菩薩嶺》機龍之助同屬虛無主義反英雄，受讀者歡迎，與時代背景有關。

小說連載期間為一九二七年十月至三四年九月。拉開視野看向先前的日本，第一次世界大戰時的日本產業供應歐洲市場，靠戰爭發財。戰後反而沒戲唱，景氣直下。二零年陷入戰後蕭條，企業、銀行產生呆帳。二三年關東大地震重創帝都東京，日本經濟雪上加霜。政府因應災後企業危機的「地震票據」，設計不當變成龐大呆帳。中小銀行因不景氣致經營惡化。二七年三月，財務大臣於眾議院失言，導致以中小銀行為中心的擠兌。四月大企業「鈴木商店」破產，臺灣銀行受波及被迫停業。二九年底迎接全球經濟大蕭條衝擊。

政治方面，二六年底大正天皇去世，昭和登基改元。得來不易的大正民主之風走樣，幾個大政黨進行政爭，背後糾纏財團的利益。長州藩出身的軍人田中義一奪下當時日本最大政黨「立憲政友會」總裁，二七年四月出任首相。任內積極維護陸軍利益，頻頻插手中國事務，二八年炸死張作霖，三二年扶植滿州國。軍國主義越來越囂張。

這樣的時代，社會氛圍不會很歡樂。人們厭煩教忠教孝的品德教條。恨不得拿些什麼東西砸爛。而反英雄丹下左膳適時出現。他成功地以高反差之姿問世。他雖然是反派，愛耍狠，卻惡得真誠。屬於直腸子的惡，並非陰狠毒辣。他的殘缺雖然醜陋，遠遠比不上奶油小生，卻令人同情。相對的，缺一條手臂重度殘障的他，拔刀須嘴咬刀鞘、手口併用，卻打趴好手好腳的對手，武藝高強令人讚嘆，呈現超英雄特質。這種「亦正亦邪」、「殘缺強者」人物形象似乎前所未見。

參、大眾文學的彗星 長谷川海太郎＝牧逸馬＝林不忘＝谷讓次

作者林不忘也是文壇一怪傑。本名長谷川海太郎，明治三十三（一九零零）年生於新潟縣佐渡島相川町。面向廣闊的日本海，父親為他命名海太郎。兩歲那年父親辭去教職，攜全家搬去北海道函館。入當地報社工作，很快就升任「函館新聞」社長兼主筆。母親活躍於函館短歌界。父親對於小孩們的教育採放任主義，各憑天分。海太郎的天分是學習語言，從小就學英語文，只要英國軍艦進港，他就跑去和水兵交朋友，練習英語對話。

函館中學時期耽讀德富蘆花的《順礼紀行》。蘆花一向傾倒俄羅斯文豪托爾斯泰，一九零

六年四月啟航歐洲之旅，途經巴勒斯坦、耶路撒冷，六月抵俄羅斯「亞斯納雅波利亞納」（托翁的出生、長眠之地）訪問托爾斯泰。回國後寫成旅行訪問記《順礼紀行》。浩大壯美的紀行文學令海太郎憧憬大海以外世界的模樣，夢想有朝一日能夠如蘆花一樣壯遊。文青海太郎也開始塗塗抹抹寫文章。對應文章不同風格，取了三個筆名。

首先，自詡為牧場中的駿馬，取名「牧逸馬」。中學有位同級校友林讓次，是位美少年。不知美到什麼程度，令海太郎念念不忘，遂取筆名「林不忘」。又取姓氏長谷川的「谷」字及人家的名「讓次」，組合成筆名「谷讓次」。如此鍾情，不知他兩位發生過什麼事。

大正九（一九二零）年自明治大学専門部法科畢業，父親給他一筆錢，搭船前往美國讀書，終於得償夙願。但是他心思根本沒放在學業，很快就退學，去料理店洗碗，雜貨店打雜，當山火消防員，給農家當雜役，融入美國底層生活，接受美國文化洗禮，快意放浪。二四年灰撲撲地回到日本，隨身只剩一卡行李箱。本想見過家人親戚後就回美國，不料這時美國政策緊縮，修改移民法，駐日大使館不發簽證了。海太郎只好留下。

海太郎先去東京，與弟弟潾二郎同住雜司之谷鬼子母神附近的出租宿舍。宿友中有位函館小學校時代的友人水谷準，就讀早稻田法文科，能寫探偵小說，還投稿《新青年》雜誌。海太郎取雜誌一讀，覺得編輯很有意思。也想寫一些類似水谷的作品。經水谷介紹認識編集長森下雨村，以筆名谷讓次發表一篇描述美國紀行的文章。森下很喜歡，放在《新青年》二五年一月號卷頭，鼓勵海太郎要多寫繼續寫。

接下來就是同年五月，短篇捕物小說《釘拔藤吉捕物覺書》以「林不忘」筆名發表於雜誌《探偵文藝》。二六年夏天《捕物覺書》刊登於《苦樂》，打開青年海太郎的文學道路。同年一月，在松本泰夫妻的沙龍認識香取和子，隨後結婚。和子父親任職國際商社，她出生、成長於倫敦，說得一口正統英語，反而日語不太行。與美國海歸的海太郎真是天作之合。小倆口交談竟以英語為主。

昭和二（一九二七）年五月，嶋中雄作欣賞海太郎發表在《新青年》的文章，向他邀稿。遂撰寫以海外生活為主題，介紹時代尖端資訊，筆名「谷讓次」刊登於《中央公論》。同月，平凡社刊行《現代大眾文學全集》，全三十六卷，第三十五卷〈探偵小說新人作家集〉收錄林不忘《釘拔藤吉》五篇。從此在大眾文壇站穩地位。所以大報社才敢啟用新人來接吉川英治的連載。當年秋天開始連載《新版大岡政談》。

昭和三（一九二八）年三月底，偕夫人展開歐洲大壯遊。東京、下關、釜山、京城、滿州里，搭西伯利亞鐵路至歐洲訪英法德等十四國，在倫敦每天逛古本屋（查令十字路？）收集刑偵、犯罪、世界怪奇物語種種資料，邊玩邊寫稿，不亦樂乎。之後運用這些材料以牧逸馬筆名發表《世界怪奇實話》。

日活版《丹下左膳》電影賣座產生加成效果，回日本後他成了大作家。用三個筆名開好幾個連載。昭和十（一九三五）年他連載中的作品，谷讓次一部、林不忘三部、牧逸馬四部，竟達八部之多。

夫人和子平時廣泛閱讀、蒐集英文資料，供海太郎寫作參考，方可應付大量稿約。但夫人似乎太投入，儼然事業合夥人又好像嚴厲的總經理，日夜鞭策海太郎，嚴格管理下他成了稿件製造機。有時太累受不了，海太郎會躲著老婆開私家車逃出鎌倉。

工作繁重，身體終於超過負荷，六月二十九日上午，在鎌倉自宅，雜誌社打電話來催稿，夫人去臥室叫醒他，在書桌旁工作到快天亮的他只好起床，點燃一支菸正要吸，突然心臟麻痺昏倒，延醫救治無效，享年三十六歲。彗星殞落，文壇同哀。（大村彥次郎《時代小說盛衰史》）

肆、一加一大於二：大河內傳次郎遇上山中貞雄

一般大眾小說若暢銷，很自然就走向電影化、電視化及劇場化。《丹下左膳》更離譜，小說還在連載，就有三家公司搶拍電影。都在一九二八年。分別是：

東亞京都撮影所，《新版大岡政談 鈴川源十郎之卷》（上中下三集），団徳麿主演。

日活映畫，《新版大岡政談》（一到三編），大河內傳次郎主演。伊藤大輔腳本暨監督。

マキノ映畫，《新版大岡政談》（前編、中編），嵐寬壽郎主演。

其中獲得壓倒性人氣的是日活版。拍攝時小說未完，作者又去歐洲玩，編劇伊藤大輔乾脆自己編大結局：左膳被主公拋棄，鬱結難伸，含恨戰死於劍鬥中，悲劇收場。當然與未來的小說結局不同。

此後幾十年間各家電影公司拍攝各種不同版本《丹下左膳》約二三十部之多。飾演過左膳的演員有団徳麿、嵐寛壽郎、大河內傳次郎、月形龍之介、阪東妻三郎、大友柳太郎、丹波哲郎、中村錦之助等等，每個都是藝能界的大哥大、武俠片的天王。

這麼多天王裡面，以大河內傳次郎的詮釋最為經典。電影裡，大河內的左膳，一句：「姓丹下，名左膳」（當時日本才剛發展有聲電影沒多久）紅到成為當時社會流行的口頭禪，有如電影零零七的那句：「Bond, James Bond!」。

五九年大映推出市川雷藏與勝新太郎合演武俠片《薄櫻記》，依據五味康祐小說改編。雷藏的角色名為「丹下典膳」，被人砍斷一隻右臂，變成獨臂劍客，這個設定太過接近丹下左膳。

到六六年都還有電影問世，即五社英雄導演的《飛燕居合斬》，由中村錦之助主演。六六年後，電影界「左膳熱」沉寂下來，轉由電視圈接手翻拍工作。

NHK於六零年就拍了連續劇，收視率創紀錄，往後各臺之各種電視劇版本層出不窮，我記得年少時就看過北大路欣也主演的電視單元劇。大導演市川崑於七四年也執導過電視劇版，高橋幸治主演。二零零四年六月，日本電視臺推出兩小時電視單元劇，由中村獅童、友坂理惠飾演左膳及阿藤。中村獅童還演出舞臺劇版。同年，日活公司翻拍三五年山中貞雄導演的《丹下左膳餘話　百萬兩之壺》，請到豐川悅司、和久井映見飾演二十一世紀的左膳及阿藤。）

一九三五年山中貞雄導演的《丹下左膳餘話　百萬兩之壺》（左膳及阿藤由大河內傳次郎及喜代三飾演），更動原著小說的情節與調性，只取綱要。最重要的改變是重寫左膳、源三郎兩大主角性格，並細膩描寫左膳、阿藤、小安三人組成的臨時家庭。左膳與阿藤同居，並且在阿藤射箭場擔任用心棒，其實就是個吃軟飯的。左膳性格大轉變，凶狂劍魔變成好好先生小市民。柳生源三郎在原著是與左膳抗衡的劍術高手「伊賀暴君」，在此片變成虛有其表、風流愛玩、懼內懦弱的小丈夫！如此設定遂產生許多笑料。

源三郎初次上射箭店玩耍，根本是個喜劇段子。江戶的射箭店很好玩。客人花錢就可以用小弓小箭射靶，射中有歡呼、擊鼓及獎品，好像我們的夜市射氣球。但更妙的是這些店都有妖嬌美女陪射。其實客人都是「醉翁之意不在射」，只是想和美女哈拉打屁溫存。

靶區擺了一大一小兩個靶，源三郎在陪射美女面前逞能，嫌大靶太大，無法顯現他高超箭術，聲明要射小的。一射，歪斜偏中大靶。再射，中旁邊竹桿，差點傷到店員小妹。氣急敗壞，接連射三十多發，靶區插了滿牆滿地的箭。射累了，問中幾箭？美女怏怏回：「都沒中。只中一箭，就是您那第一箭。」

編劇編寫臺詞頗具功力。讓不同的角色在不同時間、空間說出一樣的臺詞，令觀眾忍俊不住。又例如阿藤要左膳送七兵衛回家，起先左膳老大不願意，發脾氣，切換到下一幕，還是護送了。本戲有許多這種前後反差製造突梯笑果，並塑造人物性格魅力。

據說，因為編劇三村伸太郎改動原著的幅度太大，林不忘拒絕在影片及宣傳掛名原著作者。可能因此使得片名多了「餘話」二字。

想看劍鬥武打者應該會失望，此片劍鬥場面雖有但不多，也不是重點。倒不如當作一部以江戶庶民生活為背景的家庭倫理悲喜劇。例如小安住的長屋、阿藤的射箭店（有粉味的）、撈金魚攤、騎竹馬、收舊貨、三味線彈唱、道場演武暨踢館等均是當年江戶庶民生活即景。而左膳阿藤小安三人臨時家庭的組成、衝突、妥協與親情是重中之重，也是最好看之處。有人將山中貞雄版比之為「武俠版的小津安二郎」，大概就是認為他這版本有如小津一樣探討家庭倫理、人際關係的問題。不過我認為倒是比較像「武俠版的男人真命苦」，輕鬆幽默的小細節，有哭有笑，小吵小鬧，改不了舊習慣、壞脾氣的角色，像是阿寅。

令人心酸的一段情節是左膳惶惶然不知如何告訴小安，相依為命的爸爸已死的實情。一再轉移話題，言不及義，左膳還是得說。

不安地問小安：

「你很堅強嗎？」

「嗯。」

「堅強的話，就不能再哭了。」

「嗯，我一次都沒有哭過。」

「到現在，一次也沒有哭過？」

「嗯。」

「真的從出生到現在，一直都沒有哭過嗎？」

「嗯。」

小安突然想起「啊，哭過一次。」

「什麼時候？為什麼哭啊？」

「媽媽死的時候哭過。」

這讓左膳無言了。

下一幕左膳默默回到前廳，把招財貓轉個方向，躺到榻榻米上。阿藤問他：「小安哭了嗎？」左膳無言。鏡頭再回到小安，一個遠景，照著小安小小的背影，孤零一人獨坐緣廊，低沉著頭，肩頭起伏，只有金魚壺陪伴他。

劍鬥場面雖少，卻毫不含糊。

兩個混混鬧場，飾演左膳的大河內第一次展現身手，起身跳過射箭場矮欄杆。那欄杆大約四五十公分，高過膝蓋，快要到他的腰（大河內身高約僅一百六十公分）。就這樣飛跨而過，靈活如田徑選手。

大河內驚人的彈跳力又展現在踢館戲。左膳為賺錢闖道場踢館，一連擊敗三名弟子，他的攻擊方式是撲身跳躍，雙腿彈跳靈動又誇張，最後甚至半跪於地，閃躲跳起擊打對手。搭配口中斥喝聲，節奏抓得巧妙，大河內的武打彷彿芭蕾舞蹈般優美。

不過，高峰秀子的回憶錄《我的渡世日記》裡寫著，大河內是高度近視，對打戲演員常被他打得青一塊紫一塊，個個喊疼。「拍打鬥場面時，要不踩空套廊，滾到院子裡，要不就撞在石燈柱上，旁邊的人都擔驚受怕地看護著他。」看來，銀幕上完美的畫面，應該是許多次失誤、NG累積而獲致的成功吧。高峰秀子曾與大河內合演《新編 丹下左膳》兩集（隻眼之卷一九三九、戀車之卷一九四零）。

日本電影學教授山本喜久男在他的著作《日美歐比較電影史》提到山中貞雄版丹下左膳受一九三二年美國片《淑女與紳士（Lady and Gent）》影響，同樣是講一個落寞的英雄，離開輝煌的事業，與成天吵鬧的妻管嚴一同用心培育養子。英雄雖然走下舞臺，但是成為一個更有人性的小市民。所以伊賀暴君柳生源三郎是驚某大丈夫要溜進江戶鬧區玩樂，左膳脫下傳奇性外衣成為專心照顧小安的好叔叔，連身價可撼動天下的猿形壺也降格淪為養金魚的魚缸，混在一堆「歹銅舊錫」回收物中。由此可見山中貞雄的用心，隱含他的左派思維。是山中貞雄的成就。雖然我個人喜歡看劍魔左膳逞凶鬥狠，但我更認同成天被嚴妻碎碎唸的左膳，真心疼愛「兒子」的左膳。

山中貞雄導演作品共二十六部，存世僅剩三部，此為其一。一九三七年八月二十五日《人情紙風船》首映當天，山中收到徵兵令，軍階陸軍步兵伍長，遠渡中國，編入北支那方面軍，隨軍轉戰南北，參加多場會戰，三八年九月十七日病逝於河南開封野戰醫院，年僅二十八歲。

最後，回想起一樁小往事。本文前身曾發表在我的部落格，本文開頭第一段描述丹下左膳整段文字，被某影視片商逕自取去，印在臺版《丹下左膳》電影DVD光碟封面。沒人通知我，是某日逛唱片行光碟區才發現。

寫信向該片商抗議。回信說願意送我一張DVD光碟作為補償。一方面，我本樂見臺灣片商引進日本時代武俠片；另一方面，DVD軟體這一行確實不好作，在盜版及網路非法資源夾攻下，利潤不高；再一方面，我也沒精神體力去處理著作權問題。事前不問，事後才送光碟什麼的，我不滿意，不拿，但也沒追究下去，被侵權事件就這樣不了了之。陳年老帳，在此聊記一筆。

水戶黃門：全國走透透的「包公」

Ｚ頻道在臉書上預告，新一季《水戶黃門》將自二月一日開始播出，由武田鐵矢飾演黃門公。武田係ＴＢＳ《水戶黃門》電視劇第六代黃門，主演系列第四十四（二零一七年）及四十五（一九年）部，每部各十集。Ｚ頻道播出的就是這二十集。

在日本人心目中，《水戶黃門，みとこうもん》劇集是小時候在阿公家電視裡看到的。如果《暴坊將軍》是拍給「五十老翁」看，那麼《水戶黃門》應該是拍給七八十老翁看的吧。

臺灣Ｚ頻道此前播放的亦是ＴＢＳ版，黃門公由里見浩太朗飾演，「風車彌七」由內藤剛志飾演，推測是二零零七年之後的作品。雖是十多年前影集，畫面依然清晰，人物皮膚晶透，遠遠超過《暴坊將軍》古舊糟糕的影像品質。

說起水戶藩，讀者或許知曉，乃德川御三家之一。至於「黃門」，恐怕不知其由來。水戶藩主德川光圀官拜「中納言」。古代日本人的習慣，喜歡拿朝廷官制對照中國唐代官制，日本「大納言」相當於唐制「門下省侍中」，「大納言」次一級是「中納言」，唐「門下省侍中」次一級是「黃門侍郎」。因此人稱光圀為水戶黃門。日本史上官拜中納言的大人物很多，卻很少聽說還有誰被稱呼為「某某黃門」的。「黃門」彷彿是光圀專屬。

順帶一提，光圀是五十二歲那年才把名字光國改為光圀。據說是不喜歡國字中間那個「或」。不知為何不喜？「或」字義是「執戈保衛都城」，本意就是「國」。光圀六十三歲退位隱居，養嗣子綱條繼位。第二天上頭就賜他官位「權中納言」。一七零一年去世，享年七十四歲。他被稱為「黃門公」的日子也只有十一年。

幕末某位不知名講談師參考十返舍一九的滑稽作品《東海道中膝栗毛》創作《水戶黃門漫遊記》，讓定府於江戶的「天下副將軍」微服輕裝，邁出大門，由俳句詩人陪同漫遊諸國。明治時代大阪講釋師玉田玉知修改講本，取消俳人隨從，改派兩位家臣佐々木助三郎（介三郎、助さん）與渥美格之進（格さん、因諧音也稱為厚見角之丞）擔任貼身護衛。這兩位一搭一唱就好像《東海道中膝栗毛》的喜多與彌次一樣有趣。從此確定一公二侍（助、格）微服出巡的型態。

歷史上的光圀畢生大志業是編撰《大日本史》，恐怕沒時間、精力、金錢周遊列國，有那個閒功夫還不如窩在家寫書編書。況且是定府，雖免去參勤交代但須永駐江戶陪侍將軍身旁備詢（所以俗稱「副將軍」），若想離開江戶須呈報幕府核准，更別說曠日廢時的遠行。即使已退位隱居，也須行政程序。學者考證他一生恐怕連「關八州」都沒走遍。

臺灣有德華出版社中譯吉川英治小說《水戶黃門》，民六十八年八月初版，譯者田三郎。但是查吉川英治著作目錄，並沒有名為水戶黃門的。不禁懷疑是不是出版社冒用他人作品掛吉川大師之名欺世？再仔細詳究，唉！原來它原書名是《梅里先生行狀記》，係吉川一九四一年九月至十一月發表於朝日新聞。難怪查不到。）

光圀於元祿四年取衣冠束帶埋於土中，稱為「壽藏」，並立壽藏碑，自題「梅里先生墓」，故稱梅里先生。一九四二年東寶就據此部小說拍成電影《梅里先生行狀記　龍神劍》，瀧澤英輔監督，大河內傳次郎飾演光圀，也是他首次扮演這角色。

這本《梅里先生行狀記》不講黃門公周遊諸國列藩，而是聚焦於黃門及水戶武士們愛國愛民光潔節操及無奈捲入的政治鬥爭。德川光圀傳位退休後，隱居西山莊與世無爭，他堅持水戶藩應傾全力編撰《大日本史》，摭實闕疑，正閏皇統，定人臣之是非，令亂臣賊子懼，成一家之言。希望國民了解本國史，進而尊護萬世一系的天皇，副作用卻動搖幕府統治威信及正當性。幕府權臣柳澤吉保如有芒刺在背，遂勾結水戶家老滕井紋太夫聯手反制。陰謀與毀謗朝著光圀而來。

吉川發表此作的四一年秋天正是太平洋戰爭前夕，書中詳述光圀耗資為「七生報國」的楠木正成建立忠魂碑，藉此歌頌光圀超脫德川宗室身分全力尊皇，不得不懷疑本書係吉川藉水戶皇國史觀以古喻今，以迎合當時「一億一心」、「奉公滅私」、「盡忠報國」、「八紘一宇」的國策。水戶皇國史觀流傳到幕末掀起倒幕風潮，真的推倒兩百多年十五代德川統治，政權奉還天皇。然而「尊皇效應」未免太強，尊得太高，越演越烈，高燒不退，終於一敗塗地，天皇差點淪為戰犯。所以當年倒幕到底對不對？對日本及天皇的未來是好事嗎？難說。幸好電視劇裡的黃門公與助桑、格桑沒有這麼嚴肅。

默片時代一九一零年就開始拍攝水戶黃門電影，一直拍到二十世紀七零年代末。尾上松之助、大河內傳次郎、德川夢聲、市川右太衛門、月形龍之介、東治英治郎等大明星都飾演過黃門。電視劇則更多巨星參與。

TBS《水戶黃門》電視劇從一九六九年放送至二零一一年，共四十三期，每年都可以在TBS頻道看到這部戲。一齣戲可以製作播放長達四十二年，觀眾的愛護夠瘋狂吧？四十二年不斷的傳奇於二零一七年復活。一七、一九兩年推出兩部共二十話，武田鐵矢飾演黃門公。之後TBS不拍黃門公了。它的停更象徵時代劇的衰亡。一葉知秋矣。

TBS電視劇劇尾大群鬥戲雖說是每一集的高潮，然而拳腳棍棒打來實在沒看頭。殺陣節奏不緊，配樂也很稀鬆。老格打退三個、老助打退三個、風車彌七打退三個、阿銀打退兩個，黃門公用拐杖逼退一個，如此混打約一分鐘，黃門公一個眼神，老格就舉起印籠嚷嚷，肅靜肅靜，「不認得這個印籠的家徽嗎？眼前是令人敬畏，天下的前副將軍」，不分正邪大家乖乖停手下跪。

如果印籠搞丟怎麼辦？確實麻煩，他們似乎也沒攜帶其他官方證明文件？第四十二部第二十話《溫泉宿的印籠小偷》，黃門公三人於旅宿泡溫泉放鬆，格之進先回客房，赫然發現行李被搜過，珍貴的印籠失竊。他不敢聲張，黃門及助三郎看他神色有異，關切詢問，也不敢承認，只能私底下請女忍者幫忙，一起追查小偷。如果找不回來，大概要切腹。那小偷與收贓商家（竹中直人飾）談不攏價，在街上兜售，正好搭上黃門公。黃門一看到印籠就明白了，討價還價，用紮實的價格買下，心想回去要安慰終日惶惶的老格並且好好消遣一下，也顯現我老先生的能耐。在眾人面前取出小布袋，掏出印籠，一看竟然是顆石頭，原來成交後，小偷裝袋時以高妙手法調包。黃門公大吃暗虧，真是哭笑不得。

《水》劇的壞人們太不給力，德川三葉葵家紋印籠一秀出來，馬上就壓住打鬥喧嘩場面。壞人們老老實實跪地磕頭束手就擒。前文提到的收贓商家竹中直人就對小偷說了，這種三葉葵家紋印籠，仿冒的很多啦。他隨手拉開抽屜，裡面一堆。還是《暴坊將軍》里的壞人聰明，衡量得失輕重，投降必死，反抗則未可知也，不如拚搏一把，乾脆硬說眼前的新桑假冒將軍，一擁而上殺了滅口。《水》劇軟弱的壞人令結尾群鬥未臻高潮，沒有餘韻。所以說是拍給老阿公看的。

因此也有時代劇學者說，《水戶黃門》只是時代劇的亞流，還稱不上主流。如果以為它就代表時代武俠劇，會有所偏差及誤解。雖說他的影劇播放歷史、總集數、影響大眾文化程度極驚人。我也認為水戶黃門只是帶有些許打鬥的時代人情劇。重點在於巡迴日本各地的風土物產人情、小人物的悲歡故事（都以喜劇收場，因為收視群是阿公阿嬤嘛），以及中心思想「勸善懲惡」。學者金文京說他相當於中國的包拯或朝鮮的「暗行御使」。比喻為包公很傳神，格桑、助桑根本等於「張龍、趙虎加展昭」的組合。黃門一行人等於一個行動的檢調單位兼簡易法庭。

本文刊登於蔡其達（晏山農）先生主政網路論壇《思想坦克》後，蔡先生補充：「三十多年前在臺史所跑腿時，臺灣史學家王世慶先生在閒聊時指教過我：嘉慶君遊臺灣的發想就是來自水戶黃門漫遊記。」臉友 Dawang Yingfan Huang 說臺劇《劉伯溫傳奇》也是，「最後旁邊的隨從一定會拿出天龍寶劍讓壞蛋下跪」。是的，我想起兒時曾經見過「祕密御史代天巡狩，尚方寶劍先斬後奏」的電視劇。尚方寶劍或龍頭鍘除了皇帝本人之外，任何皇親國戚貪官罪民都可以斬。黃門公的權威沒那麼高，出身尊貴卻只是無實權的退休藩主。真實的黃門公不知能否叫得動親藩及譜代大名？給「神君的孫子」賣個面子應該還行。

TBS《水戶黃門》有一個粉絲們津津樂道的傳奇：「由美かおる入浴畫面」。由美かおる飾演的女忍者「かげろうお銀」於第十六部（一九八六年）登場。本來背負暗殺黃門公的任務，被黃門感化後轉成好人，加入巡遊行列，又稱「疾風のお娟」。常常為了從壞人口中刺探情報，假意邀請壞人一起泡溫泉，得到情資就藉故開溜。沒想到由美小露一字滑膩香肩泡溫泉的畫面大受歡迎，從此有事沒事就請她在劇中泡個湯、洗個澡。偶而還邀請當集女主角一同入浴，談談與劇情發展有關的話題。好事者統計，她參演《水戶黃門》二十五年，入浴至少二百次以上。應該是前無古人、後無來者的紀錄。細想想，這種曖昧小性感（只是露鎖骨與肩膀）果然投合阿公口味。《暴坊將軍》裡就看不到這類美好小福利（明明有御庭番夏樹陽子在啊）。

（原刊登於臺灣智庫《思想坦克》網站，二零二四年一月二十九日）

宮本武藏：禪道？魔道？劍試天下

提到日本武士，臺灣大眾就想到宮本武藏。講到日本武俠電影，大眾也是先想到《宮本武藏》。許多日本武俠劇老影迷的啟蒙就是電影《宮本武藏》。我的阿公阿嬤阿爸阿母那代人都在電影院看過《宮本武藏》。然而，我不是很喜歡宮本武藏。

吉川英治筆下的武藏尤其令人難以喜歡。一九三五年起連載至三九年七月，時值日本軍事法西斯及帝國主義大興，國民精神須要鍛鍊苦修以強化，與小說內涵一拍即合。讀者崇拜他堅毅求道的意志，禁慾、絕愛，追求劍禪合一，但於我X世代眼中，太苦澀，太矯情，矯過頭反而沒趣。即使吉川筆下的武藏是經典中的經典。武藏在他筆下「神化」為第一劍豪，但是在此之前，直木三十五主張「武藏非名人說」，根本不是什麼厲害的劍客。

一般提起武藏電影，是指稻垣浩（いながき ひろし）導演，三船敏郎主演的三部曲（一九五四至五六）。但是內田吐夢（うちだ とむ）導演，中村錦之助主演的武藏五部曲大長篇（一九六一到六五年），也頗可觀。這個版本同樣改編吉川英治原著，劇情鋪陳更加從容紮實。而且還有一大看點，佐佐木小次郎由高倉健飾演。我們熟悉的高倉健，都是穿著時裝或傳統男性浴衣，理個平頭，有情有義的江湖男兒。鮮少看到他演古裝時代劇，甚至扮演劍豪。他的扮相，那一頭長髮飄逸瀟灑，真是難得的奇觀。但是高倉健小次郎要等到第三部才出場。

說起稻垣浩，他是拍攝宮本武藏的專家。在日活京都公司導演宮本武藏系列三部，於太平洋戰爭爆發之前一九四零年一年之內上映，四二年上映第四部《宮本武藏　一乘寺決鬪》。這套四連作也是戰爭期間話題大作。均由片岡千惠藏飾演武藏，月形龍之介飾小次郎。

戰後五零年代初期，在東寶公司導演《佐佐木小次郎》（一九五零至五一年十月）三部曲，黑白片。顧名思義，主角是小次郎，係改編自村上元三小說（臺灣武陵出版社出過中譯本）。由歌舞伎演員大谷友右衛門飾小次郎，高峰秀子飾演琉球公主奈美。第三部才出現武藏，由出演多部黑澤明電影而成大名的三船敏郎飾演。這套片成績不錯，東寶與稻垣浩乘勝追擊拍攝武藏電影，找氣質粗曠、目光犀利、身材偉岸的三船回來再度飾演武藏，於一九五四年九月上映。於五五年第二十八回奧斯卡金像獎獲「外國電影榮譽獎」，此武藏三部曲遂成為國際知名經典，奠定全世界人們心目中日本武士的形象。

雖然影壇已有這麼多武藏及小次郎的電影，東寶及稻垣浩還是念念不忘瀟灑劍客小次郎。進入事業晚期的稻垣浩又導演一部《佐佐木小次郎》，仍然依據村上元三小說，尾上菊之助飾小次郎，仲代達矢飾演武藏，六七年四月上映。

NHK電視臺曾製作過《宮本武藏》電視劇，八四年四月至八五年三月放映。全四十五話。

號稱ＮＨＫ新大型時代劇。也是依據吉川英治原著。由役所廣司飾演武藏，古手川祐子飾演阿通。臺灣觀眾對於古手川祐子印象最深刻的，應該是戰爭電影《聯合艦隊》中，周旋於兩兄弟感情之間的苦情女主角。

如今役所廣司已名揚國際。這部劇是他演藝生涯頭一次擔任主演。在西門町萬年商業大樓買到這部戲的原文設定集特刊，當時的我不認得這位演員，很陌生，但是不管，完全衝著「宮本武藏」及時代武俠而買。時光匆匆四十年過去，至今我仍未看過這部戲。

木村拓哉也在電視上演過武藏。表演賣力，殺陣也不差，甚至華麗（與小次郎空中拋刀換刀殺敵），想必亦經過嚴格的套招及訓練。問題是他的身型、氣質實在不像我想像中的武藏。

武藏的父親無二齋是獲罪貶謫的牢人，等於是限制住地的浪人。除了父親，武藏沒有師父。十六歲對決擊殺有馬喜兵衛之後，浪跡天涯，自學自悟，自我修行，挑戰各地武術家，想在武林爭名，抬高身價之後投向大大名求取官職。他的目標不是劍術師範，而是真正可以施展治術的行政高官，大概就類似柳生宗矩那樣的際遇吧。以德川幕府為第一志願，或者御三家亦可。然而即使打敗佐佐木小次郎，他也沒有被哪個大名收為家臣。頂多是客卿。用現代語言解說，武藏一生沒有進入中央或地方政府擔任公務員，頂多擔任有給職顧問。所以，歸納起來，他是劍術大師，是劍道哲學家，是兵法書作家，天下武士及諸大名尊敬他，但仍然是浪人，不是武士。頂多是武者。

既然武藏自創二刀流（二天一流），用大小二刀殺得吉岡道場幾乎家破人亡（這印象來自電影版劇情，但是司馬遼太郎說武藏未曾於正式比試中使用二刀流）。那麼，巖流島決戰之前，他已悟出二刀流真義，為何不使出二刀，改用船櫓呢？司馬遼太郎的歷史著作《宮本武藏》解說，因小次郎使用比一般打刀更長的太刀「物干竿」。武藏認為，面對使用長刀的敵人，須以長武器對應，甚至要比敵人更長一些，以便取得距離的優勢。船槳雖沒有刀刃銳利的殺傷力，卻可以用「擊打」取勝。況且小次郎也聽過武藏的二刀流，應該已在思考破解二刀的方法。

小山勝清在他的小說《巖流島後的宮本武藏》第三章裡，代替武藏解釋：「雙刀是以寡敵眾的利器，但有時則以雙手一刀才能發揮威力。與佐佐木先生的場合便是。佐佐木氏是把長刀之利活用到頂點的名手。運用長刀，他是天下無雙的高人。要出奇制勝決非雙刀所能濟事，唯一的方法，就是奪彼長刀之利。亦即使用比他更長，更重的武器。所以我才利用廢櫓，削成四尺二寸的木刀。我用這個長傢伙，使佐佐木燕子翻身的絕技也無從著力。武藏的勝算，在那個時候便已穩操左券了。」（引用金溟若譯，四季出版公司，民六九年四版）

此處做個註解，小次郎愛刀物干竿（ものほしざお），相傳是備前長光打造，長三尺餘，約九十到一百公分。據說此刀遵循古刀規格，彎度幾乎是零，類似直刀，且刀身長，因此暱稱「晒衣竿」。武藏自製木刀長四尺二寸，約一百二十六公分。

「燕子翻身」是指小次郎獨創刀法「燕返し」，利用俐落地瞬間翻轉刀面斬法可以一次斬殺兩隻空中飛燕。

巖流島後的宮本武藏(二)
小山勝清 著
金溟若 譯
四季出版公司
巖流島後的宮本武藏(一)
小山勝清 著
金溟若 譯
四季出版公司

Sempé Patrick Süskind L'histoire de Monsieur Sommer
巖流島後的宮本武藏(四)
小山勝清 著
李永熾 譯
四季出版公司
巖流島後的宮本武藏(三)
小山勝清 著
李永熾 譯
四季出版公司

「以長制長」乍看有道理，但如果武器長度是決勝關鍵，小次郎應該打不過持長槍的對手。寶藏院槍術應該是天下無敵第一。一寸長雖然一寸強，但一寸短也有它的一寸險。重點還是使用兵器的人。武藏厲害之處是可以隨勢變化，隨機而變。不拘泥於「二刀流」，暫且捨棄不用，只要能破物干竿即可。這就是兵法。話說回來，武術比鬥也是「成王敗寇」，武藏贏了，世人會想出各種理論幫忙解釋。如果武藏輸了，可能世人就嘲笑，你看看，怎麼用笨重的船櫓呢？為何不用獨門絕活二刀流呢？

日本作家筆下的武藏也是形形色色。

小山勝清的《巖流島後的宮本武藏》，幾乎可當作吉川版續集。中國某出版社製作簡體字版《宮本武藏》還真的把吉川版及小山版合為一部。

柴田鍊三郎《決鬥者宮本武藏》的武藏流浪江湖逢人即決鬥，遇到美女、劍豪、忍者、刺客，描述許多場精彩劍鬥武打，遊走邊緣的情色，還有縝密的歷史背景、武林典故，筆法接近我們的武俠小說，娛樂性高，難怪當年中譯本暢銷。

木下昌輝《敵人的名字是宮本武藏》，武藏的訓練、成長，甚至從有馬到吉岡到小次郎，所有決鬥都是父親宮本無二策畫推動，目的是將他打造成無敵劍魔，然後父子對決，死在兒子武藏刀下。為何無二要執行長達二十年的自殺計畫？執念這麼深？因為背後牽涉到二十多年前一樁糾結友情、愛情、義理、忠誠的人間悲劇。木下昌輝筆下的武藏不是孤獨劍客，身邊有一群徒弟，在江戶開道場。木下徹底顛覆我們所熟知武藏身邊每一位親人、朋友、對手，甚至顛覆二刀流及巖流的來歷。

有時候某些作家把武藏寫成不擇手段打擊其他武術家的奸邪小人。腦中滿滿謀略陰謀，逮到機會就向藩主進讒言，趕走可能搶工作的武者。和吉川英治版虔誠求道者武藏天差地別。所以讀武藏，不能只讀吉川英治。司馬遼太郎的《宮本武藏》著重史實、史料，建構可信的武藏生涯，值得置一冊於手邊對照。此書有臺灣中譯本。

與吉川英治版相比，山田風太郎的《魔界轉生》，或者說深作欣二導演一九八一年的改編電影版，那位武藏更有意思。

《魔界轉生》小說開場，老武者武藏在「大草之亂」戰後地獄般的現場目睹魔界轉生法術。電影版則捨棄枝節，直接敘述武藏（緒形拳飾）生命最後的日子，隱居九州肥後岩戶山（今熊本市附近）靈岩洞，寫下兵法專著《五輪書》，總結一生研究劍道成果。書畢氣力用盡，準備迎接死亡。但是且慢，他還有兩個遺憾，一是畢生專心求道，「私情不羈，戀慕不絆」，抹滅男女情愫以免妨礙修道，因此背棄阿通，拒絕真愛，誤了她一生，令阿通孤寂死去。阿通哀怨的笛聲彷彿縈繞耳旁。一是畢生挑戰天下高手，歷六十戰未嘗落敗（回憶的靜止畫面係採用內田吐夢暨中村錦之助的版本）。無人可擋。但是未曾與柳生家交手。尤其是柳生宗矩與十兵衛。到底誰強？壽命將盡，已經無法驗證。此時，魔人天草四郎乘虛而入，抓住他臨死前的遺憾，誘惑之，遂將武藏納入魔界轉生陣營。

為了消滅魔人劍豪集團，柳生十兵衛（千葉真一飾）入深山拜託年高病重的製刀宗師村正（丹波哲郎飾）打造妖刀。村正的養女おつう（也是「阿通」）恰巧就是愛慕武藏的那個阿通的外甥女。十兵衛正在請求村正造刀，魔人武藏已追蹤到村正工坊門口，強勢魔力讓小屋搖搖欲墜，眼看武藏就要殺進去，村正靈機一動，叫おつう小阿通吹笛。熟悉的笛曲傳出小屋，武藏一聽，殺意全消，無法出手，若有所思，落寞地執船櫓木刀離開。

妖刀煉成，村正灌注最後生命力死去。焚化村正屍體那晚，魔人武藏向十兵衛下戰帖約戰舟島。決戰之晨，雙方準時到場。但十兵衛心機深，還帶小阿通一起來。還沒開始打，小阿通就吹笛。武藏對十兵衛說：「你的笛聲不會影響我了。我不會遲疑、不會憐憫，我要粉碎你的頭顱及笛子。」

雖說如此放狠話，但恐怕未必。一番惡鬥，十兵衛妖刀村正劈開武藏的船櫓及腦袋。一代劍豪終於安息。

這個武藏總算誠實面對自己強烈的爭勝及情愛慾望，違逆天命也要從地獄回來拚一場。雖然不幸入魔，反而激發出人性（魔性也是人性的一種）。比吉川版更像個正常人，更有藝術家的氣習。至此，武藏才是真正地、完整地完成劍術及人生的求道之旅。雖然我們不鼓勵正常人入魔道。

沓掛時次郎與川本三郎

松下幸之助創辦的民間智庫日本PHP研究所，在二零零四年出版一本名為《時代劇（チャンバラ）への招待》的「新書」（專有名詞，日本文庫本的一種規格），我譯為《前往時代劇的邀請函》。

著者為「六人のチャンバリスト」，姑且譯為「強巴拉六人眾」。顧名思義集合六位熱愛強巴拉時代劇的作者。「強巴拉」意即「武俠劍鬥」。六人為：逢坂剛、川本三郎、菊地秀行、永田哲朗、縄田一男、宮本昌孝。都是知名大物作家、學者暨文藝評論家，即使臺灣讀者也不陌生，尤其是前三位。

版權頁寫著：「為了守護瀕臨滅絕危機的時代劇，被時代劇魅惑的男人們集結成團。懷抱豐富的知識與熱情，振筆激寫，希望能傳達時代劇的魅力。」書名「邀請函」，用意係邀請不認識時代劇的觀眾入門，了解時代劇的趣味。

看到著者群有川本三郎（かわもと　さぶろう）先生，驚喜卻又不意外。川本先生著作等

身（啊不，更正，著作疊起來已超過他的身高），其作品在臺灣出版譯本者，從二零一一年《我愛過的那個時代》（電影《革命青春》原著）到二零二一年《現在，依然想念你》共六種。題材涵蓋深情懷舊散文、憑弔昭和老東京、與寅次郎逛小鎮紀行等。臺灣讀者以為川本先生是位多情善感、眼眶容易泛淚的歐立桑，其實他還有許多談電影、評藝術、論文學、資料豐富的硬底子研究專著。例如我就收藏一厚冊《時代劇ここにあり》（平凡社，二零零五年），是他多年觀賞時代劇影視的研究成果。難怪他名列強巴拉六人眾。）

第一章由六人眾齊聚一堂暢談觀賞時代劇的經驗、喜好、看點、見解。雖然看的是同一部劇，但每人抱不同觀點切入，同中求異，又異中求同，非常有趣。第二章起一人撰寫一章，各擇主題深入探討。

第二章，永田哲朗寫〈強巴拉明星興亡史〉。

第三章，菊地秀行寫〈時代劇與西部劇〉。

第四章，川本三郎寫〈股旅物的魅力〉。

第五章，逢坂剛寫〈強巴拉私史〉。

第六章，宮本昌孝寫〈我是大河劇粉絲〉。

第七章，繩田一男寫〈從忠臣藏到集團抗爭時代劇：東映時代劇的結束〉。

每個題目都足以獨立另成一本專書。

座談會主持人問六人眾，欣賞時代劇的看點是什麼？川本先生答：「主人公是『一匹狼』的。」一匹狼就是獨來獨往，閱歷世間，了無牽掛的俠客。他不喜歡牧野雅弘導演《次郎長三國志》描寫以家庭模式建構的黑幫，以親分、子分建立上下關係，組成徒黨。喜歡《用心棒》桑田三十郎這類型素浪人、勝新的座頭市、雷藏的股旅物、萬屋錦之助的關之彌太及沓掛時次郎等。這些角色就是一匹狼。

拿西部片打比方，他喜歡《原野奇俠》的Shane，不喜歡約翰福特《騎兵隊》講組織的群戲。所以他不喜歡《旗本退屈男》、《水戶黃門》最後才揭露「其實我是不得了大人物」背後有靠山那種感覺。寧願看一無所有的主人公憑己力燃燒鬥志，解決困難。一匹狼身分低微，無權無勢，無財無富，甚至沒有明天，並非暴坊將軍、水戶黃門、旗本退屈男這一派既得利益者或貴族可比。這是川本先生在意的點。

不過這裡我稍微幫退屈男說句話，雖然他也常秀出三日月傷表明高貴身分，雖然是高俸祿旗本，但旗本並非多了不起，終究還是要運起絕妙劍技砍倒一大群敵人，仍然要勞動。

川本先生執筆的第四章，為了解說股旅物的魅力，引介渡世人沓掛時次郎、盲劍客座頭市及雷藏一匹狼為例。

股旅（またたび）一詞來自時代小說第一人，長谷川伸於昭和四年發表的戲曲《股旅草鞋》。渡世人，即「無職的遊民、專業的賭徒」，背離家鄉，身無長技，居無定所，漂泊不定，只憑胯下兩腿步行移動，是為股旅。

渡世人好似今日之遊民，但不會定著於某一城鎮。江戶時代中後期，肇因於天明饑荒（一七八二至八八），天災人禍導致農村破敗，莊稼收成低劣，不夠繳稅與自用，大批農民拋棄土地，四散他鄉尋找出路。這些人放棄編戶戶籍，沒有戶口，稱為「無宿」。有些無宿人變成渡世人，有些變成地痞流氓「雅酷殺」，被黑幫吸收。

類似我們所知的「角頭」，江戶時代黑幫大首領稱為「親分」，底下手下們是為「子分」。他們最大收入來源是占據地盤開設賭場。賭場常要借錢給賭徒周轉一下翻個手氣，產生借貸關係，因此稱呼開賭場的親分為「貸元」，也就是金主。幫貸元管理賭場的人稱為「代貸」，要具備相當手腕才罩得住。專業的博徒、渡世人，漫無目的遊走於關八州及甲州各鄉鎮、各賭場。這些地域位於德川將軍家天領，派遣官員（代官）管理，警備鬆散，比較好混。如果是大名諸藩，管制嚴格，嚴厲者甚至聚眾賭博唯一死刑，幾乎沒有渡世人生存空間。

股旅餐風露宿，身上有錢就去賭場賺兩把，沒錢就上大親分家自報名號求助，大親分基於江湖道義，都願意收容，供給一宿一飯，換一雙新草鞋，甚至致送微薄零用金。而接受一宿一飯之恩後，渡世人必須牢記恩情，捨身以報。

這樣的江湖規則形成後，就發生沓掛時次郎與六田三藏的悲劇。《沓掛時次郎（くつかけ ときじろう）》，新聞記者出身的長谷川伸戲曲代表作。三幕十場。六十二頁稿紙於三日內完成。昭和三（一九二八）年發表於松村梢風主持的《騷人》雜誌七月號。很快地，同年十二月「新國劇」劇團即於帝國劇場公演，連日大爆滿。團長澤田正二郎支付上演費五百円，金額之高，嚇到長谷川。日活跟進搶拍電影版，二九年六月上映，大河內傳次郎主演。之後也改編成歌舞伎、各種不同版本的電影、電視劇等不勝枚舉。長谷川一夫、市川雷藏、中村錦之助、大川橋藏、仲代達矢、鶴田浩二都飾演過。每個版本劇情大同而有小異。

我觀賞過NET電視臺與東映製作「長谷川伸シリーズ」的電視劇版本，分上下兩集，七二年十月播出。山下耕作導演。鶴田浩二飾演沓掛時次郎，菅原文太飾演六田三藏，大俳優田中邦衛、片岡千惠藏客串。

以下以這個電視劇版為基礎解說，故事是這樣的：

博徒六田三藏（六ツ田の三蔵）本是大親分「中野川」手下最成材的子分，再努力三、四年即可繼承親分基業。然而中野川被官方逮捕，判刑，流放遠島服刑永不得歸返，成員多達兩三百人的幫派一哄而散，只剩三藏一人。即使如此，三藏基於對親分的忠義，沒有招納子分，孑然一身，繼續扛起「中野川」家名。但是敵對的鴻巢一家仍視他為眼中釘，務必除去。得知他甫從外地返鄉，派人上他家收拾他。

此時，渡世人沓掛時次郎來到鴻巢一家請求留宿。鴻巢家派人殺三藏，反被殺得損兵折將。鴻巢親分集結人手再次進攻，想起家裡留宿一個渡世人時次郎，遂親自開口請他幫忙。接受一宿一飯之恩義的時次郎，基於江湖道義，無法拒絕，只好動身去殺素不相識更無冤仇的三藏。

時次郎目睹三藏殺退幾名鴻巢家人後關門退守。時次郎要鴻巢家人別再出手，也別打攪，他隔著門喊話，要求與三藏正大光明公平比鬥。三藏聽時次郎話語態度誠懇，係基於一宿一飯之恩才來至此，也是守義的好漢，遂同意走出家門。兩人持刀相鬥，時次郎技高一籌，劈倒三藏。鴻巢家人奉親分之命，趁機要闖入三藏家結束其妻阿絹及兒子太郎吉性命，以絕後患。時次郎不允許，他的義務只到三藏，不包含孤兒寡婦，遂趕走惡徒。三藏臨死前拚最後一口氣，拜託時次郎保護他的妻兒回鄉投靠娘家。時次郎毅然接下這個沉重託付。首先必須帶阿絹及太郎吉躲避鴻巢家追殺。

提攜弱女孤兒，又揹又扛，一路上驚險萬分。雖然丈夫有託付，阿絹仍然拒絕殺夫凶手時次郎的關心與幫助。到了故鄉，立刻與時次郎分開。尋到老家，才知父母已於幾年前過世。母子無處可去，天雨風寒，病倒街頭。幸好時次郎來救。

時次郎無怨無悔照顧阿絹母子，為了住宿費、伙食費及醫藥費，願意放下刀當苦力、扛重石、遭工頭打罵，只賺微薄工資。這份真誠感動阿絹，太郎吉也把他當成另一個爸爸。想請更高明的醫生，用更有效的藥，時次郎圖謀酬金一兩金，答應當地大親分八丁德請託，助刀與敵對親分拚戰。提刀殺敵，大獲全勝，得到一兩，急忙趕回宿處，可憐阿絹已病逝。末了，鴻巢子分兩人還追蹤到阿絹墳前企圖殺害太郎吉，時次郎奪刀打倒兩人並準備結束他們性命，太郎吉哭著拜託他別再殺人染血。放下屠刀的時次郎帶著太郎吉攜手邁向未知的未來。

市川雷藏六一年的電影版本略不同，阿絹父母仍在世，因阿絹當年不顧一切私奔嫁給博徒三藏，父母太傷心失望，不願相認，趕走報訊的時次郎。壞親分（這個版本是溜田助五郎一家）得知時次郎三人蹤跡，傾巢而出，來到本庄宿，幫助聖天組挑戰八丁德家，雙方約於天神森林械鬥。溜田一家途中轉向前往旅舍挾持阿絹及太郎吉。時次郎助刀，殺得聖天組大敗。他從天神森林戰場趕回旅舍，搶救阿絹母子，可憐阿絹（懷了三藏第二個孩子已三個月身孕）不堪折騰，死在時次郎懷中。時次郎暴怒，殺光溜田助五郎一家十多人。

時次郎送太郎吉與外祖父母相認，並報告阿絹死訊。他要求太郎吉好好長大當個有用的人。狠心拋下太郎吉，在戶外壓著門不讓太郎吉出來。太郎吉哭喊叔叔別走，時次郎快跑離開，以免自己忍不住會改變心意。太郎吉喊十數聲「叔叔，叔叔」，最後，迸出一聲「爸爸」。時次郎終於停下腳步回頭，遙望太郎吉，報以帶淚的微笑，轉身繼續奔跑，化成一個小小身影，奔向一個人的江湖。純真稚氣的兒童不捨主角離開，聲聲呼喚從「叔叔」喊到「爸爸」，這個橋段疑似被七零年代臺灣某部政策電影，也是在最後一幕「借用」了。當年兒童的我在戲院還被該片劇終前這一聲「姨」轉成「媽」感動到，於心中流了一滴淚。原來有其出處。

中村錦之助《沓掛時次郎 遊俠一匹》（六六年）則增加一段前傳。身為渡世人卻極度厭倦渡世人之間恩怨仇殺，時次郎拒絕賭場女主人「勘藏家的阿葉」懇求，不願幫忙投入械鬥。但弟分「身延的朝吉」渥美清秉持一宿一飯仁義，不願跟隨時次郎逃離，隻身殺入敵營，壯烈犧牲。時次郎趕到已來不及，暴怒之下殺盡敵方權六一家。

時次郎隻身股旅，在渡舟上邂逅美麗溫婉的阿絹及乖巧兒子太郎吉。從阿絹手上接過一顆柿子。兩條不可能交會的人生線，藉由漂動的渡舟（幾年修得同船渡？）及人情溫暖的柿子搭接起來。時次郎目送阿絹及太郎吉離去的背影，心有所感。但萬萬想不到他們之間的故事才正要開始。

這個版本的阿絹心中同時有亡夫與時次郎，拉扯折磨之下帶著兒子不告而別。一年後，深冬雪夜的高崎旅宿內，時次郎酒喝多了，向老闆娘坦白這段宿緣及愛別離、求不得之苦。以上這些段子加強時次郎的背景，並且添加各版少有的抒情美學，導演加藤泰功不可沒。

《沓掛》必定啟發了《座頭市物語》及其後整個系列。拆解《沓掛》的劇情，如一飯一宿之恩義、無法拒絕的親分請託、拯救弱勢、扶持孤兒、賭場賭博、壓抑強忍感情（禁慾）、與女主角露水般的緣分、與惡霸親分翻臉並對抗之、與不想殺的人生死決鬥，都化成座頭市系列的主題。

《沓掛》最大衝突點就在素不相識的二人必須生死對決。同樣的事也發生在座頭市與平手造酒之間。它基於一個規則，不是公權力規定的法律，而是雅酷殺社會的約定。約束的對象不只是渡世人與對應的親分，分占受與施的兩人，而是江湖所有成員。渡世人與親分若有一方違背規則，將永遠無法在江湖立足。當然也就無法在庶民社會立足，簡直也無法在天地間立足。

時次郎面臨規則，聽從命運安排，執行該做的「程序」。他與三藏一起完成規則，然後再重新訂下一個男人間的契約。此約無憑無據卻重如泰山。他必須照顧未亡人、孤兒，無法獲得諒解，亦不知結束於何時何處。或許他也不想結束契約。因為執行的過程，他發現家庭的溫暖、親子及愛情（隱微而不彰顯）的美好，當一名普通庶民的幸福。為了此約，心與體都必須堅忍剛毅，充分展現男人的美學。

《沓掛》的原型是長谷川伸從父親聽來　段小故事。他父親在橫濱做土木包工業，因工作性質接觸許多居無定所、來來去去的小零工。某日在發薪水的帳房聽到一位工人說，他帶著懷孕的女人流浪打工，但是女人及肚中小孩都不是他的。朋友病死之前拜託他護送女人及遺腹子回故鄉。都是窮苦人，旅費不夠，他必須沿途打工賺錢養活三人。是這樣的因緣。那時候，男與女的關係純淨美好，社會底層求生存的男子也懂得謹守仁義與規則。年輕的長谷川打從心底深深感動，日後化為筆下渡世人信州沓掛時次郎的故事。

這就是《沓掛》的魅力，也是股旅物的魅力。從股旅物標榜的獨行、市井、義理、人情、風俗，再回望川本先生一向在著作裡觀照的大眾文學、電影電視、往日東京、邊城小鎮、學運風雲、世事流轉，總結歸於「人的情感」。可得其畢生著作旨意矣。一九七二年因案被朝日新聞社處以「退社處分」（開除），被社會排拒，被同儕冷淡，川本先生成為藝文個體戶，發憤讀書觀影寫稿，編雜誌、出席座談、出版大量著作，終於日本評論界爭得一席之地。他行走於濁世的身影，也是「一匹狼」的姿態吧？也是現代「股旅」吧？

從「一匹狼」股旅小說聯想起，華文世界似乎沒有這類型小說？中國古典小說都是群戲。紅樓、三國、水滸大群戲；西遊，一僧三徒群戲。除此之外，還要有流浪漂泊。西遊記接近這個境界，但唐僧一行走的是紙上虛幻的路線，想像架空的國度，對不上現實世界的人文地理與風土民情。即使放到近代武俠小說範圍，好像也沒有主角單獨一人遊走四方，以「旅」為主題，遊記為形式。明明中國地大物博，很可以發揮的。

讀者可以參考笹沢 左保（ささざわ さほ）的股旅時代小說《木枯紋次郎，木枯し紋次郎》，主角只有一位；無宿渡世人紋次郎。為了生活，他腳不停歇地疾走，故事遂沿著中山道、甲州道等江戶時代交通要道展開，舞臺是各地宿場、賭場、市集，從關八州再延伸至本州的天領各地。股旅途中，孤獨一匹狼紋次郎只有一把長脇差陪伴。不需要同伴，雅不願干涉任何閒事、雜事，但是麻煩總是會找上他，總是不得不保護孤兒弱女，最後免不了使出高超刀法殺敵，劈開一條血路。不是武士，沒有武士的包袱，也沒有劍派劍術，渡世人自有渡世實戰的殺法，刀刀見骨見肉，笹沢寫來頗為驚心動魄。殺戮免不了結仇，冤冤相報，鋪成血與恨打造的江湖道，沒有盡頭。

最後，抄錄川本先生自選時代劇名單給各位參考。

他選最佳時代劇十部是：

《宮本武藏 一乘寺之決鬥》、《椿三十郎》、《十三人的刺客》、《血槍富士》、《上意討ち（拜領妻始末）》、《關之彌太》、《十七人的忍者》、《座頭市物語》、《股旅・三人雅酷殺》、《黃昏清兵衛》

最佳時代劇導演是：

內田吐夢、稻垣浩、工藤榮一、澤島忠、加藤泰、森一生、三隅研次、伊藤大輔。

時代劇俳優最佳前十名：

三船敏郎、仲代達矢、中村錦之助、市川雷藏、勝新太郎、近衛十四郎、月形龍之介、片岡千惠藏、島田正吾、天知茂。

我在大阪市日本橋黑門市場外宮本書店找到《前往時代劇的邀請函》這本二手書。離此書出版已二十年。出版當時的二零零四年，時代劇瀕臨滅絕危機，二手書入我手的二零二三年，時代劇即將死透。似乎現代人已經不喜歡這些老掉牙的東西，什麼江戶時代那麼久遠的事誰懂呢？長篇大論又囉囉嗦嗦。論動作武打，年輕人更喜歡近身搏擊、槍戰駁火、招招見血見腦漿，例如打足一百二十分鐘的《捍衛任務（John Wick）》系列。他們覺得現代武打很酷，但是不清楚「酷」的根源就是這些被遺忘的老東西。如沓掛時次郎，如座頭市，如木枯紋次郎。

現代武打動作片當然又猛又狠，我們這些老影迷也看得很開心。只是我們永遠無法忘懷那些曾經進入生命，時而帶來樂趣，時而發人深思，時而與人生經歷映照，而慨然不已的時代劇。胸中懷抱對時代劇的熱情，永不消退。

《切腹》：兩位老武士的最終抗爭

庭內無端吹起大風。

他端坐草蓆上，十八名武士圍成幾乎完美的一圈，持刀對著他。正後方武士持槍欺近，怒吼一聲，刺向後背。他早已察覺，拔刀轉身，長槍撲空刺中草蓆，他一刀斬斷槍桿。鏡頭跳接陰暗不明的內室。家老心神不定。自戶外傳來廝殺的畫外音。鏡頭跳回到殺鬥處，他已奪得長槍與武士們對峙……

******

國家電影中心即將放映小林正樹名作《切腹》（一九六二）。提醒我已好久沒複習這部好片。當年看此片只注意切腹的殘忍、大藩的跋扈及浪人的怨氣。翻找史料對照，才瞭解這場風波竟是豐臣與德川對戰的延伸。切腹事件的背後有遠因，仇恨有仇恨的理由，跋扈也有跋扈的應然，遂衍成劇中大悲劇。

電影《切腹》，講的不只是老武士復仇記。細究起來，連那棟彥根藩上屋敷本身、屋裡供奉的盔甲，甚至牆上的松樹、老虎壁畫都有故事。它甚至半隱半藏另一位老武士的悲憤。電影講的其實是兩位老武士的最終抗爭。我們不妨深入了解故事發生的地點、時代背景及主人翁津雲半四郎來歷。研究來龍去脈，有助於理解編劇及導演的精心巧思。

故事發生地點是彥根藩井伊家江戶上屋敷。此武家豪宅氣派宏偉，大庭廣間，服勤武士眾多。一般大名在江戶通常擁有上、中、下三種等級屋敷。上屋敷是幕府賜予的屋與地，離江戶城近，方便大名進城報到，供藩主、正室、嫡子日常居住。中屋敷等級低些，一般供退休藩主及成年繼承人居住。下屋敷大多在郊區，占地較廣，當別墅，有的也會設置倉庫。彥根藩江戶上屋敷位於今日東京都皇居櫻田門西方、國會前庭北側，三權分立時計塔旁，現今是一片公園。當年井伊直弼就是從這裡出門上班，六十多人龐大護衛隊伍在櫻田門外遇到伏擊，時為一八六零年舊曆三月三日，是幕末史重大事件。中屋敷位於紀尾井坂（紀尾井三字取自紀伊、尾張、井伊），廢藩後歷經戰亂、轉手，賣給商人大谷米太郎，蓋了東京新大谷飯店（零零七電影《雷霆谷》借用它的外觀當作壞人大里化學公司本部），屋敷僅存遺址紀念碑。

故事發生在寬永七年，即一六三零年，五月十三日。查當時彥根藩主係井伊直孝（いいなおたか），是「德川四天王」之一井伊直政的次男，也是彥根藩第三代藩主。當時的幕府將軍是年輕的家光。父親秀忠傳位給他之後，轉任「大御所」，仍掌控政治實權。要等到寬永九年秀忠去世，家光才真正開始親政。

提起彥根藩就要說起第一代藩主井伊直政。井伊家膜拜的初祖直政遺訓貫通《切腹》全劇，彷彿直政靈魂仍迴盪於上屋敷各個角落。

井伊家歷史悠久古老，進入戰國時代後，與今川義元關係密切，曾經降伏也曾叛變，歷多次內外征戰幾乎滅亡，快要沒有男丁了。直政（虎松）的堂姊直虎毅然擔任家督（難得一見的戰國女城主）接續井伊家命脈，收堂弟虎松為養子，並且送虎松加入家康陣營服務。

家康見虎松容顏美麗、心性柔和，讓他擔任小姓隨侍在側，改名萬千代。大河劇《怎麼辦家康》劇情就比較誇張，虎松初次見到家康，是化妝成街舞美女企圖行刺。扮相真的太美，觀眾也訝異怎麼竟是男兒。主公與小姓，在武士文化裡常常形成「特殊性關係」。家康與萬千代之間遂給世人一個想像空間。

直政的親生祖父直滿有一位姊妹（＝姑奶奶），以今川義元養妹身分嫁給今川家臣關口親永，生下一個女兒（＝表姑媽），嫁給松平元康（後來的家康）當正室，就是築山殿瀨名。所以家康是直政的表姑丈，直政並非完全不相干的外人，而是親等比較遠的外戚。

女城主直虎去世後，萬千代繼承家督，改名直政。他英勇的作戰表現博得家康充分信任，一個半途插班生得以擠進德川最親近家臣團，後來還名列「德川四天王」。家康命他收降武田舊臣，他成功令這些精兵悍將改效忠德川，沿襲武田紅色軍裝，組成「井伊赤備隊」。小牧．長久手一戰成名，接戰的敵兵一時腦筋轉不過來，還以為戰神武田信玄來了。紅色戰隊出動，沿襲武田信玄戰法，真正的侵略如火、疾如風，人稱「井伊赤鬼」。

關原之戰之前，家康威鎮關東，石高二百五十五萬餘石，就封直政為上野箕輪城主，賜石高十二萬石。司馬遼太郎在《關原之戰》一書寫道，因直政待人接物態度柔和，語言得體周到，家康請他處理德川涉外事務。他真誠的應對贏得諸國大名信任，是一位傑出的外交官。在詭譎變化的政局之中，拉攏並穩固各大名們加入家康陣營，比起直接投入戰場打仗是更大的功績。

彥根藩位於近江國北部，藩領約為今之滋賀縣境琵琶湖東岸。德川安插井伊家於此地，係要他肩負起監視京都與阻止西國大名軍事行動的責任。

關原之戰後的一六零二年，直政於建築彥根城期間去世。長男直繼接任彥根第二任藩主，但家康更喜歡文武雙全的次男直孝，一六一五年命令直孝接第三任藩主（但是彥根城博物館井伊家系圖將他列為第二任，無視直繼）。

一六一五年大坂之戰，井伊直孝與藤堂高虎同為全軍先鋒，苦戰長曾我部大軍而獲勝。從此德川三百年間，軍制規定，先鋒軍就是井伊家與藤堂家。

秀忠、家光及家綱都重用直孝（秀忠臨終前還召他來病床邊託付後續政事），請他入幕閣處理國家政務，首席地位類似行政院長。從此成慣例，彥根藩主身分地位與別的譜代不同，不只是藩主，也須進幕閣任職服務德川家。

彥根藩井伊家始終是德川三百年最忠心的「首席譜代大名」（石高曾達三十萬石），忠誠奉公，直到幕末。一例是井伊直弼，於幕閣擔任大老，因作為太強勢，慘遭櫻田門外暗殺，於任內殉職。另一例是鳥羽伏見之戰，井伊家與藤堂家作為幕府軍先鋒，開往京都，於山崎臺地修築炮陣地，與薩長聯軍對峙。雖然慘敗，但那是另一回事了。

由此可知，井伊家家風強悍，直政、直孝都是火裡來水裡去，打過名戰役的武將，其家臣係武田軍團遺緒，亦兼有德川三河軍團的質樸勇健。看《切腹》結尾大決戰，不只看津雲的絕殺，亦須看井伊武士們如何戰鬥。他們個人的劍招、攻守架式，集體的隊形、布防、移動、進退，一層一層的防護，一批一批的進攻，一步一步逼近獵物。刀兵、長槍兵、火槍兵各司其職、布置有節，人人冷靜沉著，沒有慌張失措。他們的動作隱含一種節奏韻律，埋藏於生死拚殺之下。簡直是一場行兵布陣、衝殺攻掠的小型軍事行動。

寛永七年上距大坂夏之陣僅十五年，彥根藩武士仍有濃厚軍人性格，因此可理解，江戶上屋敷家老及主要幹部們為何對於上門借地切腹的千千岩求女如此苛刻。他們認為彥根地位崇高，不是普通小藩，上屋敷鄰近將軍江戶城，不可任人撒野。就武士道規範，不屑更不容許武士欺謊敲詐，太下流。配戴竹刀，等於拋棄武士魂，凡此皆喪盡武士的臉。就榮譽面看，認為武士求仁得仁天經地義。武士保留面子切腹求死，該當如此。此事必須斷然處置不可讓浪人們食甜知味（彥九郎形容是螞蟻遇到糖山）。他們背後有其根深蒂固的，鐵與血鎔鑄的哲學信念支撐。只是他們太苛酷了，逼人用竹刀切腹，求女未免死得太慘。其實何妨借他一把真刀。

本片一開始就見到一尊莊嚴森然的武將盔甲（胴具足）。直政遺留下來象徵光榮戰鬥歷史的「井伊赤鬼」盔甲，名稱「朱漆塗紺糸威桶側二枚胴具足」，其紅似火，其艷似血（雖然黑白電影裡看不出來），不只是他家，也是整個德川武家精神象徵。如此可得知《切腹》結局大戰，津雲拖命撞進內堂，看見井伊家供奉初祖盔甲，是怎樣的心情了。那該是多麼刺眼。奪取這尊盔甲，等於殺進敵軍本陣取得上將首級。全此井伊武士們等同作戰失敗，有辱先祖直政「德川旗本先鋒隊」威名。

津雲應該等一等，看看井伊武士會不會朝自己及祖先胴具足開槍？但是他終究不屑躲藏在厭惡的井伊象徵背後吧？毅然拋棄它，坦然執行先前的承諾。

仲代達矢飾演的老浪人津雲半四郎，本是安藝廣島藩家臣。他為何變成浪人？

安藝廣島藩主就是戰國名將福島正則。正則的人生前大半是勝利組，隨著豐臣德川勢力消長，逐漸走進悲慘的晚年。他與秀吉有親戚關係，自少年起即擔任秀吉身旁的「小姓」（對照組是井伊直政，自少年起擔任家康的小姓），跟著南征北討，賤岳之戰打響名號，論戰功，他是「賤岳七本槍」之最高者。歷大小戰爭，甚至奉秀吉命令出征朝鮮。與石田三成不和，關原之戰站在德川東軍這邊。福島軍與井伊軍都是東軍的先鋒部隊，同為友軍直擊宇喜多部隊（對照本片劇情，不勝唏噓）。戰後論功行賞得安藝廣島備後三地共四十九萬八千二百石，是為廣島藩。規模及地位遠遠大於彥根藩。　個是秀吉的家臣，一個是秀吉的家臣（家康）的家臣。

正則與豐臣、德川兩家關係都好，曾周旋其間企圖讓秀賴與家康談和，這是好心好意，但在東西兩強勾心鬥角的時期很容易搞成兩邊不討好。歷史終於要清算豐臣與德川之間的恩怨，遂爆發大坂之戰。正則的族人加入豐臣軍，嫡男加入德川軍。這在外人看來彷彿是兩邊押寶。或許他並無此意。他也不像投機的人。

一六一五年大坂夏之陣結束，豐臣氏滅亡。戰後，正則的弟弟被發現與豐臣家內通，遭受幕府改易。相信此時德川對於正則的忠誠已起了疑慮。才沒幾年終於逮到機會修理他。元和五（一六一九）年，因颱風、暴雨破壞廣島城本丸、二之丸、三之丸、石牆等處，災情慘重，正則緊急修繕，幕府認為城堡屬於軍事工程，施工未事先申請核可，嚴重違反《武家諸法度》（可以擴大解釋為想造反）。正則親自申覆無效，遭沒收廣島五十萬石，福島家改易。這麼大的外樣大名一夕之間沒了。電影中的津雲說，廣島藩一萬二千名家臣瞬間失去生活依靠，變成浪人。好友千千岩陣內因負責營繕工程，引咎切腹自盡，遺書將兒子求女託付津雲撫養照顧。

正則被改易移封至高井野藩，位於今日長野縣上高井郡高山村，非常偏避的鄉下，石高僅四萬五千石。移封後心灰意冷，家督之位讓給嫡子忠勝後隱居出家。一六二零年，他將其中二萬五千石收入交給忠勝，同年忠勝病逝，領地收入交還幕府。正則手上只剩兩萬石。

寬永元（一六二四）年，一代猛將福島正則去世，享年六十四歲。幕府派來檢死的監察官堀田正吉到達勘驗之前，有位家臣名為「津田四郎兵衛」已將正則的遺体火葬。這又嚴重違反幕府規定，於是剩下兩萬石也沒收。（引自福尾猛市郎、藤本篤《福島正則 最後の戦国武将》一書）

家臣難道不知道規定嗎？為何甘冒大不韙逕自火化遺體？有人猜測因為天氣炎熱不忍遺體腐爛。有人猜測正則實係自盡，火化以掩飾之，以免罪上加罪。我認為這都是說得過去的理由。但原因不重要，「逕自火化」才是目的吧？或許這是正則臨終遺願，「我的屍體我自己處理，更不須要幕府來查驗！」，是他表達「掙脫束縛，自由作主」的方式，是對幕府最後的反擊。反正他再也沒什麼可以失去了。

但是家臣們就此變成無主浪人，走投無路，難怪要淪落到借地切腹來勒索大名，對於蠻橫的德川幕府絕對是抱持深深怨念。這位津田四郎兵衛會不會就是津雲半四郎的原型呢？兩人姓名非常相像。電影中的津雲沒有跟著主公到高井野藩，而是來到江戶以製傘維生。現實世界的家臣津田敢執行火化主公遺體的任務，應該也是一身硬骨，固執己見鐵錚錚的漢子。再回頭看《切腹》，就能理解原外樣大名五十萬石廣島藩家臣津雲半四郎，面對德川的棟梁井伊彥根藩，懷抱新仇（女婿女兒一家三口的命）加舊恨（主公福島正則慘禍），為何採取直搗黃龍、不惜己命的方式來發洩悲憤討公道。

所以不得不敬佩飾演津雲的仲代達矢。他成功地詮釋這位歷盡滄桑又喪失一切的老武士，但是他當時只有二十九歲。

仲代先前已演過《用心棒》、《椿三十郎》等時代武俠劇，雖然角色重要，但畢竟只是配角。《切腹》才是他首次擔綱主演的武俠劇。結尾激烈的打鬥戲太吃力，他擔心自身武打的基礎不足應付。在《用心棒》主要是耍手槍（沒用到刀吧？），在《椿三十郎》也是一拔刀就結束了。他約武俠巨星中村錦之助去祇園喝一杯，請教怎麼演劍鬥武戲。中村本來有點敷衍：「就這樣啊，過來一個砍一個。」又補充說：「只要你揮刀動作熟練，那些飾演「被斬役」演員就能配合，若二者節奏合拍，拍劍鬥戲不是問題。」

中村又教他劍招殺法基本動作：「基本就是用刀砍一個米字。擺好預備姿勢後，先由下往上斜砍一刀，再斜向自上往下砍。接著橫向砍一刀，最後由正上方往下砍。成一個米字，動作非常好看。」原來如此！懂了後，仲代在自家庭院弄一塊練武場，勤練「中村流米字刀法」。此外還要看影片學習坂東妻三郎、片岡千惠藏等前輩的走路、表演、打鬥。至於說臺詞的聲調，他揣摩津雲身世年紀性格，選用最低音表現。

導演小林正樹也不含糊。片中眾武士使用的刀，捨棄一般時代劇用的道具竹刀、硬鋁刀，採用未開鋒的真刀。導演想呈現刀的銳利可怕，製造驚心動魄的效果。仲代與丹波哲郎的對決也是用真刀。丹波掛保證，雖然砍你的頭，但是到達一定距離我會及時煞住。仲代可不這麼想。真刀可不是竹刀啊。它很重很沉，第一刀或許煞得住，二三刀之後可難說哪。劈到頭也會出人命。丹波兄您的運動神經及體力沒問題吧。演員用真刀而心生恐懼，自然在畫面上產生繃緊到極致的壓迫感。這正是小林正樹追求的效果。

要說緊繃的壓迫、真實的殘酷，營造最成功的當然還是用竹刀切腹的場面。時代劇裡切腹場面多了，但是從沒有如此悲慘的。電影參加坎城國際電影節，播放到這一段時，放映廳一片譁然，五六位女士當場昏厥。

除了演員及攝影，成就本片的大功臣尚有配樂的武滿徹。他採用傳統邦樂的筑前、薩摩兩種琵琶，並搭配西洋弦樂器。尤其琵琶演奏，主要是敲擊出或緩或急的節奏，音與音之間的間隔或短或長，全程與劇情緊密結合，關鍵時刻刷出一波連音，又適度放空，不似時下俗手只知一味鋪排從頭吵到尾。錚錚淙淙抓住觀眾耳朵，應了那句成語「扣人心弦」。為了達到這個境界，邀請大師級演奏家平田旭舟演奏筑前琵琶，古田耕水演奏薩摩琵琶，錄音後還不夠，武滿再運用電子音響器材予以加工變奏。據說早在製作這部作品兩年半前，武滿就向平田大師學習琵琶。

仲代達矢接受電影史家春日太一訪問時說：「雖然我出演過很多優秀的電影，但在我離世之前，如果讓我從參演的電影中選出最好的一部，我還是會選《切腹》。」時為二零一一年中。

（原刊登於臺灣智庫《思想坦克》網站，二零二三年九月十二日）

《三匹之侍》：豪劍、熱劍、祕劍

香港將本片片名取為《武林三殺手》（一九六四）。不過，片中三位主人翁乃漂泊浪人，壓根不是什麼殺手。原片名「三匹之侍」係指丹波哲郎飾演正直的柴左近（豪劍）、平幹二朗飾演冷靜的桔梗銳之介（祕劍）及長門勇飾演血性的櫻京十郎（熱劍）。只因為一樁農民綁架代官千金案，因緣際會集結一起。

浪人柴左近於流浪途中，無意間撞見三名農夫綁架良家婦女，此女係當地代官的女兒亞矢。因天災致農作歉收，農民們幾乎活不下去還要繳重稅，請求代官減稅。代官不許，農民挺而走險綁架千金亞矢當人質，企圖和代官談判。柴願意幫助弱勢的農民，因為面對的是高官及武士，無知無力的鄉下農夫鋌而走險完全沒勝算，況且也須保護亞矢人身安全，以免愚蠢的農民想不開做錯事。

一般小捕快制不了武功高強的柴。代官為了解決他，以免刑為條件，從監獄放出幾個亡命之徒幫忙。其中一個就是懶洋洋的櫻京十郎。他到監禁亞矢的磨坊聽柴訴說原委，才知道農民苦衷，當場倒戈幫助。而桔梗銳之介則是代官禮遇的食客，始終冷眼旁觀雙方爭鬥。

代官為了掩飾自己苛酷無能，防止農民同藩主告狀，還要救回女兒，用盡各種下流方法。犧牲許多人性命，包括好人、壞人、無辜的人。激怒三位浪人聯手，對抗藩方武士群，殺得天翻地覆。

本片類似黑澤明《七武士》，角色具有三個集團的結構。《七武士》有農民、武士、山賊分占不同利害關係。本片也有農民、浪人、官府。《七武士》一開始，武士們就站在農民這邊對抗山賊；本片則是一開始只有柴左近幫助農民，櫻及桔梗站在柴的敵對面，理念也各不相同，櫻及桔梗直到中後段才陸續加入，集結成志同道合小集團。《七武士》的武士與農民有恩怨糾葛；本片浪人與農民也有，主要是櫻與稻這一對。

農夫某某偷襲站路邊小解的櫻，櫻看都不看反射動作回身一刀斬殺農夫。櫻投入農夫陣營後，才知新寡的少婦稻，剛死去的老公就是他砍死那位。稻及農夫們都以為是代官手下殺的。櫻不敢說出真相，懷著贖罪心情盡量照顧稻，而稻感受溫暖漸漸愛上櫻。兩人發展濃情蜜意。代官也明白這兩人在談戀愛，發現破口，遂拿出五兩金請櫻帶著稻遠走他鄉，別再管所有的閒事。他倆還真的拿錢走人，愛情真偉大。

另外則是敵對的雙方：柴與亞矢這一對。監禁人質期間，柴保護亞矢不被傷害。柴正義的武士氣節折服亞矢，雖未明說，兩人之間有一絲絲情愫。柴撿到亞矢遺落的髮簪，送還給她。而她為了通知柴有生命危險，利用另一個方式再把髮簪送給柴。這支髮簪運載他倆的情感及牽掛，非常奇妙。

至於另一對桔梗與妓院老鴇，純粹因愛慾結合，因性而生愛。殺手偷襲妓院廂房中歡好的二人，暴亂中殺死老鴇。桔梗奮起殺敵，手刃殺手後，擁抱露水姻緣的女人屍體，發自內心痛悼哭嚎，也醒悟他被代官拋棄了。三浪人各有各的感情線，使劇情不致空洞乏味，更襯托出他們情感豐富的人性。

砍殺一大票藩方武士之後，再也沒有阻力，三位農民用生命換來的投訴狀總算可以親遞給藩主了吧？柴跑個半死終於追上藩主大名行列。但是跪在路旁的農民們沒有一個敢接下投訴狀去攔轎伸冤。人人噤聲不語，動都不敢動。因為代官的凶殘報復製造寒蟬效應，得到效果。

柴氣個半死，衝進代官宅邸，抓住代官要給他一個痛快。但亞矢為父親求情，柴只好削去代官髮髻代替取命。這兩個片段是本片最脫俗、最不凡的、反高潮段落。劇情本來應該朝理所當然的方向發展，卻發生意想不到的變化。傳統戲劇會讓好人沉冤得雪，農民翻身，首惡伏誅，正義勝利。然而這部戲告訴我們，現實的人生可未必如此。人們總會考量，利益、傷害哪個大？並預測未來虧損。破釜沉舟划不划算？或者隱忍吞聲苟活再說？大俠有大俠的價值觀，農民也有農民的盤算。農民軟弱嗎？這是弱者生存之道。最後挺立於大地上的總是農民而不是大俠。

編導也沒忘記它仍然是娛樂電影。殺陣非常有看頭。在華麗與寫實之中求得平衡。桔梗掩護柴逃獄，揮刀砍殺阻擋的武士，武士中刀趴在欄杆上，自腹部洩流出一泓血水，那血映入觀眾眼裡，雖是黑白畫面，仍可感覺鮮紅濃稠，並嗟嘆生命無力地流失。

最後大決鬥，柴與桔梗力戰數十名武士，柴／丹波哲郎刀被砍斷，吆喝一聲，桔梗／平幹二朗於亂軍中將手中長刀飛拋過去，丹波於空中抓刀，立馬回身斬殺右側敵人，一氣呵成，多麼漂亮。沒有剪接，不用替身。

藩武士群首領大內玄馬／青木義朗下馬單挑柴，兩人過個幾招之後，柴握舉桔梗的長刀直立於臉面前，右手反握刀把，左右手虎口相向，緩緩橫刀下移藏於身體右後方。大內發動攻勢砍向柴，柴刀身由橫轉直揮出，與大內的刀相碰撞，隨即靈活轉向（猶如8字型運動）橫切大內左側腰腹，刀身切出人體之後，再「倒車」以刀尖刺入大內左後腰。動作迅如靈蛇吐信，電光火石。出乎觀眾意料之外的逆手刀法，讚絕之讚。

五社英雄對於劍鬥場面非常講究。他的《三匹之侍》電視劇版是日本時代武俠電視劇革命之作。首創啟用逼真「效果音」，舉凡刀劍揮動掃過的劃空音、刀劍互擊互撞的金屬音、刀劍斬劈人體的肉帛音，全都擬真配合動作。電影界首先採用這種效果音是黑澤明的《用心棒》。這之前，武俠片刀劍互擊的配音聽來好像用竹子打架，很乾。雖然電視螢幕小小的，但是用上擬真配音，可想而知，真實感立刻上升，劍鬥場面瞬間緊張。據說劇組係拿真刀砍生肉、切白菜，以便錄到最逼真的效果音。

本片於一九六四年五月十三日公開上映。它的前身就是同名電視劇《三匹之侍》，六三年十月十日至六四年四月九日（全二十六話）播映。電影版依據電視劇第一期第一集《劍豪無宿》改編。採用電視劇原班人馬。第二十六話播放一個月後，電影版就上映。應該是縝密籌畫、一魚兩吃的策略。

電視劇版之後又繼續製作，總計有六期。最高收視率曾達到百分之四十二。最後一集於六九年三月二十七日播放。但並未結束，五社英雄又製作了《新 三匹之侍》，七零年七月六日至九月二十八日（全十三話）。丹波哲郎的柴左近只出現於第一期及電影版，第二期至第六期則由加藤剛飾演的「橘一之進」取代。平幹二朗是電影及全六期奉陪。長門勇固守岡位，演足電影版及六加一期電視劇。

正因電視劇《三匹之侍》如此成功，電視劇導演五社英雄得以藉由電影版《三匹之侍》進入電影界，成為電影導演。這在當年日本電影界非常罕見。電影界門戶之見很深，早期有不成文的師徒相授傳統。電影導演都是從電影片廠幕後微不足道的工作人員做起，彷彿小學徒般跟在大導演身邊學功夫，寫劇本、學攝影，熬久出師了，同時電影公司老闆也看得起，才能晉升導演。好像還沒有人從電視界直接跳進來當導演。五社是第一人。此例一開，竟也成為風氣，從此電視界人士紛紛進入電影界發揮長才。不同的媒體從業人員互相激盪，也是好事。

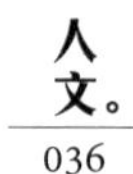

036

汝忘了余之容顏嗎？
日本武俠隨筆

國家圖書館出版品預行編目(CIP)資料

汝忘了余之容顏嗎？日本武俠隨筆 / 高苦茶著.
-- 初版. -- 臺北市：聯合文學，2025.01
288面；14.8x21公分. --（人文；36）

ISBN 978-986-323-641-2（平裝）

1.CST: 武俠小說 2.CST: 日本文學 3.CST: 文學評論 4.CST: 劇評

861.57 113015920

出版日期／2025年1月 初版
定　價／400元

ISBN 978-986-323-641-2（平裝）
本書如有缺頁、破損、裝幀錯誤，請寄回調換

作　　者／高苦茶
發 行 人／張寶琴

總 編 輯／周昭翡
主　　編／蕭仁豪
資深編輯／林劭璜
編　　輯／劉倍佐
特約編輯／王譽潤
資深美編／戴榮芝
業務部總經理／李文吉
發行助理／詹益炫
財 務 部／趙玉瑩　韋秀英
人事行政組／李懷瑩
版權管理／蕭仁豪

法律顧問／理律法律事務所 陳長文律師、蔣大中律師
出 版 者／聯合文學出版社股份有限公司
地　　址／110臺北市基隆路一段178號10樓
電　　話／(02) 2766-6759轉5107
傳　　真／(02) 2756-7914
郵撥帳號／17623526聯合文學出版社股份有限公司
登 記 證／行政院新聞局局版臺業字第6109號
網　　址／http://unitas.udngroup.com.tw
E－mail：unitas@udngroup.com.tw
印 刷 廠／約書亞創藝有限公司
總 經 銷／聯合發行股份有限公司
地　　址／234新北市新店區寶橋路235巷6弄6號2樓
電　　話／(02) 29178022